마력 치트인 마녀가 되었습니다 ~창조 마법으로 자유로운 이세계 생활~ 2

아로하자초

일러스트 테츠부타

알사스 ●

라필리아 ●

테토 ●

치세 ●

사야 ●

파울루 신부 ●

단 ●

처음으로 만든 시작품이라 균형이 미묘하게 비뚤어졌지만,
부드러운 탄력과 왠지 모르게 애교가 있어 보이는 곰 인형이 되었다.

그런 곰 인형을 조물조물 주무르며
팔다리를 가볍게 움직인다.

"치세 언니, 저런 표정도 짓는구나."
"귀여운 걸 좋아하나 봐."
"부드러운 촉감을 좋아하는 걸 수도 있어."
"예쁘다고만 생각했는데 웃으니까 엄청나게 귀여워."

마력 치트인 마녀가 되었습니다

창조 마법으로 자유로운 이세계 생활

a Witch with Magical Cheat

②

목차

c o n t e n t s

0화【마녀의 도서관】

예전에는【허무의 황야】라고 불렸고, 지금은【창조의 마녀의 숲】이라 불리는 이곳에는, 내가 취미로 수집한 책을 보관하려고 지은 도서관이 있다.

"마녀님~. 이 책은, 어디로 옮겨요?"

"응? 그쪽에 있는 책이, 100년 전에 유행한 모험 소설이지? 그때는 푹 빠져서 읽었는데. 옛날 생각 나네. 소설 선반으로 옮겨 줄래?"

"네, 알겠어요!"

테토가 옮기고 있는 책은 전 스물넉 권으로 완결이 난 장편 모험 소설이다.

한 모험가를 모델로 하여 그 모험가의 생애를 기록한 가공의 모험 소설은, 지금으로부터 400년 전 시대를 배경으로 이야기가 펼쳐진다.

현재와는 모험가를 둘러싼 사정과 마도구의 성능이 달랐다.

저자는 당시의 역사적, 문화적, 민족적 자료를 수집하기 위해서 그 당시부터 살아 온 장수 종족을 취재해 집필했다.

그런 역사적 배경이 있는 걸작 소설이다.

"마녀님, 이 책은 어디로 옮길까요?"

"그건 최근에 산, 조금 전 그 소설의 문고판이구나. 예전 책에 비해 표현과 묘사가 수정된 부분이 있으니까 최신판과 비교할 수 있게 소설 선반에 꽂아 둬."

100년 전 모험 소설이기는 하지만, 요즘 다시 문고판이나 삽화가 추가된 버전 등으로 형태를 바꾸어 출간하며 사람들에게 널리 읽히고 있다.

어린 아이들도 책에 흥미를 보일 수 있도록 사 모은 책을, 테토가 번쩍번쩍 들어 옮기는 모습을 가만히 쳐다본다.

이번에는 테토와 서로 배턴 터치하듯이 메이드장 베레타가 고서 몇 권을 들고 내게 확인받으러 왔다.

「주인님, 이 고서들은 어찌할까요?」

"이 책은—— 내용을 손으로 직접 쓴 거야. 거기다 양피지에 썼고. 책 내용은 분명 당시 생활을 기록한 일기장과 장사하며 적은 명부였지."

최소 500년 전에 저술된 책이려나.

내가 구매해서 상태 보존 마법을 걸어 두긴 했지만, 그전부터 보존 상태가 안 좋았기에 얼룩과 구김, 좀먹은 부분이 있다.

「그러면 이건 파기할까요?」

"아니. 당시의 문화 자료로 쓸 수 있으니, 별관 자료실에 보관하자."

500년도 더 전에는 글자를 읽고 쓸 줄 아는 사람이 적었을뿐더러 더욱이 일기까지 쓴 사람도 드물다.

그런 시대에 남겨진 일기는 문화 자료로서의 가치가 높다.

그리고 장사할 때 적은 명부 종이 뭉치는 품목과 물품 가격부터 당시의 생활 상황과 물가 등을 현대인들이 짐작할 수 있는 자료가 된다.

이런 식으로 내가 이제껏 모은 책들은 【창조의 마녀의 숲】 주민들에게 도서관을 개방해 공개하거나 역자 자료로서 소중하게 보관 중이다.

수집한 책 중에는 세상에 내놓기에는 위험한 마법서와 마술 연구 자료, 저주 서적 등의 금서 종류도 있다.

그러한 마법적으로 금서인 책들은 내 저택에 엄중히 봉인해 두었다.

그렇게 책을 분류해 가는데, 베레타의 부하 봉사 인형들이 책 몇 권을 손에 들고 그 자리에서 진지하게 읽고 있다.

「괴, 굉장해. 이건, 내가 태어나기 전에 나온 엘프 소설가 발로라 님의 초기 작품이잖아. 심지어 초판본이야!」

「이, 이 책은 그 유명 판화가 씨의 화집?! 굉장하다, 상태 보존 마법을 걸어 놔서 색도 바래지 않은 새 책이네!」

「이쪽에 있는 건, 150년 전에 멸망한 나라의 정치와 경제를 비판했다는 이유로 금서로 지정된 경제론 책이야! 왕국이 멸망하면서 책도 거의 안 남은 희귀 도서가 여기에 있다니!」

「이 책도 엄청나⋯⋯. 저명한 마법 연구가들의 논문과 학회지야. 파벌별로 외부에 절대 공개하지 않고 소장한다는 마법서도 있어! 게다가 유명한 마법서의 사본까지!」

이 책도, 저 책도 가치를 아는 이가 보면, 보물이라고 할 책이

산더미처럼 있다.

그런 책을 손에 들고, 책 읽기 좋아하는 봉사 인형들이 존경의 눈빛을 담아 나를 쳐다본다.

「너희들, 책을 보는 건 좋지만, 일을 다 마친 뒤에 읽도록 해.」

「죄, 죄송합니다! 메이드장님!」

「죄, 죄송합니다! 메이드장님!」

「죄, 죄송합니다! 메이드장님!」

베레타에게 주의를 받아, 하던 작업을 마저 하러 돌아가는 봉사 인형들을 흐뭇하게 쳐다보면서 나도 책들을 반가운 기분으로 분류해 간다.

그러다 한 책 하나를 발견하고, 절로 쓴웃음이 새어 나온다.

「주인님, 좀 쉬었다 하는 건 어떠십니까? ……어머, 그 책은 뭐죠?」

베레타가 내 손에 있는 책을 들여다보기에 보여 준다.

당시, 세상에 나온 지 얼마 안 된 식물 종이에 구멍을 뚫어서 끈으로 엮은 조촐한 책이다.

책 제목은——, 【조합 레시피 책】과 【제지(製紙) 기술서】로 손으로 적은 책이다.

"정말 오랜만에 보네."

"그러게요! 마녀님이 처음 쓴 책이에요!"

「주인님께서 처음 쓰신 책이라고요?」

베레타가 신기하다는 듯이 고개를 갸웃한다.

지금은 【창조의 마녀】라는 거창한 이름으로 불리며 수많은 마법 이론 논문과 마법 지도서 집필, 마도구 기술서와 설계도 등을 심심풀이로 쓰고 있다.

그런 내가 생애 처음으로 쓴 건, 이 약간 질 낮은 종이에 써 내려 간 자필본이다.

"그래, 맞아. 여행하면서 알게 된 실용적인 포션 레시피를 정리한 책과 그 마법 약을 사용한 종이 제작 방법을 쓴 책이야."

"아직 【전사(轉寫)】 마법도 인쇄 마도구도 없을 때라서 전부 마녀님과 테토가, 손으로 옮겨 적었던 그리운 기억이 떠오르네요."

나와 테토는, 기억을 곱씹으며 나지막이 말하면서 탈색이 충분치 않아 촉감이 좋지 않은 종이를 어루만지며 당시를 회상한다.

예전에 우리가 정착하기로 한 땅, 【허무의 황야】를 아직 찾지 못하고 모험가로서 마음 가는 대로 여행을 계속하고 있던 때였다.

그러다 알게 된 교회 고아원의 이야기다.

어디에나 있는, 흔하디흔한 교회 고아들을 살짝 도와준, 그런 이야기다.

a Witch with Magical Cheat
~ a Slowlife with Creative Magic in Another World ~ 2

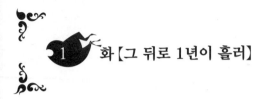

1 화 【그 뒤로 1년이 흘러】

SIDE: 어느 농촌 마을의 소녀

나는 흔한 농촌 마을에 사는 평범한 여자아이다.

우리 마을 특징으로는 마을 근방에 옛 유적이 있는 정도다.

아버지, 어머니와 함께 사는 나는, 아버지가 하시는 밭일과 어머니가 하시는 집안일을 도우며 마을 약사로 일상을 보내고 있었다.

그리고 오늘은 이웃에 사는 아이들을 데리고 근처 숲까지 나무 열매와 산나물을 따러 왔다.

"여기! 사야 누나! 나무 열매야!"

"잘 찾았네! 기특해라!"

"언니, 버섯이랑 과일도 찾았어."

"아, 그건 먹으면 배탈이 나는 버섯이니까 버리자. 이 과일은 먹어도 돼."

【채취】 스킬은 내가 더 높지만, 아이들이 눈높이가 낮아서 지면 가까이 나는 산나물을 나보다도 잘 찾는다.

그런 아이들이 속속 따 오는 산나물──, 특히 버섯을 확인하고 먹어도 되는 식용 버섯인지, 먹으면 안 되는 독버섯인지 판

별한다.

어머니께 배운 산나물을 따는 요령과 약사셨던 할머니께서 여러모로 가르쳐 주신 덕에 독성 식물 지식으로 얻은【독 지식】스킬로 확인한다.

아이들이 산나물을 따는 한편, 나도 겨울철을 대비해 약초를 딴다.

"후우, 날이 좀 추워졌네."

추운 날씨에도 아랑곳하지 않고 열심히 버섯을 따는 아이들을 흐뭇하게 쳐다보면서, 나는 추위에 손을 비빈다.

숲의 나무들을 올려다보니 빨간색과 노란색으로 물들었던 이파리가 땅으로 떨어져 쌓였다.

이 시기는 버섯이 제철이라 따뜻한 수프를 끓이면 아주 맛있다.

슬슬 추워지기 시작하는 시기지만, 어머니께서 만들어 주신 두건을 쓰고 있어서 그렇게까지 춥지는 않다.

"후, 그만 따고 가자. 곧 해가 질 거야~."

"응!"

"그래!"

"응!"

소쿠리에 산나물이 충분히 쌓였으니, 안전을 위해 마무리하고 마을로 돌아가려고 한다.

아이들을 불러 모아 마을로 향하는 도중, 평소에는 들렸을 들새가 지저귀는 소리와 동물들의 기척이 나지 않는 것을 알아차렸다.

숲의 숨결이 느껴지지 않고 바람도 없는데, 숲속에서 나무들이 술렁대는 소리가 들려 말로 이루 표현할 수 없는 불안감이 엄습한다.

"……왠지 느낌이 안 좋아. 얘들아, 얼른 가자."

서둘러 돌아가려고 아이들을 데리고 마을로 향한다.

그런데 그때——.

「그어어어어어어어어어——!」

"히익! 누나, 무서워!"

깊은 숲속에서 낮게 울부짖는 소리가 들려온다.

무시무시한 소리에 아이들도 더 무서워하며 내 허리를 꽉 껴안는다.

"괜찮아! 자, 겁먹지 말고 마을로 돌아가자!"

불안한 마음에 마을까지 부리나케 뛰어가고 싶지만, 어린아이들을 두고 도망칠 수는 없기에 천천히 마을을 향한다.

그리고——.

쿵, 쿵. 묵직한 발소리가 숲속에서부터 울리고, 으르릉거리는 짧고 낮은 포효가 뒤에서부터 점점 가까워진다.

"얘들아! 다 버리고 전력으로 뛰어!"

"누나, 하지만, 버섯이!"

"괜찮아, 어서!"

더는 지체해서는 안 된다고 직감한 나는, 아이들에게 오늘 딴 산나물이 든 소쿠리를 던져 버리고 뛰라고 외친다.

원래 안전한 숲인데, 무서운 울음소리가 서서히 다가온다.

그 무서운 울음소리의 주인이 운 좋게도 버린 산나물에 정신이 팔린다면, 무사히 도망칠 수 있을 것이다.

그러나 울음소리는 그칠 기미 없이 이쪽으로 가까워지고, 뒤돌아보니── 그 모습이 보였다.

"힉?! 마물!"

숲속에서 우리를 향해 돌진하는 것은 검은 곰 마물이었다.

눈이 세로 2열로 늘어선 여섯눈 곰이 사나운 위세로 네 발로 숲을 달리며, 나무들을 후려쳐 넘기면서 쫓아온다.

그 무시무시함에 얼굴이 경직된다.

조금만 더 힘을 내서 마을에 도착하면, 사냥꾼 아저씨들이 도와줄 것이다.

"아!"

"리나!"

아이 한 명이 나무뿌리에 발이 걸려 굴러 넘어진다.

그 소리에 이끌려 다른 아이들도 발길을 멈추고 뒤를 돌아보았다가 맹렬한 기세로 달음박질하는 여섯눈 곰 마물의 모습에 다리가 얼어붙어 움직이지 못한다.

나는 넘어진 여자아이를 부축해 일으키려 했지만, 이미 늦었다는 생각에 아이를 보호하듯 꽉 껴안는다.

"⋯⋯여신님."

작게 중얼거리듯 기도한 나와 날카로운 발톱이 박힌 앞발을 들어 올린 곰 마물 사이에 검은 그림자가 뛰어든다.

"──《멀티 배리어》!"

청백색 빛의 장벽이 나와 아이들 주위에 반원형으로 펼쳐지고, 그걸 앞발로 내려친 곰 마물은 침을 흘리면서 방해된다는 듯이 앞발로 필사적으로 세차게 친다.

하지만 우리를 지켜 주는 빛의 장벽은 꼼짝도 하지 않았고, 검은 그림자──, 검은 망토에 달린 모자를 벗고 뒤를 돌아본 예쁘장하게 생긴 여자아이가 우리에게 걱정스러운 목소리로 말을 건넨다.

"늦지 않아서 다행이야. 이제 괜찮아. 도망치느라 애썼어."

나보다도 어린 여자아이인데 어머니가 달래 줬을 때처럼 마음이 놓인 나는, 소리 죽여 울었다.

내가 언니이고 누나니까 아이들을 지켜야 한다고, 그렇게 생각했다.

하지만 실은 너무 무서워서 견딜 수가 없었다.

그런 생각이 흘러넘쳐서 눈물이 멈추지를 않는다.

눈물을 쏟는 내게 휩쓸려 내 품에 안겨 있던 리나도 울음을 터트린다.

눈물을 그쳐 보려고 하지만, 그치지 않고 더 꺽꺽거리니 마법사 소녀가 부드럽게 등을 어루만져 주었다.

"이제 괜찮아. 안심해도 돼……. 테토, 처리 부탁해!"

우리에게 건네는 말소리와는 전혀 달리, 돌변해 숲에 울려 퍼지도록 힘차게 소리친 직후, 빛의 벽을 깨부수려고 하는 곰 마물의 바로 옆에서 어떤 여자아이가 튀어나온다.

"테토에게 맡기세요. 하아아앗, ──킥!"

기세등등하게 나타난 다갈색 피부의 미소녀가 뛰어올라 곰 마물의 따귀에 발차기를 먹인다.

　발에 맞은 곰 마물은 그대로 옆으로 날아가 고꾸라지고 나무 몇 그루를 꺾으며 땅에 떨어진 낙엽을 팔랑팔랑 춤추게 하고는 멈추었다.

　농담 같은 놀라운 광경에 나와 아이들은 눈물이 쏙 들어가, 그저 입을 떡 벌리고 말을 잇지 못하였다.

SIDE: 마녀

　개척촌을 떠나 여행길에 오른 우리는 도로와 떨어져 있는 마을을 들르면서 발길이 닿는 대로 여행을 계속하고 있었다.

　평온한 시골 마을, 변두리의 유복한 마을, 가난한 마을, 인간만 사는 마을, 이종족 마을, 난폭한 마을 등에서 심부름꾼 같은 걸 하면서 돌아다녔다.

　모험가로서 마물을 퇴치하거나 직접 만든 포션을 팔고 다니는 조합사, 【창조 마법】으로 만들어 낸 소금과 철제품으로 행상 흉내도 내 봤다.

　그리고 오늘은 마을 근방에 구시대의 건물──, 유적이 있는 마을로 향하고 있었다.

　"마녀님! 유적이에요! 기대돼요!"

　"발견된 게 지금으로부터 100년도 더 전이라 발굴은 거의 끝났겠지만, 보물이 남아 있다면 근사할 거야."

나는 신이 난 테토에게 맞장구쳐 주었지만, 마음속으로는 보물은 별로 기대하지 않았다.

유적이란, 건물 전체가 마력의 보호를 받아 오랜 세월 유지해 온 건축물이다.

유적에는 당시의 보물이 남아 있거나 건물 전체의 마력이 남겨진 물품에도 작용해 마도구가 되거나 한다고 한다.

정말 그런 유적일지 기대는 되지만, 먼저 마을에서 얘기를 들어보고 준비를 해야 한다.

"안녕, 얘들아. 우리 마을에는 어쩐 일로 왔니?"

우리가 마을에 가까워지자, 노년에 접어든 자경단 소속 남자가 말을 걸었다.

"모험가 마녀 치세라고 합니다. 이 마을 근처에 있다는 유적을 보러 왔어요."

"저도 모험가를 하는 테토예요!"

우리가 인사와 함께 마을에 머무르려는 목적을 밝히니, 노년 남자의 눈썹 한쪽이 놀란 듯 올라간다.

"유적이라, 옛날 생각이 나네. 내가 태어나기도 전에 발굴됐다는 이야기를 들었지. 내가 어렸을 적에는 놀이터 삼아 놀기도 했지만, 지금은 아무것도 남아 있지 않단다."

우리의 목적에 놀라면서도 옛 추억을 그리워하는 노년 남자가 보물을 노리고 온 젊은 모험가가 헛수고하지 않게 주의를 주지만, 내가 말을 정정한다.

"공부하려고 유적을 보러 왔을 뿐이에요."

"마녀님과 함께라면, 어디든 즐거워요!"

"모험가라기보다는 마치 학자 같은 말을 하는구나."

유쾌하게 웃으며 우리를 보는 노년 남자가 자신이 안내해 주겠다고 한다.

"마을에 여관은 없는데 빈집은 있어. 촌장에게 말하면, 그 집에 머무르게 해 줄 거야. 유적까지 가는 길은 마을 사람들도 지나다니니, 말로 설명해도 길을 잃지는 않을 거란다."

"감사합니다. 내일 가 볼게요."

"감사합니다!"

우리가 가을 수확 시기를 맞은 평화로운 마을의 밭을 구경하며 걷는데 마을 반대편에서 급박해 보이는 청년이 달려왔다.

"할아버지, 큰일 났어!"

"왜 그래? 무슨 일이길래 그리 급해?"

딱 봐도 심상치 않은 기색에 나와 테토 사이에도 긴장감이 감돈다.

"숲에, 숲에 여섯눈 곰이 나타났어!"

"뭐?! 당장 마을 방비를 탄탄히 해!"

여섯눈 곰——, 곰 형태 마물로 토벌 난이도는 C등급이다.

게다가 겨울잠에 들기 전인 이 시기에는 먹잇감으로 큰 인간이나 동물을 적극적으로 잡아먹어 영양을 보충한다.

"사냥꾼이 숲 안쪽에서 봤대! 그런데 사야와 동네 아이들이 숲에 산나물과 약초를 따러 가서 아직도 안 왔어!"

"지금 당장 종을 쳐서 돌아오라고 알려! 얼른!"

차분하고 공손했던 노년 남자가 진지한 표정으로 재빨리 지시를 내린다.

그 직후——.

「그어어어어어어어어어——!」

숲속에서 울려 퍼지는 포효에 우리 모두 뒤돌아본다.

"벌써 이 근처까지 온 건가! 아가씨들, 미안한데 모험가면 마을 방비에 손 좀 빌려주게나. 여섯눈 곰은 D등급과 E등급 모험가가 감당하기는 어렵잖나."

마을은 일단 방비를 견고히 하고 여섯눈 곰을 토벌할 수 있는 모험가가 올 때까지 버텨 보겠다고 넌지시 돌려 말한다.

"물론, 도와야죠. 근데 숲에 있는 아이들을 구조하는 게 먼저예요. 그리고 저희는——."

"이거, 입니다!"

나와 테토가 각자 본인의 길드 카드를 보여 주자, 자경단 할아버지와 그 할아버지의 손자인 청년의 눈이 휘둥그레진다.

소녀라고 해도 이상하지 않은 나와 테토의 길드 카드에는 C등급이라는 글자가 새겨져 있었다.

"설마, C등급 모험가일 줄이야……."

"촌각을 다투는 급박한 상황이니까, 저희는 독단으로 움직일게요. 가자, 테토. ——《플라이》!"

"네!"

나는 비행 마법으로 하늘로 날아올라 울음소리가 들린 숲속으로 향한다.

테토도 【신체 강화】로 하늘을 나는 내 뒤를 따른다.

그런 우리를 자경단 할아버지와 그의 손자인 청년이 필사적으로 쫓아오지만, 내 비행 마법과 테토의 【신체 강화】를 따라잡지 못하고 결국 점점 멀어진다.

그리고 내가 마을을 지키기 위해 숲의 경계 부근에 모인 마을 주민들의 머리 위를 통과하고, 테토는 크게 도약하여 뛰어넘는다.

"저, 저건 뭐지!"

"사람이야?! 심지어 여자애?!"

"마물이 나왔는데 어디를 가는 거야?!"

숲의 경계에 집합한 마을 주민들의 말소리를 한 귀로 흘리면서 숲으로 몸을 날려 【마력 감지】를 하니, 마을을 향해 달리는 사람들과 그 뒤를 바짝 추격하는 마물의 마력이 느껴졌다.

"테토, 내가 먼저 가서 아이들을 보호할게!"

"알겠어요!"

나는 비행 마법으로 단숨에 속도를 올려 아이들이 있는 쪽에 합류한다.

그리고 간발의 차이로 아이들과 앞발을 들어 올린 여섯눈 곰 사이에 자리 잡았다.

"──《멀티 배리어》!"

다중 결계 마법으로 여섯눈 곰의 공격을 막고, 무사히 도망쳐 온 아이들을 달랜다.

그중에서 가장 연장자로 보이는 소녀도 마물에게 쫓기던 공포에서 해방되어 내게 매달려 울기에, 부드럽게 등을 어루만져 주며 진정시킨다.

내가 이들을 달래는 동안에도 결계를 깨부수려 집요하게 공격하는 여섯눈 곰이 짜증이 난다.

"……테토, 처리 부탁해!"

"테토에게 맡기세요. 하아아앗, ——킥!"

내 생각 이상으로 낮은 목소리로 테토에게 뒤처리를 부탁하자, 뒤따라온 테토가 여섯눈 곰의 따귀에 발차기를 먹였다.

【신체 강화】가 걸린 테토의 발차기에 차인 여섯눈 곰의 거대한 육체가 날아가, 여러 그루의 나무를 쓰러뜨린 후에야 멈춘다.

【신체 강화】 발차기로 가격당한 여섯눈 곰은 고개가 획 꺾여 혀를 늘어뜨린 상태로 숨이 끊어졌다.

그 모습을 본 아이들이 돌아가는 상황이 아직 이해가 안 되는지 입만 떡 벌리고 있다.

나도 테토가 발차기를 찬 그 순간, 여섯눈 곰의 목뼈가 부러지는 둔탁한 소리가 들린 듯한 기분이 들었다.

테토는 이미 1년 전에, 같은 C등급 마물인 오거를 육탄전으로 이긴 전적이 있다.

그 무렵보다 더 강해져서 같은 등급의 마물 상대로 전혀 밀리지 않는다.

"마녀님~. 이 곰으로 맛있는 곰고기 전골, 해 먹을 수 있나요?"

"테토, 그건 마을까지 가져가서 해체한 후에 얘기하자."

"네, 알겠어요!"

그리고 여섯눈 곰을 쓰러뜨린 당사자 테토는, 죽은 여섯눈 곰의 팔을 들어 어깨에 둘러메고 질질 끌다시피 해서 옮긴다.

몸길이 2m, 몸무게 400kg을 넘는 마물을 거뜬히 옮기는 테토의 모습에, 나는 쓴웃음을 지었다가 아이들을 돌아본다.

"자, 마을로 돌아가자. 어른들이 걱정하셔."

내가 되도록 상냥하게 말하는데, 넘어지는 바람에 무릎이 쓸려서 까진 여자애가 내 망토를 잡아당긴다.

"우리가 딴 버섯……."

"얘, 리나!"

손윗사람으로 보이는 여자아이가 꾸짖지만, 도망칠 때 던져버린 산나물이 마음에 걸리는 모양이다.

마물로 인한 공포와 넘어진 탓에, 상처 난 무릎의 통증으로 눈가에 눈물이 맺힌 여자애가 싫다고 말하듯 고개를 가로젓는다.

"그래. 기껏 땄으니, 집에 가져가야지. ──《워터》《힐》."

바닥에 무릎을 대고 넘어져서 지저분해진 옷에 묻은 흙을 씻어 내고, 쓸려서 까진 무릎을 물의 마법으로 닦아 회복 마법으로 쓸린 상처를 치료한다.

그 일련의 광경에 눈을 반짝인 어린 여자애가 나를 향해 만면에 미소를 지었다.

"고마워, 언니!"

순수한 아이의 고맙다는 인사가, 무엇보다 값진 보수이다.

"죄송해요. 구해 주신 것도 모자라서 산나물을 줍는 것까지 도와 달라고 해서."

"아니야, 괜찮아. 열심히 딴 가을 제철 재료를 못 먹으면 가엾잖아."

나보다도 나이 많은 소녀가 미안해하며, 도망치면서 던져 버린 소쿠리를 주워서 주변에 흩어진 산나물을 주워 담는다.

도망칠 때, 테토가 쓰러트린 여섯눈 곰이 밟아 뭉갰는지 몇 개는 못 먹게 됐지만, 그나마 강한 마물이 지나갈 때 풍기는 냄새에 다른 짐승이 접근하지 않아서 거의 무사했다.

"크어어——, 곰입니다~!"

"꺄아아아아악——!!"

"꺄아아아아악——!!"

"꺄아아아아악——!!"

그토록 무시무시했던 거대한 곰 마물은, 테토의 어깨에서 발차기를 맞고 돌아간 머리를 잡혀 복화술 인형 취급을 당하고 그걸 본 아이들이 새된 비명을 질렀다.

왠지 텅 비어 보이는 곰의 눈 여섯 개에 슬픔이 어린 걸 무시하고 여기저기 흩어진 버섯과 산나물을 줍는 걸 돕는데 아이 중에서 연장자 여자이이가 말을 건다.

"저, 저기, 저는 사야라고 해요."

"나는 마녀 치세. 모험가고."

"마녀님을 지키는 검사 테토입니다! 저도 모험가예요!"

"치세 님과 테토 님은——."

"님은 안 붙여도 돼. 내가 뭐 대단한 사람도 아니고."

"테토도 딱딱한 건 불편해요."

우리에게 뭔가 물으려던 사야 씨의 말을 내가 자르고, 테토는 딱딱하게 대하는 건 좀 그렇다며 호칭을 정정해 주길 요구한다.

강력한 마법을 쓸 수 있는 마법사와 발차기 하나로 마물을 죽이는 사람을 깍듯하게 대하던 사야 씨는, 살짝 머뭇거리는 기색을 보인다.

"그래도……. 알겠어요. 치세 씨와 테토 씨로 부르면, 될까요?"

그렇게 호칭을 확인하듯 이름을 부르기에 우리가 웃으며 고개를 세차게 끄덕였다.

그리고 마을로 돌아가는 길에 사야 씨가 재차 우리에게 질문을 던진다.

"치세 씨와 테토 씨 두 분은, 왜 저희를 구해 줬어요? 그리고 우리 마을은 왜 온 거예요?"

"이 마을 근처에 유적이 있다고 해서 구경하러 왔어."

"전에 유적 이야기를 들었을 때부터 꼭 한 번 보러 오고 싶었어요!"

나와 테토의 대답에 '그런 곳을 뭣 하러……'라고 말하는 느낌으로 놀라는 사야 씨를 보고 씁쓸한 웃음을 짓는다.

　마을 주민들 입장에서야 그저 아이들의 놀이터 같은 장소일지도 모른다.

　"그래서 온 건데 마침 마을에 도착했을 때, 이 곰 마물이 나타났고 숲으로 간 아이들이 돌아오지 않았다는 얘기를 들어서 황급히 여기로 구하러 온 거야."

　정말 늦지 않아서 다행이라고 나지막이 말하는 내게, 사야 씨는 아무 말 없이 눈을 내리깔았다.

　"그랬군요……. 고맙습니다."

　"감사 인사는 받겠지만, 돌아가면 마을을 돌며 마물이 나타났다는 소식을 알린 자경단 청년에게도 고맙다고 해. 그 사람이 알려 주지 않았다면, 제때 못 가서 큰일이 날 수도 있었으니까."

　"네, 꼭 인사할게요."

　내 말에 마물에게 쫓겼던 공포가 다시 떠올랐는지 표정은 굳었지만, 감사 인사를 해야 할 사람이 누군지는 아는 모양이다.

　그 후로 나와 사야 씨는 딱히 별다른 대화 없이 마을을 향해 걸었다.

　여섯눈 곰 사체를 질질 끄는 테토와 그런 테토가 둘러멘 곰 마물 사체를 웃긴다는 듯이 보는 아이들의 웃음소리를 들으며 마을로 돌아간다.

　아이들의 보폭과 걷는 속도에 맞춰서 걷느라 시간은 좀 걸렸지만, 무사히 마을까지 돌아올 수 있었다.

　"이봐들! 아이들이 돌아왔어!"

"그리고 어떤 여자애가 여섯눈 곰을 짊어지고 오는데?! 심지어 죽었어!"

마을 입구 바로 앞에서 남자들이 여섯눈 곰에게 어디 한번 나와 보라는 듯 무장하고 기다리고 있다.

짐승 계열 마물이 싫어하는 화톳불도 피우고 만반의 준비를 하고 있었는데 무사한 아이들의 모습에 안도하면서 뒤이어 숲속으로 기세 좋게 날아간 모험가가 마물을 둘러메고 옮기는 모습에 놀란다.

"아가씨들! 무사했구나!"

"네, 무사히 아이들을 구해 데리고 돌아올 수 있었어요."

"간 김에 곰도 쓰러뜨렸어요! 해체해서 다 같이 먹어요!"

"고마워, 아가씨들! 아, 곰 해체는 우물 옆에서 하면 돼."

테토가 곰을 짊어진 채로 마을 우물 옆으로 향하니, 흠칫하며 주뼛주뼛 보던 마을 주민들이 앞질러 가서 해체 준비를 돕는다.

그리고 마을로 돌아온 사야 씨는——.

"아버지! 어머니!"

"아아, 사야, 걱정했단다! 무사해서 다행이야."

"다친 데도 없구나. 정말 다행이야."

걱정한 부모님과 힘껏 부둥켜안고 나서 우리에게 여섯눈 곰 출몰 사실을 알려 준 청년을 향해 간다.

"세인, 네가 치세 씨와 테토 씨에게 알렸다고 들었어. 고마워!"

"아니야, 나는…… 고작 알리는 것밖에 할 수 없었는걸……."

"그래도, 고마워……. 네가 아니었으면, 나와 아이들은……."

"아이참, 울지 마. 나, 강해질 거야. 꼭 강해져서 앞으로는 내가 지켜 줄게. 그러니까 울지 마."

뒤늦게 찾아온 공포에 떨면서 눈물을 흘리는 사야 씨를, 세인이라는 자경단 청년이 끌어안는다.

"청춘이 따로 없네. 저기만 봄이야……."

"젊은 게 좋긴 좋구먼~."

"마녀님, 지금은 가을이에요."

두 남녀의 애정 행각을 세인이라는 청년의 조부와 내가 흐뭇하게 바라본다.

그런 우리를, 어리둥절해하며 고개를 갸웃한 테토가 엉뚱하게 딴지를 걸며 여섯눈 곰을 질질 끌고 있다.

그리고 여섯눈 곰 사체를 옮기는 우리 곁으로, 다른 주민들에 비해서 약간 질이 좋아 보이는 옷을 입은 한 남자가 나타났다.

"반갑습니다, 모험가님. 저는 이 마을의 촌장 샘입니다. 마을 아이들을 지켜 주시고 마물까지 잡아 주셔서 진심으로 감사드립니다."

우리에게 공손하게 인사한 촌장이라는 남자는 굳은 표정으로 우리를 경계하는 것처럼 보였다.

"그래서 말인데요. 사례에 대해 의논하고 싶습니다만……."

"사례라."

내가 그렇게 나지막이 말하니, 촌장의 표정이 더 경직된다.

마을을 지켜야 하는 촌장으로서는 마을 주민을 습격하려 한 마물을 지나가는 모험가가 퇴치했다고 해서 마음을 놓을 수가 없다.

마물을 퇴치한 그 모험가가 마을에 위해를 가하면, 주민을 습격하는 마물 이상으로 위협적인 존재이기 때문이다.

우리가 어떤 사례를 요구하느냐에 따라서 어떻게 대응할지 정하려는지도 모른다.

그래서 나는——.

"——사례는, 필요 없어."

"필요 없으시다고요?"

"그래, 의뢰를 받아 퇴치한 게 아니니까. 그냥 곰 고기가 너무 많아서 우리 둘이서는 다 못 먹으니, 반 이상은 마을에 줄게. 주민들끼리 먹도록 해."

"사례를 받지도 않으시고, 오히려 귀중한 마물의 소재를 주시겠다는 말씀입니까?"

촌장이 놀라며 물었지만, 나는 촌장의 말을 확실하게 정정한다.

"고기만 주는 거야. 마석과 모피, 쓸개처럼 돈으로 바꿀 수 있는 부위는 우리가 가질 거고. ——합격인가?"

내가 묻자, 세인이라는 청년의 조부가 멀뚱멀뚱한 촌장 옆구리를 가볍게 쿡 찔러 정신을 차리게 한다.

"아, 아아. 미안하네, 시험하듯 떠봐서……. 아이들을 지켜 준 건 다시 한번 고맙네. 오늘 밤, 묵을 곳이 없다면 보수 대신에 빈집을 빌려주지."

옛날에는 여관이 있었는데 묵는 사람이 행상인이나 관리밖에 없어서 망했다고 촌장이 잡담하며 설명해 준다.

"그럼, 교섭 성립이군."

나로서는 이 마을에 나쁜 인상을 주고 싶지 않고, 무엇보다 모험가를 깎아내리는 행위를 하고 싶지 않다.

촌장으로서는 C급 마물을 쓰러뜨린 내게 사례를 하는 것보다 빈집을 빌려주는 게 더 저렴한 거래다.

그런 이야기를 나누는 동안에 테토가 여섯눈 곰의 해체를 마쳤다.

"마녀님~, 해체 다 했으니, 마법으로 처리 부탁드려요~."

"그래, 알았어."

테토가 해체한 여섯눈 곰의 사체는 부위별로 깔끔하게 발라져 있었다.

토속성의 황색 마석이 꺼내어져 놓여 있고, 한 장으로 이어진 검은 모피가 고이 펼쳐져 있다.

그 밖에도 가죽을 벗긴 곰 고기는 테토의 검은 마검으로 알맞은 크기로 썰어 해체하는 걸 도와준 마을 주민들이 옮긴다.

눈 여섯 개와 위, 장 등의 쓸모없어서 버리는 부위는 밭 옆에 구멍을 파서 버리고 약의 소재로 사용할 수 있는 쓸개는 가죽 주머니에 넣어서 구별해 두었다.

"테토, 해체 실력이 엄청나게 늘었네."

"헤헤헤, 마녀님께 칭찬받았다~."

개척촌을 떠나 여행한 지 1년, 테토는 각지를 방랑하며 쓰러뜨린 마물을 계속 해체해 왔다.

처음에는 마석만 꺼냈는데 다른 부위가 못 쓰게 되어서 소재

매각 금액이 큰 폭으로 줄기도 했다.

시행착오를 겪으면서 마물 사체를 길드에 들고 가 전문가가 해체하는 방법을 눈으로 직접 보고 학습한 테토는 실전을 반복했다.

그 결과, 골렘에서 진화한 신 종족 어스노이드인 테토는 골렘의 정확성과 높은 학습 능력으로 마물을 깔끔하게 해체할 수 있게 되었다.

"어디 그럼, 나도 나서 볼까. ──《워시》!"

마법으로 만들어 낸 물 공 속에 소용돌이를 일으켜, 막 벗긴 모피를 던져 넣는다.

소용돌이의 회전력과 물의 세정력으로 모피에 달라붙은 때와 오물, 그리고 모피 안쪽에 남은 피와 기름도 물로 씻어 낸다.

"──오오오오오!"

"──우와아아아!"

"──오오오오오!"

갑자기 생겨난 물 공 속에서 비벼지며 세척되는 모피를 보고 마을 사람들이 놀라워하며 감탄한다.

"이제 물기를 짜고 말려서 팔면, 전문가가 금방 무두질해 줄 거야."

물 공의 물을 새로 바꿔서 헹군 뒤, 바람의 마법으로 물기를 제거한다.

열풍 마법으로 건조하면 모피 자체가 손상되므로 부드러운 냉풍을 쐬어 천천히 시간을 들여서 말린다.

공중에 날리는 곰의 모피 한 장에, 어른도 아이들도 평소 접할 일이 없는 마법이라는 것을 눈을 반짝이며 구경한다.

처리를 마친 여섯눈 곰의 모피를 정성스럽게 둘둘 말아서 허리춤에 찬 파우치형 마법 가방에 넣으니 쑥 빨려 들어가 보관된다.

쓸개는 가죽 주머니 안쪽에 열을 가하지 않고 수분만 분리하는 마법, ——《드라이》로 바싹바싹 말린다.

모피는 《드라이》로 말리면 모피의 수분과 기름까지 날아가 버리기 때문에 소재에 따라 사용하는 마법을 바꾸는 건 여담이다.

그렇게 소재 처리는 반쯤 끝났고 이제 남은 건 대량의 곰 고기다.

그 뒤, 소중한 마을을 위기에서 구해 준 손님인 우리를 대접한다고 남자 어른들이 축제 때 쓰는 큰 솥을 가져오고 여자 어른들은 각자 집에서 채소를 가져와 곰 고기를 조리하기 시작한다.

나와 테토에게는 손님이니까 가만히 있으라고 해서 아이들이나 노인들과 이야기를 나누며 기다렸다.

3화【무시무시한 마물도 전골이 되면,
무섭지 않다】

토벌한 여섯눈 곰의 몸무게는 400kg 정도 됐지만, 해체하면서 내장을 바르고 가죽을 벗기고 뼈를 발라내 고기만 남기니 몸무게의 반인 200kg이 되었다.

거기다 맛있는 부위 50kg은 우리가 받고 나머지 150kg도 3분의 2는 여섯눈 곰의 지방이다.

곰의 지방을 마을 아낙네들이 식칼로 깎아 내, 얇게 저민 곰고기를 솥에 넣어 볶는다. 거기에 채소를 썰어 넣고 끓여서 떫은맛을 제거하고 허브와 소금으로 간을 맞춘 뒤, 밀가루 경단을 넣어서 끓인 곰 국이 맛있는 냄새를 풍기고 있다.

"어서들 드세요! 다 됐어요! 부족하면 더 드셔도 됩니다!"

해도 짧은 가을 하늘이 조금씩 어둑어둑해질 즈음에야 완성된 곰 국을 사야 씨가 나른다.

"고마워, 잘 먹을게."

"감사합니다! 잘 먹겠습니다!"

가져다준 곰 국을 바로 한 입 먹으니, 따뜻한 맛에 뜨끈한 숨이 새어 나온다.

곰 고기를 볶을 때 잘라 낸 곰 고기 기름으로 볶았는지 기름의 단맛과 김이 모락모락 나는 부드러운 채소의 맛이 마음을 편안하게 해 준다.

얇게 썬 곰 고기는 짐승 고기답게 식감이 약간 독특하지만, 씹을 때마다 감칠맛이 난다.

감자와 밀가루 경단의 전분질이 녹아 곰 국이 걸쭉해져서 잘 식지 않아 몸속까지 따뜻해진다.

"언니, 언니. 이 버섯, 우리가 딴 거야!"

"저기 있는 채소는 우리 집 밭에서 난 거고!"

아이들도 곰 국을 받아 들고 내 주변에서 자신들이 숲에서 딴 버섯과 밭에서 딴 채소를 발견하고 기뻐하며 알려 준다.

"그렇구나. 오늘 애쓴 성과가 가득 들었네. 아주 맛있어."

"모두가 열심히 딴 식재료가 맛있는 곰 국이 되었어요!"

우리가 칭찬하면서 맛있게 먹으니, 아이들도 기뻐하며 곰 국한 그릇을 싹 비우고 또 받으러 간다.

나는 두 그릇 정도 먹고 나니까 배가 불렀지만, 테토는 나의 배 이상을 먹고도 더 받으러 가길래 나는 국을 먹는 사람들의 모습을 멍하니 바라보았다.

"이렇게 먹어 버리니까 그토록 무시무시했던 마물도 아무것도 아니구나."

먹어서 배가 불렀는지 아이들이 머리를 앞으로 뒤로 흔들며 꾸벅꾸벅 졸기 시작해서 아이 엄마들이 집으로 데려간다.

엄마들과 교대하듯이 다른 어른들은 술집으로 에일 맥주를 마시러 가려나 보다.

슬슬 파하는 분위기에 사야 씨가 왔다.

"촌장님께서 두 분을 빈집으로 안내해 드리라고 하셨어요."

"고마워, 사야 씨. 테토, 가자."

"우물우물……. 네, 가요!"

마지막 한 그릇을 급히 먹는 테토를 보며 못 말린다는 듯이 웃고, 오늘 묵을 빈집으로 향한다.

가는 길에 사야 씨가 혼자서 무거워 보이는, 속이 깊은 솥을 들고 가고 있다.

"그 솥, 무거워 보이는데 옮기는 거 도와줄까?"

"아뇨, 소중한 은인이신 손님께 이런 일을 맡길 수는 없어요!"

"마음 쓰지 않아도 돼요. 보세요, 테토가 들면 거뜬하답니다! ……어? 지방이에요?"

테토가 사야 씨에게서 솥을 받아 들더니 그 안에 든 걸 보고 이상하다는 듯 고개를 기울인다.

"곰 국 만들기 전에 발라낸 거 맞지?"

"네. 저는 약사라서 이 지방으로 연고를 만들거든요. 뭐, 약사셨던 할머니 실력에는 한참 못 미치는 수습 수준이지만요."

사야 씨가 그렇게 말하며 씁쓸하게 웃는다.

"그렇구나, 흥미가 생기는데. 나도 일단은 조합사라서."

"조합사라니, 포션을 만들 수 있는 건가요?! 굉장하네요!"

이 세상에서는 일반적으로 약사와 조합사는 별개의 존재이다.

약사는 약초 등의 지식을 쌓아 약초를 달여 민간요법을 행하는 사람들이다.

조합사는 약초 등을 조합할 때 마력을 부여해서 포션 같은 마법 약을 만드는 사람을 말한다.

나는, 곰 지방, ──정확히 말하면 동물 지방으로 연고를 만드는 방법을 모르기 때문에 관심이 생겼다.

"연고 만드는 거, 보여 줄 수 있어?"

"그럼요. 마을 외곽의 별채에서 약을 만들고 있어요."

이야기를 듣자 하니, 우리가 빌린 빈집 뒤편에 있는 별채에 다니면서 약을 짓는 모양이다.

마을의 외곽에 있어서 다니기가 불편하기는 하지만, 약을 만들 때 냄새가 나서 마을에서 떨어진 곳에서 하는 게 더 낫다고 한다.

"이 솥은, 어디에 둘까요?"

"아, 거기 있는 식탁에 올려놓으세요. 도와줘서 고마워요. 오늘은 늦었으니, 연고는 내일 만들어요. 그러면 이제 빈집으로 안내할게요!"

사야 씨가 별채에 곰의 지방을 둔 뒤, 빈집 쪽으로 안내해 주었다.

빈집은 정기적으로 청소하는지 깨끗했으며, 각종 가구가 채워진 부엌에 침실까지 있었다.

"내일 아침 식사는 제가 차릴게요. 그럼, 푹 쉬세요."

"사야 씨, 잘 자. 그리고 내일 신세 좀 질게."

"신세 지겠습니다! 내일 아침 기대할게요!"

그렇게 말하고 빈집을 뒤로하는 사야 씨를 배웅하고 난 뒤, 별채에 불빛이 켜지는 게 보였다.

약사라고 했으니 오늘 채취한 약초를 처리하려는 거겠지.

"마녀님, 다행이네요! 새로운 약을 만드는 방법을 가르쳐 준대요!"

"응, 그러게. 내일 아침에 만든다고 했으니까 늦지 않게 오늘은 이만 자자."

"네!"

우리는 빈집에 들어가 《라이트》 마법으로 불을 밝힌다.

그리고 자기 전에 《클린》 마법으로 몸을 씻고 마법 가방에서 잠옷을 꺼내 갈아입는다.

"후우, 이렇게 편하게 입으니까 하루가 끝났다는 기분이 드네."

"테토도 그렇게 생각해요!"

유적을 보려고 이 마을을 찾은 건데 예정 외로 마물 토벌을 하고, 곰 국을 먹고, 동물 지방으로 연고 만드는 방법을 배울 약속을 하는 등, 오늘 하루에 여러 가지 일이 있었다.

그리고 근방에 숲이 있어서 그런지, 이 마을이 어쩐지 1년 전에 머물렀던 개척촌의 분위기가 비슷한 것처럼 느껴졌다.

그렇게 침대에 걸터앉아서 오늘 깜박하고 안 먹은 【신기한 나무 열매】를 씹어 먹으면서 나와 테토의 상태창을 띄운다.

이름: 치세(전생자)

직업: 마녀

칭호:【개척촌의 여신】【C등급 모험가】

Lv.60

체력 1150/1150

마력 13400/13400

스킬【장술 Lv.3】【원초 마법 Lv.7】【신체 강화 Lv.5】【조합 Lv.4】

　　【마력 회복 Lv.5】【마력 제어 Lv.7】【마력 차단 Lv.6】기타 등등…….

고유 스킬【창조 마법】【노화 지연】

【테토(어스노이드)】

직업: 수호 검사

칭호:【마녀의 종자】【C등급 모험가】

골렘 핵의 마력 32640/32640

스킬【검술 Lv.6】【방어술 Lv.3】【땅의 마법 Lv.6】【괴력 Lv.4】

　　【마력 회복 Lv.3】【종속 강화 Lv.3】【신체 강화 Lv.8】【재생 Lv.3】기타

　　등등…….

　개척촌을 떠나온 뒤로도【신기한 나무 열매】를 1년간 꾸준히 먹어서 마력이 약 15,000마력까지 늘었다.

　마력이 커지면서 몇 가지 폐해가 생겼다.

　내 마력이 급격하게 커진 탓에 마법을 다루는 게 불안정해진 것이다.

　또한 너무 많은 마력이 그대로 무의식적으로 방출하게 되어【마력 감지】스킬이 있는 사람과 마물이 알아차리기가 쉬워졌다.

　그래서 한동안은 사람이 사는 마을과 떨어진 산속에서 마물을 사냥하면서【마력 제어】스킬과【마력 차단】스킬을 단련했다.

몸 밖으로 새어 나가는 마력을 억제하고 마력 제어 능력을 키워 【신체 강화】 운용 효율이 오른 결과——, 새로운 스킬이 생겼다.

그게 바로——, 【노화 지연】이다.

효과는 노화 그 자체가 늦어지는 스킬이다.

【신체 강화】를 구사하는 인간은 신체가 활성화되어 전성기를 오래 유지할 수 있으며, 마력이 큰 인간만큼 수명이 늘어나기 쉽다.

그래서 나는 열세 살이 되었어도 1년 전에 비해서…… 외견이라고 해야 하나, 신체 특징이 변하지 않았다.

그에 반해 테토는 어떠냐면——.

"아~, 곰의 마석은, 향기가 진하고 맛있어요~."

【신기한 나무 열매】를 먹는 내 옆에서 여섯눈 곰의 마석을 우두둑우두둑 먹고 있다.

지금처럼 나와의 여행 중에 쓰러뜨린 마물의 마석을 골렘 핵에 흡수해서, 당연히 1년 전보다 전체 상태와 스킬이 향상되었다.

"자, 이만 잘까."

"오늘 밤도 마녀님과 같이 잘래요!"

우리의 상태창을 확인한 나는, 테토에게 꼭 껴안긴 채 침대에서 잠들었다.

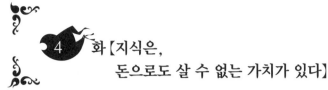

4화 【지식은,
돈으로도 살 수 없는 가치가 있다】

아침에 일어나서 창문을 여니, 가을의 찬 공기가 집 안으로 흘러 들어온다.

가을 공기를 가득 들이켜 시원한 기분으로 아직 침대에서 자는 테토를 흔들어 깨운다.

"테토, 아침이야. 일어나."

"마녀님, 좋은 아침이에요! 테토, 일어났어요!"

"후후, 좋은 아침."

여전히 아침에 잘 일어나는 테토를 보고 웃으면서 아침 인사를 나눈다.

그 후, 우리는 옷을 갈아입고 빈집 뒤편에 있는 우물물로 세수를 했다.

"사야 씨, 좋은 아침."

"안녕하세요!"

"아, 일어났군요. 좋은 아침이에요."

약사 사야 씨도 아침 일찍 일어나 있었는데, 보니까 손에 물통을 들고 있다.

"물 긷게?"

"아침을 차리려면 필요하거든요."

"테토가 도울게요!"

굳이 긷지 않고 내가 마법으로 물을 만드는 게 빠르지만, 우물에 통을 내려 밧줄을 당겨 끌어 올리는 테토가 즐거워 보여서 그냥 지켜보기로 했다.

"그러면 아침을 만들어 볼까요."

활기차게 얘기한 사야 씨가 빈집의 부엌으로 들어와, 우리에게 아침을 차려 주기 시작한다.

나는 조리하는 것을 돕기 위해서 마법으로 아궁이에 불을 지피고, 테토는 그릇을 놓는다.

"마법으로 불을 피우다니 굉장해요! 역시 마법사세요!"

"그런가? 단순한 생활 마법인걸. 야영하게 돼서 음식 조리가 필요할 때는 늘 마법으로 불을 피우고 물을 만들어 내니까."

"장작 비용을 절약할 수 있다니 부러워요. 저는 마법을 못 쓰거든요."

사야 씨가 갓 낳은 달걀을 깨서 프라이팬에 부치면서 아궁이에 건 안정적인 마법 불꽃을 부러운 듯이 바라본다.

이렇게 다 같이 요리하는 게 즐거운지, 어제보다 표정이 밝다.

우리가 함께 완성한 아침 식사는 빵과 채소 수프, 반숙 달걀프라이, 잎채소 샐러드다.

"자, 아침을 먹어 볼까요!"

"응, 그래. 잘 먹을게."

"먹음직스러워 보여요! 잘 먹겠습니다!"

우리는 약간 딱딱한 빵을 수프에 불려 먹거나 빵을 떼어 내 휘

저은 달걀프라이의 노른자를 얹어 먹거나 했다.

잎채소 샐러드는 소금과 식물유, 식초, 말린 허브를 조금 넣고, 마무리로 사야 씨의 수제 드레싱을 뿌려서 그런지 맛있었다.

"어, 어때요?"

아침을 먹는 우리에게 사야 씨가 우물쭈물 아침 식사에 대한 감상을 묻는다.

"맛있어. 따뜻하고 마음이 편안해지는 맛이야."

"더 먹고 싶어요!"

나와 테토의 감상에 사야 씨는 안도하며 작게 한숨을 내쉬고, 웃으면서 테토에게 한 그릇 더 퍼 준다.

밥을 먹고 나서는 사야 씨가 만든 오리지널 허브차를 마시고 잠깐 쉰 다음에 셋이 별채로 향했다.

"동물 지방으로 연고를 만드는 건 매우 번거로운 작업이에요."

"그렇구나."

"네! 하루 이틀로 끝나는 일이 아니지만, 보여 줄 수 있는 만큼은 만들면서 보여 줄게요!"

"테토도 열심히 도울게요! 힘쓰는 일은 저한테 맡겨요!"

사야 씨가 어제 옮긴 여섯눈 곰의 지방을 담은 솥을 당겨 온 뒤, 식칼 같은 도구를 차례로 늘어놓는다.

그 모습은 마치 마녀인 나보다도 더 마녀처럼 보였다.

"먼저, 만드는 법을 설명할게요. 준비됐나요?"

"응, 됐어."

"문제없어요!"

나는 마법 가방에서 조합 기록용 공책과 펜을 꺼낸다.

개척촌의 조합사 모험가에게 배운 레시피 말고도 1년간 여행하면서 발견한 책에 기록되어 있던 레시피나 민간요법, 그 외로 약에 쓸 수 있는 소재에 관해 정리한 것이다.

기록용 공책을 펼치니, 사야 씨가 신기한 듯이 그 공책을 들여다본다.

"치세 씨, 그 공책은 뭐예요?"

"기록용 공책이야. 조합 레시피 순서나 소재 분량이나……. 나중에 직접 만들며 실험해 보면서 더 효과가 좋은 배합 같은 걸 기록하는 데 쓰고 있어."

"잠깐 봐도 될까요?"

그렇게 묻는 사야 씨에게 공책을 건네자, 맨 처음부터 읽어 나간다.

조합사가 만드는 포션 레시피부터 민간요법, 약에 마력을 주입할 때의 요령, 미확인 마법 약의 레시피와 확인을 마친 효과가 좋은 배합의 검증 기록 등을 쓱 훑어보고 있다.

내용이 그렇게 많지는 않지만, 마지막까지 읽은 사야 씨가 깊은 한숨을 내쉬더니, 내게 정중히 공책을 돌려준다.

"정말 부럽네요. 조금 전에도 말했다시피 마법을 쓸 수 있으면 장작을 절약할 수도 있고 포션을 만들 수 있으면 지금보다 더 좋은 약을 만들 수 있으니까요."

사야 씨가 진지하게 말할 정도로, 마력을 주입하는 조합사와 그냥 약사 사이에는 큰 차이가 있다.

"……원한다면, 베껴 쓸래? 어쩌면 조합사가 될 수 있을지도 모르잖아."

내 공책의 사본이 있으면 독학이기는 해도 감으로 하는 것보다는 조합사가 될 가능성이 있다.

그런 내 제안에 사야 씨가 당황하며 놀란다.

"네?! 제가 조합사라니, 무리예요! 그리고 이렇게 쉽게 공책을 베끼라고 건네면 안 돼요! 아주 소중히 다뤄야 한다고요!"

전생한 지 1년 이상 됐지만, 이 세계는 지식 전달과 공유 속도가 매우 느리고 또 유용한 지식은 감추는 경향이 강하다.

그 지식의 집대성의 하나인 공책을 손에 넣을 기회는 흔치 않다.

그 사실을 사야 씨도 아는 모양이다.

그래서 조합사에 도움이 되는 지식을 기록한 내 공책을 부러워한 것 같다.

"마을을 떠나기 전까지 준비해 줄게."

"치세 씨?!"

"마녀님은, 이런 사람이에요! 그리고 사야 씨는 좋은 사람이니까 받아 주면 좋겠어요!"

"테토 씨까지?!"

나와 테토에게 휘둘린 사야 씨는, 놀라서 심호흡을 몇 번이나 반복했다.

"정말이지, 놀리지 마세요. 그보다 연고나 만들죠."

"참, 그랬지. 그러면 만드는 방법을 가르쳐 줄래?"

잠깐 딴 길로 새서 수다를 떨었지만, 곰과 사슴, 멧돼지 등을 사냥해 얻을 수 있는 동물 지방으로 만드는 연고 만들기 방법을 배우기 시작한다.

"준비물은 거름 천과 뜨거운 기름을 만져야 하니 가죽 장갑이 필요해요."

사야 씨가 가까운 선반에서 방금 말한 도구들을 꺼내 온다.

"테토 씨는 아침을 차렸을 때처럼 우물에서 물을 길어 날라 줄래요?"

"알겠어요!"

사야 씨에게 물통을 건네받은 테토가 우물에서 물을 길으러 나간다.

그동안 나는 사야 씨에게 지방의 손질 방법을 배운다.

"우선, 지방이 녹기 쉽게 작고 네모나게 썰어서 솥에 넣어요."

수 센티 정도로 자른 지방을 솥에 넣은 뒤에 테토가 길어 온 물을 붓는다.

그리고 물을 부은 솥을 불로 보글보글 끓이면서 나무 주걱으로 저어 동물 지방을 녹인다.

아궁이는 내가 아침을 차릴 때와 똑같이 불의 마법으로 불을 지펴서 장작을 아낀다.

가을에서 겨울로 넘어가는 이 시기에는 장작을 비축해 두지 않으면 겨울철에 동사하고 만다.

그런 시기에 동물 지방으로 만드는 연고는 장작을 소비하는데다 번거롭기까지 하다.

원래는 가을부터 겨울까지 몸을 따뜻하게 덥힐 겸, 사냥감이

겨울을 나기 위해 그 몸에 비축한 지방을 녹여 연고를 만든다고
한다.

사야 씨에게 문화와 관습에 관한 다양한 이야기를 들으면서
공책에 연고 만드는 방법과 함께 적어 둔다.

"치세 씨, 만드는 방법을 제대로 기록하고 있나요?"

"응, 꼼꼼히 기록하고 있어."

작업 과정을 하나하나 확인하는 사야 씨에게 내가 그렇게 대
답한다.

그리고 솥에 끓인 물에 곰의 지방이 거의 녹았을 때, 사야 씨
가 다음 지시를 내린다.

"자, 이제부터 기름을 짤 거예요."

녹인 곰의 지방과 끓인 물을 거름 천에 거른 뒤, 다른 솥으로
옮긴다.

그리고 가죽 장갑을 낀 사야 씨가 거름 천에 남은 뜨거운 지방
덩어리를 비벼 녹여 기름을 짜낸다.

"아, 뜨거워! 테토 씨는 괜찮아요?!"

"괜찮아요~."

사야 씨는 가죽 장갑을 끼고도 조심스럽게 짜는데 테토는 원
래 골렘이라서 뜨거운 것도 모르고 힘껏 힘주어 기름을 짠다.

그렇게 지방을 발라냈을 때 남았던 고기 조각과 피가 분리되
어, 솥에는 불순물을 거른 깨끗한 곰의 기름만이 모였다.

"이렇게 거른 기름을 또다시 대여섯 번 걸러 불순물을 제거해
나가는 거예요. 그리고 여러 번 거른 기름을 차가운 우물물과

겨울에 내리는 눈으로 식혀서 굳히면, 오늘 작업은 끝입니다."

"꽤 중노동이네. 그러면 연고가 완성된 거야?"

"아뇨. 그 후에는 굳은 기름 표면에 뜬 찌꺼기와 불순물을 제거하고 다시 작게 잘라 물을 넣어 솥에서 녹인 뒤에 식혀서 굳혀요. 이 과정을 다섯 번 이상 더 반복해야 해요."

"손이 그렇게나 많이 가는구나."

어느 정도까지 작업이 진행되면, 분리 마법으로 불순물을 제거하는 편이 훨씬 더 빨리 만들 수 있지 않을까 생각한다.

뭐, 이 부분은 마법으로 개선될 여지가 있다고 메모를 남긴다.

"그럼, 오늘 작업은 이거로 마칠게요."

"사야 씨. 연고를 어떻게 만드는지 가르쳐 줘서 고마워."

"고맙습니다!"

만드는 방법을 대강이라도 배워서 고맙다고 인사하니, 사야 씨가 살짝 수줍어한다.

"저는 지금부터 겨울철에 쓸 땔감을 주우러 갈 건데, 두 사람은 뭐 할 거예요?"

우리의 감사 인사를 받고 수줍음을 감추기 위해 화제를 돌리는 사야 씨에게 대답한다.

"유적을 보러 갈까 해. 그게 이 마을에 온 이유니까."

"어떤 곳일지 기대돼요!"

"그러면 땔감도 주울 겸, 유적까지 데려다줄게요."

그렇게 말한 사야 씨는 녹인 기름에 먼지가 쌓이지 않게 솥에 뚜껑을 덮고, 솥보다 한 아름 더 큰 용기에 담긴 차가운 우물물에 솥을 넣고 작업을 마친다.

"그럼, 치세 씨와 테토 씨, 가요."

우리는 약을 만들 때 쓰는 별채를 깨끗하게 정리한 후에 사야 씨의 안내를 받아 유적으로 향했다.

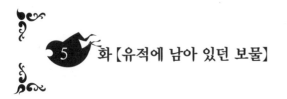

5화【유적에 남아 있던 보물】

"치세 씨, 테토 씨, 유적까지 안내할게요."

땔감을 줍기 위해 지게를 진 사야 씨의 안내를 받아 나와 테토는 유적으로 향한다.

마을을 나와서 어제 출몰한 마물, 여섯눈 곰을 쓰러트린 방향과 반대쪽으로 걷는다.

떨어진 나뭇가지를 주워서 땔감 모으는 걸 도우며, 이 마을 주민인 사야 씨에게 유적에 관한 설명을 들었다.

"유적은, 지금은 아이들의 놀이터가 되었어요. 거기다 내부 온도가 일정해서 여름철에는 거기서 잠깐 쉬었다 가기도 하죠."

그 밖에도 갑자기 비가 쏟아질 때는 지역 주민들이 비를 피하는 곳으로 활용한다고 한다.

"유적 같은 장소는 마물이 자리 잡기가 쉽다던데, 그 주변은 어때?"

"듣기로는 마물막이의 효과가 남아 있어서 안전하다고 하더라고요. 안쪽은 곳곳이 무너져 있기도 해서 입구에서 잠깐 쉬는 정도로밖에 못 써요."

'뭐, 몇 년에 한 번은, 아이들이 모험이랍시고 안쪽까지 들어가는 탓에 어른들이 찾으러 가기는 하지만요'라고 사야 씨가 말하면서 헛웃음을 짓는다.

그 이야기에 나와 테토가 맞장구를 치며 듣는다.

"아, 저기 보이네요. 저기가 유적이에요!"

약간 높은 언덕에 파묻힌 듯이 자리한 유적 주변에는 나무들이 잘려 나가, 유적 앞이 넓게 조성되어 있다.

입구에는 나중에 따로 댄 지붕과 야생 동물을 막는 문까지 달려 있다.

"저게, 유적이구나. 테토, 눈치챘어?"

"네. 주변에서 마력을 흡수하고 있어요."

내가 작은 목소리로 묻자, 테토가 고개를 끄덕인다.

【신체 강화】를 응용하여 눈으로 마력을 집중시키니, 유적 주변의 마력 흐름을 볼 수가 있었다.

이 유적은 인간이 내보내는 미약한 마력과 자연계에 영향이 없을 정도로만 마력을 흡수하고, 부족한 마력은 이곳에 접근하는 마물의 마력을 선별해서 흡입하는 모양이다.

그래서 마물을 막는 효과가 있는 거겠지.

"테토, 괜찮아?"

"괜찮아요. 이 정도는 문제없어요!"

테토는 골렘에서 진화한 어스노이드라는 종족이다.

몸속에 골렘의 핵이 있고 핵의 마력으로 움직이기 때문에 정의상으로는 마족이라고 불린다.

그래서 유적이 테토에게서 마력을 많이 빨아들이려 하고 있다.

하지만 그냥 마물과는 달리 테토는 【신체 강화】를 습득했기에 빠져나가려는 마력을 능숙하게 자기 주변에 억누르고 있다.

"뭐, 우리에게 이 정도는 오차 범위 내지."

마력이 작은 마을 주민들의 미미한 마력만을 흡수하는 유적이다.

이런 흡수 속도로는 내 마력이 자연 회복하는 속도가 더 빠르다.

테토는 마석을 먹거나 내가 《차지》로 마력을 보충해 주기 때문에 별로 문제가 되지 않는다.

"여기가 유적 입구예요. 들어가죠."

"고마워. 얼른 안으로 가자."

"기대돼요."

사야 씨와 함께 유적 안으로 들어가니, 푸른색이 도는 석재로 지어진 유적 통로가 눈에 들어왔다.

유적 통로의 높이와 폭은 던전 통로보다 한 아름 낮고 좁았지만, 사람이 지나다니기에는 불편함이 느껴지지 않을 만큼은 넓었다.

"좀 어둡지 않나."

"바닥이 살짝 빛나고 있어요!"

유적 입구에는 사람의 출입이나 비바람에 흘러들어온 흙과 돌이 통로 가장자리에 쌓여 있었는데, 거기서 반짝이끼 같은 미량의 마력과 빛을 발하는 식물이 자라고 있기 때문일 것이다.

"환상적인 느낌이네. 근데 역시 어두워. ——《라이트》!"

나는 마법으로 불을 밝혀 주변을 비춰 가면서 유적 안쪽으로 들어간다.

안으로 들어갈수록 흘러들어온 흙이나 돌도 줄어들기에 빛이 안 들지 않을까 했는데, 군데군데 무너지거나 나무뿌리에 침식 당해 벌어진 틈으로 빛이 새어 들고 있었다.

"이 앞으로 더 가면 다른 통로로 통하는 큰 방이 있어요!"

평소, 그 큰 방까지 아이들의 놀이터로 쓴다고 한다.

큰 방이라는 곳에 가니, 각자 숲속에서 옮겨왔는지 앉기 적당한 크기의 돌이 의자처럼 놓여 있고 천장 구석이 부서져 빛이 들이친다.

이 밖에도 아이들이 가져온 나무 막대기와 넝마 조각, 고장 나기 직전인 랜턴 등이 아무렇게나 놓여 있어서 비밀 기지 같은 느낌이 들었다.

벽에는 역대 마을 아이들이 돌인지 뭔지로 긁어 자신들의 이름을 새긴 흔적이 있어서, 못 말린다는 듯이 미소가 나왔다.

"유적이란 이렇게 생겼구나."

"혹시 두 사람, 이 유적을 보고 뭔가 알았나요? 새로운 발견이라든지."

"없어. 그냥 흥미가 있어서 들른 것뿐이라 전문 지식은 딱히 없거든."

"테토는, 마녀님을 따라온 거예요~."

그렇게 답한 나는 가까이에 떨어져 있는 유적 건축 재료 파편을 살며시 집어 감정 외알 안경으로 살펴본다.

살펴본 결과, 마력을 흡수하면 단단해지는 소재였는데 그걸 마력으로 가공해 지은 듯하다.

약 800년 전——, 마법 건축에 일가견이 있는 사람들이 지어 올리다가 포기했다고 해야 하나.

유적의 규모는 소규모 집단이 쓰는 별장이었지만, 천변지이 (天變地異)로 매몰된 것처럼도 보인다.

"아주 오랜 옛날에 마물과의 생활권 마찰에 져서 묻힌 장소일지도."

마물의 집단 폭주로 인한 인간의 생활권 축소와 그 후, 마물의 정상화.

그리고 마물의 지배 영역에 속한 지역에서는 토지와 식생이 크게 변동하여 건축물 대다수가 썩어 간다.

부식되어야 할 인공물이 마력에 의해 형태를 보존하고 인간의 개척 활동과 함께 그 모습을 다시 드러낸 것을 유적이라 부른다.

대지의 변화와 물체의 열화도 마력에 의한 거지만, 그것들을 안정적으로 유지하는 것도 마력이라는 게 재미있다.

"비문(碑文) 같은 건 본 적이 없네요. 아, 혹시 저쪽에 가 보지 않을래요? 좋은 거 보여 줄게요!"

"좋은 거?"

"궁금해요!"

사야 씨가 좋은 게 있다고 하면서 오른쪽 통로를 가리켜서 나는 고개를 작게 갸웃하고 테토는 흥미를 보인다.

"두 분 다 이쪽으로 와요."

사야 씨가 안내한다고 앞서서 가는 모습에 나와 테토가 한 번

마력 치트인 마녀가 되었습니다 2
©2020 by Aloha Zachou/Tetubuta
MICRO MAGAZINE, INC
[NOT FOR SALE]

다가 그 뒤를 따른다.

로를 걸어 도착한 곳은 더 이상 이어지는 곳

다.

답니다!"

가리킨 건 유적 바닥의 금이 간 곳에서 물

위의 천장은 무너져 뚫린 구멍으로 하늘

아나는 물을 먹고 자라 벽과 천장을 뒤덮

띠우고 있었다.

서는 여기서밖에 안 자라요!"

주고 싶었구나…….

어 한 광경에 테토가 솔직하게 감탄하

지도 못한 좋은 것을 보고 놀란다.

야스러워하며 으쓱한 사야 씨가 꽃 한

꿀을 빨아 먹을 수 있어요."

이면 누구든 한 번쯤은 해 보는 것이

로 보여 준다.

사야 씨를 따라서 나와 테토도 꽃잎

부족해요."

꽃잎 밑동에 단 꿀이 모여 있는지 입술로 뭉개듯 씹으니, 꿀의 단맛이 입안에 퍼졌다가 쓱 사라졌다.

테토는 부족했는지 꽃잎을 두서 잎 더 뜯어서 물고는 꽃의 꿀을 빨고 있다.

아이처럼 꽃의 꿀을 맛보며 즐기는 테토를 보고, 나와 사야 씨가 흐뭇한 미소를 짓는다.

사야 씨와 마을 사람들의 보물인 이 꽃은, 내게는 유적 견학에 필적할 정도의 보물이었다.

"무슨 꽃인지는 모르지만, 할아버지의 전 세대부터 다들 꿀을 빨아 드셨대요."

"――【로니세라스】야. 로니세라스의 은화(銀花)."

"……로니세라스요? 그런데 은화(銀貨)? 돈 말이에요?"

"【로니세라스】라는 희귀 덩굴 식물 약초래. 【로니세라스】의 하얀 꽃에 든 꿀이 한 숟가락에 은화 열 닢에 거래된 적이 있어서 은화(銀貨)가 되는 꽃이라는 뜻으로 은화(銀花)라고 불리기도 한다네."

나는 마법 가방에서 약초 사전을 꺼내어 한 페이지를 펼치니, 충실하게 모사한 그림과 함께 【로니세라스】의 설명과 그에 얽힌 일화, 이 약초로 마들 수 있는 마법 약과 효과가 있는 병에 관한 내용 등이 적혀 있었다.

"한 숟가락에 은화라니……. 와, 저희, 엄청난 귀중품을 들꽃 취급하고 있었어요."

쪽쪽대며 사정없이 꽃의 꿀을 빨고 있는 테토를 거들떠보지도

않고 약초 사전 설명문에 빨려 들어갈 듯이 보는 사야 씨가 놀란 표정으로 그 자리에 주저앉고 만다.

나는 사야 씨를 안심시키기 위해 일화의 뒷부분이 쓰여 있는 페이지를 펼쳐 읊어 준다.

"괜찮아. 꽃의 꿀은 오래 보존하기가 어려워서 귀한 단맛을 찾는 귀족이 손에 넣고 싶어 한다나 봐."

"저, 정말요?"

"응, 원래 약으로 쓰이는 건 덩굴 부분이라고 해. 해열과 진통, 호흡 기관계를 가라앉히는 효과가 있대."

그 밖에도 여러 소재와 혼합하여 마력을 부여하면 특정 전염병의 약도 만들 수 있다.

"그, 그렇군요……."

귀한 거인 줄 알았는데 자신의 지레짐작이었다는 걸 깨닫고 안도한 사야 씨는 뼛속부터 소시민인가 보다.

뭐, 【로니세라스 덩굴】을 제대로 손질해 처리하면 작은 봉투로 은화 수 닢 이상으로 팔리지만, 지금은 입 다물고 있자.

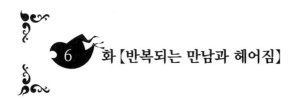

6 화 【반복되는 만남과 헤어짐】

　유적에 자생하고 있던 【로니세라스 덩굴】을 채취한 우리는, 유적에서 나와 마을로 돌아왔다.

　"오늘 정말 고마웠어. 내일부터는 우리 둘이 유적을 자세히 탐색할까 해."

　"안내해 줘서 고맙습니다! 즐거웠어요!"

　"저야말로요. 귀중한 약초라는 걸 알려 줘서 감사해요. 일단, 부모님께 말씀드려서 촌장님과 다른 어른들과 함께 약초를 어떻게 보호할지 얘기를 나눠야 할 것 같아요."

　【로니세라스 덩굴】을 꺾어서 가지고 나온 우리는 사야 씨가 약을 만들 때 쓰는 별채에 들러서 장작을 보관하는 곳에다 숲에서 주운 땔감을 내려놓는다.

　그러고 나서 촌장님께 【로니세라스 덩굴】에 관해서 알린다.

　"그렇구나. 말리면 오래 보존할 수 있어서 마을에서도 쓸 수 있고 멀리 이동해서 팔 수도 있단 말이지. 사야, 처리를 부탁해도 되겠니?"

　이야기를 들은 촌장님은 우리가 따 온 【로니세라스 덩굴】과 약초 사전을 빨려 들어갈 것처럼 보면서 유쾌하게 웃으며 사야 씨에게 【로니세라스 덩굴】의 건조 처리를 부탁했다.

약초 사전에는 내용이 간략히 쓰여 있어서 처리 방법이 완벽하지는 않지만, 사야 씨는 약사로서, 약초를 다루는 사람으로서 경험을 통해 터득한 방법으로 조심스럽게 약초를 처리해 간다.

"우리도 도울게."

"테토도 힘쓰는 일은 돕겠어요~."

"고마워요, 치세 씨, 테토 씨!"

그렇게 셋이【로니세라스 덩굴】을 말려 놓고 저녁을 먹은 뒤에는 사야 씨는 집으로 돌아가고 나와 테토도 빌린 빈집으로 갔다.

"마녀님, 이제 자기만 하면 돼요."

"그래. 근데 자기 전에 해놓고 싶은 일이 있어서. ──《크리에이션》!"

나는 자기 전에 마력을 소비해 물품을 만들어 내는【창조 마법】으로 백지로 된 책을 만든다.

그 책에 조합 공책 내용과 오늘 배운 동물 지방으로 만드는 연고 레시피, 약초 사전에 쓰여 있던 일반 약초와【로니세라스 덩굴】에 관해 발췌한 내용을 베껴 쓴다.

"마녀님? 사야에게 줄 공책을 베껴 쓰는 건가요?"

"응, 맞아."

조합사의 실력은 마력량 등을 비롯한 개인의 기량에 좌우되지만, 지식은 쌓아도 헛되지 않다.

"마녀님, 손으로 쓰면 힘들어요. 빨리 확 베낄 수 있는 도구를 만들든가 책 자체를【창조 마법】으로 만드는 게 나아요."

현대의 인쇄기와 복사기 같은 마도구가 있으면 내용을 손쉽게 종이에 베껴 적을 수 있고 애초에 【창조 마법】으로 같은 내용의 책을 만들어도 된다.

그 사실에 의문을 품은 테토와 달리 나는, 말을 고르면서 대답한다.

"그건 그렇지. 근데 의심받지 않으려는 것도 있어. 완전히 똑같은 종이에, 똑같은 글씨체로 쓰인 책이 있다는 건 말이 안 되니까. 뭐, 이건 그냥 겉치레로 하는 말이고."

"겉치레요? 그러면 속마음은 어떤데요?"

"속마음은 역시 손으로 직접 써서 줘야 마음이 담긴 따뜻함이 있지 않나 싶은 생각이 들어서."

진지하게 말하니 살짝 부끄러워져서 쓴웃음을 머금고 대답한다.

"뭐, 전부 손으로 베껴 쓴다는 게 힘들긴 하지만 말이야."

"음. 테토는 마녀님이 주는 건 뭐든 다 기뻐서 잘 모르겠어요."

침대에 걸터앉은 테토가 입술을 비쭉거리며 생각에 잠긴다.

그런 테토의 모습을 곁눈질로 보며 백지 책에 조합 지식을 베껴 써 내려 간다.

그런데 조금 문제가 생겼다──.

"으윽, 난 그림에 별로 소질이 없나 봐."

나는 글자를 베끼는 건 돼도 식물 그림을 섬세하게 그리는 건 못하나 보다.

그때, 테토가 침대에서 일어선다.

"마녀님, 테토도 도울게요!"

"아아, 그래. 그러면 이 식물 그림부터 그려 줘."

"맡겨 주세요!"

도중에 사본 만드는 작업을 테토에게 맡긴다.

원래 골렘이었던 만큼 정확성을 가진 테토가 책의 그림을 정확하게 기억해서 그걸 그대로 똑같이 그림을 따라 그린다.

그려 넣은 그림의 완성도에 나도 모르게 넋을 잃고 만다.

"됐어요! 마녀님, 어때요?!"

"굉장한데, 완벽해. ……흐아암."

책에 그림을 똑같이 옮겨 그리긴 했지만, 베끼는 작업이 하루로 끝나지 않을 듯해 졸려서 그만 하품이 새어 나오고 말았다.

"마녀님, 졸려 보이니까 오늘은 이만 자요."

"꺅! 잠깐, 테토, 안지 않아도 내 발로 침대에 갈 수 있어."

"마녀님은 금방 밤을 새려고 해요! 그러니까 테토가 침대로 옮길 거예요."

하품한 나를 테토가 겨드랑이에 껴안고 침대까지 데려간다.

"하여간, 알았어. 잘 자, 테토. 우리 내일도 힘내자."

"네!"

그렇게 테토와 함께 침대에서 잠이 들었다.

다음 날 아침, 사야 씨와 아침을 같이 먹은 뒤, 나와 테토는 유적을 조사하러 간다.

어제는 가지 못한 유적 안쪽과 무너져 내린 곳을 테토가 땅의 마법으로 탐지하여 흙과 돌을 치우고 천장을 보강하면서 조사했다.

아쉽지만, 보물은 거의 없어서 그냥 유적에 대해 이것저것 생각하면서 벽에 남은 모양을 베껴 그리고, 남아 있던 흔적의 문자로 유적이 존재한 당시의 정경을 상상하는 건 즐거웠다.

밤에는 테토에게 도와 달라고 해서 조합 공책과 약초 사전 내용을 백지 책에 옮겨 적는다.

그런 나날이 이어지다가 어느덧 유적 조사도 끝나고 사본도 완성했다.

그리고 닷새째 되는 날 아침――.

"유적 조사가 어제부로 끝나서 오늘, 이 마을을 떠날 거야."

"며칠 동안 신세 많았습니다!"

"네……?"

요 며칠, 사야 씨와 함께 먹었던 것처럼 오늘도 아침 식사를 하다가 마을을 떠난다는 말을 꺼내니 사야 씨가 한순간 무슨 말을 하는 건지 이해가 안 된다는 표정을 짓는다.

하지만 나는 그런 사야 씨에게 아랑곳하지 않고 용건을 말한다.

"일단 빌렸던 빈집은 마지막에 청소해서 깨끗하게 치웠다고 나중에 촌장님께 말 좀 전해 줄래요?"

"잠시만요! 너무 갑작스러워요! 조, 좀 더 있어도 돼요! 그리고 이것저것 준비할 것도 있잖아요?! 그러니까…… 앞으로 사흘 정도 더 머물러도――."

내 말을 천천히 이해한 사야 씨가 떠나려는 우리를 말리려 한다.

하지만 나는 살짝 난처해하면서 사야 씨를 바라보고 고개를 작게 가로젓는다.

"……왜요? 치세 씨, 테토 씨, 우리 마을이 싫어졌어요?"

"아니, 이 마을은 근사해. 숲의 보살핌 아래 평온하고, 사야 씨는 좋은 사람이고."

"함께 지내는 동안 즐거웠어요!"

"그런데, 왜요?"

어린 아이가 매달리듯 쳐다보는 사야 씨에게 내가 대답한다.

"곧 겨울이 오니까. 추위와 눈 때문에 못 움직이기 전에 출발해야 해……."

눈이 대지를 덮는 겨울이 되면, 아무리 모험가라고 할지라도 수월하게 여행하기가 어려워진다.

거기다 토벌 의뢰나 채취 의뢰를 맡기가 힘들어지므로 돈을 더 안정적으로 벌 수 있는 큰 마을이나 던전이 가까운 도시로 이동해야 한다.

물론 우리야【창조 마법】과 방대한 마력을 활용하면 어떤 환경에서든지 살아갈 수 있기에, 방금 말한 이유는 표면상의 이유다.

실은 개척촌에서 여행을 떠날 때처럼 같은 곳에 오래 머무르면 헤어질 때 힘들기 때문이다.

"그리고 우리에게는, 목적이 있어."

"……목적요?"

"마녀님과 함께【허무의 황야】를 찾고 있어요!"

힘차게 말하는 테토의 말에 고개를 끄덕인다.

여행기 책에 살짝 실린 지명에 마음이 끌린, 내가 찾는 장소다.

모든 것을 이야기할 수 없는 우리가 그저 조용히 눈을 맞추고 쳐다보니 사야 씨가 납득은 안 되지만, 사정을 헤아려 주었다.

"친구가 생겼다고 생각했는데 이렇게 빨리 헤어질 줄이야."

짧은 시간 동안 우리와 꽤 친해졌다고 생각했겠지.

그랬는데 오늘, 갑자기 떠난다는 말을 듣고 혼란스러워진 것이다.

그런 사야 씨를 나와 테토가 타이른다.

"나도 사야 씨를 친구라고 생각해."

"두 번 다시 못 만난대도, 한번 친구는 영원히 친구예요!"

나도, 테토도 사야 씨를 여행지에서 만난 좋은 친구라고 생각한다.

비록 이 좋은 친구와의 만남은 딱 한 번뿐일지도 모르지만, 소중히 여기고 싶다.

"……실은 알고 있었어요. 모험가니까, 언젠가 다시 떠나리라는 걸. 아…… 잠깐만 기다려요!"

자리에서 일어선 사야 씨가 약사 일을 할 때 쓰는 별채로 가서 작은 도기 용기를 가지고 왔다.

"치세 씨와 테토 씨가 떠날 때 주려고 준비하던 건데 늦지 않게 줄 수 있어서 다행이에요!"

그렇게 말하며 작은 용기의 뚜껑을 열어 보여 줬는데 거기에 하얀 덩어리가 들어 있었다.

"와, 맛있어 보여요!"

"사야 씨. 그거, 혹시 연고야?"

"맞아요. 그렇게 큰 지방 덩어리로 고작 이 정도밖에 못 만드는 연고랍니다."

중탕을 여러 번 반복해 불순물을 제거한 순수 여섯눈 곰의 기름으로 만든 연고다.

"뭐, 완성한 연고의 반은 제가 가졌지만요."

그렇게 농담조로 말하는 사야 씨에게 연고가 든 용기를 건네받는다.

"곧 겨울이 올 테니, 그 연고를 바르며 이 예쁜 손을 보호해요."

사야 씨는 연고가 든 용기를 건네받은 나와 테토의 손을 부드럽게 어루만진다.

그리고 연고도 받았겠다, 이때다 싶어 우리도 준비한 걸 내놓는다.

"우리도 친구 사야 씨가 이걸 받아 줬으면 좋겠어."

"마녀님과 함께 준비했어요!"

마법 가방에서 꺼낸 건, 밤마다 테토와 같이 베껴 쓴 사본이다.

사본을 받은 사야 씨의 눈이 휘둥그레진다.

"받아도 돼요? 정말 주는 거예요? 치세 씨, 테토 씨!"

사야 씨는 우리의 건넨 사본 선물을 소중하게 받아 주었다.

그 후, 사이좋게 셋이 다시 아침 식사를 마친 뒤, 갑작스러운 작별 소식을 촌장님께 전하러 간다.

그리고——.

"——놀러 와~."

"——또 보자."

"——또 와~."

마을 사람들이 서둘러 모여 배웅해 줘서 우리도 손을 흔들며 유적이 있는 마을을 떠나 좀 더 큰 마을로 향한다.

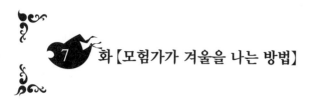

7 화 【모험가가 겨울을 나는 방법】

유적이 있는 마을을 떠나, 다시 여행길을 올라 가장 가까운 큰
마을에 도착한 나와 테토는 머무른 숙소에서 마법 가방 속을 정
리하고 있었다.

"정말 여러 가지를 모았구나."

"이것들 전부 다, 마녀님과의 소중한 추억이에요!"

개척촌을 떠난 뒤로 우리는, 유적이 있던 마을처럼 도로에서
떨어진 마을들을 들르며 어슬렁어슬렁 마음 내키는 대로 여행
을 계속해 왔다.

이번에 들렀던 유적이 있는 마을을 방문하기 전에도 다양한
마을들을 전전하면서 상인 흉내를 내며 장사를 하거나 모험가
로서 심부름 같은 걸 하면서 돌아다녔다.

특히 돈이 없었던 가난한 마을에서는 물물 교환의 대가로 각
마을에서 농사지은 귀한 농작물과 향신료 씨앗 등을 받았다.

"언젠가 우리가 정착할 장소를 찾았을 때, 키우고 싶어."

"채소가 다 맛있었어요!"

그런 추억을 가슴에 되새기며, 솜을 깐 작은 오동나무 상자에
보관 중인 식물 씨앗을 확인하면서 마법 가방에 자리를 고쳐 집
어넣는다.

그리고 작은 마을에서는 물물 교환만으로 거래했던 것과 달리, 가끔 큰 마을의 모험가 길드에 들리면 여행하며 쓰러트린 마물의 소재와 채취한 약초 등을 가져다가 돈으로 바꾸었다.

이번에도 마법 가방을 정리할 겸, 유적이 있는 마을에서 여섯 눈 곰을 잡아서 얻은 소재 등을 팔기 위해 길드로 향한다.

"실례합니다. 이 소재를 팔고 싶은데요."

"알겠습니다. 잠시만 기다리세요."

나와 테토는 모험가 길드에서 여섯눈 곰의 모피와 발톱, 쓸개를 매입 카운터에 제출하고 정산을 기다린다.

"치세 님, 테토 님, 오래 기다리셨습니다. 이게 여섯눈 곰 소재의 매각금입니다."

"고맙습니다."

"오오, 많이 받았어요!"

고기와 마석 이외의 유용 부위를 팔아서 은화 서른 닢이면 꽤 잘 받았다.

"겨울 전이라 모피 수요가 늘어난 데다가 모든 소재가 깨끗하게 처리되어 있어서 값을 좀 더 쳐 드렸습니다."

"고맙습니다."

"두 분 다 젊은 C등급 모험가에, 마물을 이렇게 소재 손상을 최소화해 깔끔하게 쓰러뜨린다니 굉장한 실력자이신가 봐요."

"그냥 운이 좋았던 거예요. 그럼, 이만 실례하겠습니다."

"감사합니다. 마녀님, 점심 먹으러 가요!"

나와 테토는 돈을 받고 길드에서 나와 점심 대신 간단히 먹을 포장마차를 찾는다.

조금 전 매입 카운터 직원의 아첨에, 이제까지 모험가로서의 활동을 되돌아본다.

개척촌을 떠나 일단 던전 도시 방면으로 정처 없이 내키는 대로 여행을 계속해 왔다.

여행하다가 작은 마을들은 많이 들렀지만, 큰 마을을 들른 적은 많지 않았다.

하지만 큰 마을에 들르면 의뢰를 맡거나, 여행 도중에 쓰러뜨린 마물의 소재를 매각하면서 모험가 길드에 공헌도를 쌓아 왔다.

모험가 길드의 길드 카드에는 의뢰 달성 외에도 납품한 소재에 따라서 소량이지만, 길드 공헌도가 가산된다.

여행하는 중에 들른 작은 마을들에서는 위협이 되는 C급이나 D급 정도 되는 마물이 있었고 개중에는 B급 마물도 사냥해 마석과 식재료로 쓸 만한 건 뺀 나머지 소재를 납품한 적도 있다.

던전 도시를 향해 나아가자고 다짐했지만, 딴 길로 너무 많이 새는 바람에 어느덧 1년이 흘러 깨닫고 보니 C등급 모험가가 되어 있었다.

원래는 C등급 승급 시험을 봐야 하지만, 다릴 마을의 길드 마스터가 C등급 수준의 실력이 있다고 인정해 줘서 시험을 면제받았기 때문에 자동으로 진급할 수가 있었다.

마음 가는 대로 여행하고, 크고 작은 마을들에서 마물을 쓰러뜨리고, 돈을 벌고, 테토와 함께 지낸다.

나쁘지 않은 생활이다.

하지만──.

"하아……. 인생, 참 마음대로 안 되는구나."

그런 회상을 하면서 길드에서 나와 한숨을 쉰다.

"마녀님? 한숨 쉬면 복이 달아나요. 꼬치구이 먹을래요?"

"테토, 고마워. 잘 먹을게."

테토가 금방 맛있어 보이는 포장마차를 찾아 사 와서 내민 꼬치구이를 받아 들면서 다시 한번 우리의 목적을 상기한다.

"이제까지 여행하면서 【허무의 황야】는 못 찾았네."

1년 동안 여행하면서 【허무의 황야】에 관한 정보를 찾았지만, 결국 찾지 못했다.

그뿐인가. 오면서 들른 마을들과 숲은 지내기는 편해도 나와 테토가 오래 살 만한 장소도 없었다.

"우리가 살기 적당한 곳을 하나도 못 찾았어."

"그런가요? 맛있는 곳은 아주 많았어요."

그렇게 말하며 테토가 군침을 흘리며 떠올린 곳은 마경(魔境)이라 불리는 곳이다.

이스체어 왕국 내에서도 강한 마물이 살아서 개척할 수가 없는 마물의 생존 영역인 마경은, 강력한 마물이 많고 마석의 질도 좋다.

마물의 마석을 흡수해 자신의 핵을 강화하는 어스노이드라는 새로운 종족인 테토에게는, 맛있는 곳이리라.

"작은 마을에서는 【허무의 황야】에 관한 단서를 얻지 못했지."

"그러면 테토는 얼른 던전에 가고 싶어요! 맛있는 마석을 잔

뜩 먹고 싶어요!"

"그래. 옛 왕도이기도 한 던전 도시라면 책과 자료가 꽤 남아
있을지도 몰라. 게다가 곧 겨울이기도 하고."

작년에는 이세계에서 첫 겨울을 맞았다.

눈이 쌓이는 상황에서는 마을 간 이동도 어렵고 의뢰 난이도
도 껑충 뛴다.

그래서 모험가는 겨울철에 한 마을에서 머무르면서 쉬는 게
일반적이다.

우리도 선례를 따라서 겨울에는 한 마을에서 머물러 봤지만,
솔직히 너무 심심했다.

그때 우리가 한 일이라고는 테토는 매일 길드의 훈련소에서
땀을 흘리고, 나는 임시 조합사로서 전염병 약 제조 하청을 받
아 처리한 정도다.

"올해 겨울은, 던전 도시에 머무르면서 모험가 노릇을 좀 해
볼래?"

"찬성이에요!"

"그럼, 갈까."

나는 마법 가방에서 간단한 지도를 꺼낸다.

여행하는 곳마다 방문한 길드에 있는 모험가와 길드 직원들에
게 그 마을 주변의 대략적인 지리를 물어서 상상으로 지도를 작
성해 왔다.

그 결과, 이스체어 왕국 북부의 주요 도시를 망라한 간이 지도
를 완성했다.

"음. 던전 도시의 이름이——, 아파네미스였지."

고도(古都) 아파네미스는 옛날에 이스체어 왕국의 왕도였던 곳이다.

왕도를 옮긴 이유는 아파네미스에 던전이 생겨 왕족의 안전을 위해서 당시 가장 번영한 다른 도시로 수도 기능을 이전했다고 한다.

현재는 던전을 중심으로 하는 상업이 발전한 던전 도시가 되었다고 들었다.

"던전 도시로 가요!"

"거기서 어떻게 생활할지 계획을 세우자."

나와 테토는 여자 단둘이 하는 여행처럼 가벼운 대화를 주고받으며 1년 전부터 목적지로 정해 뒀던 던전 도시를 향해 출발했다.

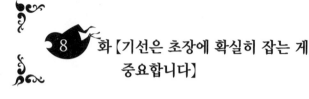

8화【기선은 초장에 확실히 잡는 게 중요합니다】

"여, 아가씨들. 오늘 잘 부탁할게!"

"응, 우리야말로 잘 부탁해."

던전 도시로 가는 동안 아무것도 안 하면 재미가 없어서 나와 테토는 던전 도시 쪽으로 향하는 카라반의 호위 의뢰를 맡기로 했다.

다양한 마을들을 돌아다닌 1년간, 마물과 도적에게 습격당한 이들을 구한 뒤, 호위를 해 준 일이 몇 번인가 있었고 길드를 통한 건 아니었지만, 호위 의뢰를 맡은 경험이 있다.

길드에서 호위 의뢰를 맡은 나와 테토가 의뢰인에게 길드 카드를 보여 주자 놀란다.

"아가씨들, 어린데 그 나이에 벌써 C등급이야?"

"승급한 지 얼마 안 됐어."

"유능한 인재구나."

망토에 달린 모자를 깊숙이 눌러쓴 마법사 차림을 한 나를 무시하는 기색이 없어서 내심 안도한다.

그리고 호위 의뢰를 맡은 다른 모험가들도 속속 집합하기 시작한다.

모험가끼리 자기소개를 하던 중, 한 모험가 파티가 불쾌하다는 듯 우리를 노려보며 시비를 건다.

"어이, 여자애들이 호위 의뢰에 참여시켰다가 실패하면 어쩔 거지? 아니면 설마 다른 모험가에게 보호나 받으면서 의뢰를 달성하려는 꿍꿍이인가?"

"이봐, 그만해! 저 두 사람은 어엿한 C등급 모험가라고."

"하! 어차피 보나 마나 어디 파티에 기생해서 등급을 올렸겠지! 여자애들이 우리보다 등급이 높다는 건 말이 안 돼!"

노골적으로 업신여기는 태도에 나는 모자 아래서 깊은 한숨을 내쉰다.

모험가 중에는 남존여비 사상을 가진 자들이 있다.

모험가 업계가 남성 모험가의 비율이 많은 남초 사회이기는 하다.

하지만 여성 모험가 중에도 우수한 사람이 있고 앞으로 호위 의뢰가 시작되면 서로 연계도 해야 하는데 저런 태도를 안 말리는 같은 파티 모험가들도, 유유상종이겠지.

"야, 뭐라고 좀 해 봐. 꼬맹아!"

우리에게 시비를 거는 모험가가 한 걸음 더 바짝 다가와 노려본다.

좋아, 그 시비 받아 주마.

"테토."

"네!"

내가 지시를 내리자, 테토가 익숙한 듯이 자연스럽게 시비를 건 모험가에게 다가가 배를 가격한다.

너무도 갑작스러운 일에 누가 말릴 틈조차 없어서 모두 놀라고만 있는데 배를 맞은 상대 모험가는 가죽 갑옷 너머로 침투한 충격에 배를 부여잡고 몸을 웅크리듯 쓰러졌다.

나는 그 모험가에게, 지팡이를 들이민다.

"자, ──《힐》."

테토에게 복부를 가격당한 상대 모험가가 회복 마법으로 통증이 사그라들어 고개를 든다.

배를 맞으며 순간 의식도 날아간 듯 멍한 표정을 짓고 있었다.

"으, 나는……."

"우리에게 부당한 트집을 잡아서 테토가 그 시비를 받아들였고, 당신은 맞았어."

"이 새끼가, 감히!"

"으쌰!"

상대 모험가가 덤벼들기에 이번에는 테토의 왼쪽 스트레이트가 안면에 꽂힌다.

이번에는 상대도 【신체 강화】를 둘렀기에, 테토도 더 힘을 실어 때린다.

그 결과, 상대 모험가가 지면에 한 번 튕겼다가 떨어진다.

"좋아, 살아 있네. 역시, 모험가다워. ──《힐》."

다시 강제로 회복돼 몸을 일으킨 상대 모험가가 겁먹은 눈빛으로 우리를 쳐다본다.

"뭐, 뭐야. 너희……."

"어때, 이제 우리 실력을 몸소 깨달았지?"

싱긋 미소 지으며 우리를 깔봤던 모험가들에게 마력으로 위압감을 준다.

상대가 몸을 덜덜 떨기에 내가 위압을 거두니, 시비를 걸었던 모험가가 동료들에게 핀잔을 듣는다.

그 후, 상황을 지켜보던 이번 호위 의뢰를 담당하는 리더 모험가가 생글거리며 나와 테토에게 말을 건다.

"고생이 많네. 너, 마력량을 꽤 능숙하게 제어하는구나?"

"그래, 맞아. 어떻게 알았어?"

"마법사치고는 몸에서 흘러나오는 마력이 적게 느껴졌거든. 그래서 주의 깊게 보니까 낭비하는 일 없이 제어하는구나 싶더라고. 뭐, 이런 걸 판단할 수 있는 건 C등급 수준 이상의 모험가들이지."

그렇게 말하며 친절하게 가르쳐 주는 선배 모험가.

즉, D등급에게는 무시당하고 C등급 이상은 마력량은 알 수 없지만, 등급에 맞는 실력은 있다고 생각하는 모양이다.

"모험가가 된 지 아직 1년 정도밖에 안 돼서 경험도 별로 없으니, 여러모로 가르쳐 주면 고맙겠어."

"맡겨만 줘. 그 대신에 의뢰 중에는 너의 그 회복 마법 덕 좀 봐야겠어."

그렇게 짧은 대화를 나누는데, 호위를 담당하는 리더가 우리에게 한 가지 충고해 준다.

"모험가는 겉보기 장사니까 조금 전처럼 대응한 건 좋았어. 하지만 가장 좋은 건 처음부터 얕보이지 않는 거야."

이번에는 내 마력 제어가 너무 능숙해서 마력량을 알아차리지 못한 D등급 모험가가 시비를 건 것이다.

처음부터 좀 더 마력을 억제하지 않고 자연히 방출하면 격상까지는 아니더라고 시비를 걸면 보복당할 수도 있다는 걸 느끼게 하는 것만으로도 알아서 몸을 사린단다.

"그렇구나……. 음, 이런 식으로?"

"테토도 할래요. 이렇게요?"

"바로 해내다니, 정말 요령이 좋구나. 아무튼 다시 한번 잘 부탁할게."

나와 테토가 자연적으로 방출하는 마력을 조절해서 선배 모험가에게 보증을 받고 나니, 마침 카라반의 출발 시각이 임박해 우리의 호위 의뢰가 시작된다.

우리에게 시비를 건 모험가들은 주변 경계 이외에도 나와 테토에게 겁을 먹은 듯한 반응을 보인다.

나와 테토는 그들의 반응을 무시하고 호위 의뢰에 집중한다.

야영할 때는 【창조 마법】으로 준비한 인스턴트 수프 등을 먹는데, 전처럼 다른 모험가와 호위하는 상인들이 수프를 먹고 싶어 해서 한 그릇에 동화 석 닢을 받고 팔았다.

밥 먹을 때도 시비를 건 모험가들은 수프를 사고는 싶지만, 우리에게 말을 걸기를 주저하고 멀찍이 떨어져 쳐다보기만 했다.

밤에는 교대로 불침번을 서면서 텐트에서 잠을 잤다.

다음 날도 카라반을 호위하면서 도로를 걷던 중, 어떤 것을 알아차린다.

어제 우리에게 시비를 걸었던 모험가들의 주의력이 약간 산만해진 것이다.

"음. 왜 저러지?"

"마녀님, 왜 그래요?"

카라반이 이동하는 도중에 휴식을 취하면서 중얼거린 내 말에 테토가 묻는다.

그래서 내 생각도 정리할 겸 테토에게도 말한다.

"우리한테 시비 걸었던 모험가들을 지켜보고 싶은데 지금은 경계하는 중이니까 허락해 주지 않을 것 같아서 말이야."

호위 경계, 겨울로 들어서는 추운 밤에 서는 불침번, 거기에 나와 테토에 대한 두려움과 긴장 등이 원인이 되어 주의력이 산만해진 것 같다.

"네? 마녀님이 지킬 필요 없어요. 호위 의뢰에서는 상인과 짐만 지키면 돼요."

"그건 그런데……."

테토의 솔직한 말에, 나는 실소를 터트렸다.

테토 말대로 단적으로 따지면 호위 의뢰는, 상인과 상인의 짐만 목적지까지 잘 옮기면 문제는 없다.

설령 도중에 우리 이외의 모험가가 전멸하는 사태가 벌어져도 그건 의뢰를 수락한 모험가들이 실력이 없었던 게 다인 자기 책임의 문제이다.

하지만——.

"주의력이 산만한 모험가가 계속 호위를 맡게 하는 건 의뢰인에게 불성실한 게 아닐까 싶어서."

애초에 문제가 생기지 않도록 처신했어야겠지만, 시비를 건 모험가들이 우리를 경계하니 말을 듣지 않을 것 같아서 난감하다.

"하지만 마녀님은, 무조건 모두를 구하겠죠?"

"······응. 그럴지도."

테토의 말에 나는 자조하듯 웃는다.

설령 지금 나를 경계해 반발하더라도 나는 내가 할 수 있는 범위 내에서 구할 것이다.

의뢰인과 짐마차에 실은 짐, 그리고 동료 모험가도——.

다시 카라반이 출발하고 슬슬 해 질 녘에 접어들었을 즈음, 나와 테토의 감지 범위에 마물의 기척이 느껴졌다.

"겨울잠에 대비해, 중형 마물 한 마리가 먹이를 찾는 건가?"

"코로 지면의 냄새를 맡고 있어요. 아····· 이쪽으로 와요!"

뒤편의 짐마차에는 식재료가 실려 있는데 마물이 그걸 노리는 모양이다.

천천히 카라반과의 거리를 좁혀 오고 있다.

"왼쪽 뒤편 숲에서 마물 접근 중! 개체 수는 한 마리!"

"호위 중인 모험가는 의뢰인과 짐마차를 지켜라! 파티 몇 팀은 나와 함께 마물을 격퇴하러 간다!"

나와 테토가 마물을 감지한 직후, 다른 모험가들도 알아차려서 리더가 모험가들에게 지시를 내린다.

우리가 리더와 다른 모험가들과 함께 마물을 격퇴하기 위해 짐마차 뒤편으로 가는데 식재료를 노리는 마물이 숲에서 튀어 나와서 일직선으로 짐마차로 향한다.

「키이이이이이이익——!」

"빅혼 보어! 성가시게 됐네! 나랑 테토가 먼저 갈게!"

숲에서 나타난 건 뒤로 젖힌 큰 뿔과 엄니, 갈색의 굵고 뻣뻣한 털 가진 멧돼지형 마물——, 빅혼 보어였다.

뒤로 젖혀진 큰 뿔과 엄니, 네발짐승다운 낮은 위치 공격, 【신체 강화】를 두른 거대한 몸통 박치기, 검도 막는 단단한 체모와 두꺼운 피하지방 등이 특징인 마물이다.

빅혼 보어의 토벌 난이도는 C등급이지만, 단순히 돌진의 위력만 따지자면 B등급 마물과 동급이라고들 한다.

나와 테토가 짐마차를 지키기 위해 【신체 강화】로 단숨에 카라반의 뒤편까지 달려가니, 빅혼 보어의 진로 방향에 우리에게 시비를 걸었던 모험가들이 검을 들고 덤빌 준비를 하고 있었다.

"나는! 우리는 카라반의 호위를 맡은 모험가다! 나도, 할 수 있어!"

"으랴아아아아압——."

"하아아아아아앗——."

"이야아아아아압——."

"뭐 하는 거야?! 그만둬! 정면으로 덤비면 위험해!"

우리에게 시비를 건 모험가가 빅혼 보어의 정면에 서고 좌우로는 그의 동료 모험가들이 공격할 생각이었던 것 같다.

세 방향에서 휘두르는 무기에 빅혼 보어의 움직임이 순간 멈춘다.

하지만 정면으로 향한 모험가의 검은 머리를 흔든 빅혼 보어의 뿔과 엄니에 받혀, 박치기를 당해 공중으로 튀어 오른다.

좌우에서 공격하겠다고 들어간 동료 모험가들도 뻣뻣하고 억센 털에 막히고 옆구리에 치이고 뒷발차기에 맞아 땅에 쓰러진다.

"테토, 나는 저 사람들을 구할 테니까 빅혼 보어를 부탁해!"

"저한테 맡겨요!"

나는 비행 마법으로 공중을 날아 허공에 튀어 오른 모험가를 받은 뒤에 어둠의 마법인 《사이코키네시스》로 땅에 쓰러진 다른 두 명도 안전한 장소로 옮긴다.

훼방꾼이 없어지니 빅혼 보어가 다시 짐마차를 향해 돌진하기 시작한다.

"맛있어 보이는 고기예요. 게다가 투실투실 살이 올라서……. 쓰읍…….."

흙먼지를 일으키며 기세등등해진 빅혼 보어는 진로상에 있는 테토도 조금 전의 모험가처럼 날려 버리고, 짐마차를 무너뜨려 안에 든 식재료를 뒤질 생각만 하고 있다.

"으, 으윽……. 무리야. 우리도 상대가 안 됐는데."

세 사람은 빅혼 보어에게 한 방에 나가떨어졌지만, 순간적으로【신체 강화】를 둘러 방어했기 때문에 치명상은 입지 않았다.

"테토는 괜찮아. 당신네들이 더 많이 다쳤으니까 얌전히 있어. ——《힐》."

그리고 내가 회복 마법을 걸면서 빅혼 보어와 대치하는 테토를 지켜본다.

"자, 덤벼요!"

검은 마검을 뽑아 찌르기 자세를 취한 테토가 빈틈으로 들어온 빅혼 보어에게 단숨에 검을 찔러 넣는다.

「키야악――?!」

박치기와 돌진으로 온갖 것을 분쇄하는 가장 단단하던 빅혼보어의 두개골에 테토의 마검이 푹 박혔다.

테토는 빅혼 보어의 돌진에 조금도 밀리지 않은 채, 완전히 충격을 받아 냈다.

두개골이 꿰뚫린 빅혼 보어는 눈에 흰자를 보이며 그 자리에 쓰러져 죽는다.

"마녀님~, 끝났어요~! 고기도, 소재도 고스란히 남겼어요!"

"테토, 고생했어. 자, 당신들도 뒷정리를 도와. 호위 의뢰는 아직 안 끝났으니까."

테토가 빅혼 보어의 두개골에 꽂은 마검을 뽑고 우리 쪽으로 손을 흔들길래 나도 손을 흔들어 응답하고 치료한 세 사람을 데리고 돌아간다.

"굉장하다……. 이게 D등급과 C등급의 격차……."

"아니지. 같은 카라반의 C등급 모험가보다 훨씬 더 강해."

"거의 B등급에 가까운 C등급이야. 저 정도 실력이면……."

내게 치료받은 D등급 모험가 삼인조가 낮게 중얼거리는 와중, 함께 마물을 격퇴하러 출발했던 리더와 다른 모험가들이 이제야 도착한다.

"벌써 해치웠어? 일단 피 냄새에 이끌려 다른 마물이 접근하는지 경계하면서 현장을 처리하자. 그리고 어떻게 된 건지 설명 좀 해 주겠어?"

"응, 알았어."

나를 뒤따라오던 삼인조가 자신들이 독단적으로 마물을 토벌하려 한 게 알려질 걸 생각해 고개를 숙이고 조용히 있는다.

"식재료를 노린 빅혼 보어에게서 짐마차를 지키기 위해 나와 테토가 앞질러 갔지만, 빅혼 보어가 노리던 후방 짐마차에 도착했을 때는 이미 짐마차와 거리를 좁히고 있었어. 저들은 자신을 몸을 던져 우리가 갈 때까지 시간을 벌어 줬어. 그 후, 테토가 빅혼 보어의 머리를 검으로 꿰뚫어 토벌했고. 다행히 짐마차는 피해가 없었어."

내 보고에 모험가 삼인조가 눈이 휘둥그레져서 고개를 든다.

단독 행동으로 호위 의뢰의 질서를 깨트린 것을 책망할 줄 알았는데 오히려 짐마차를 지키기 위해 시간을 벌어 줬다고 보고한 것에 놀라고 있다.

"아, 아니! 우리는, 아무것도 한 게 없는데……. 그냥 속절없이 당하기만 했어! 게다가 저 두 사람이면 우리가 없었어도 늦지 않았을 테고……. 멋대로 행동해서 죄송합니다!"

내 보고 내용을 듣고 본인들의 과실을 자백하는 삼인조를 두고 리더와 다른 모험가들이 어깨를 들썩거리며 웃는다.

"그렇다는데……. 할 말 있어?"

"우리가 제때 도착했을지 아닐지는 가정에 불과하니 의미가 없어. 실상은 위험을 무릅쓰고 시간을 끌어 준 결과, 다른 모험가들이 늦지 않게 올 수 있었고, 카라반에도 피해가 가지 않았지. 그게 사실이야."

그렇게 보고하는 나를, 테토가 흐뭇한 미소를 지으며 본다.

분명히 또 여느 때와 마찬가지로 솔직하지 못하다는 얘기를 들을 것 같아서 모자를 깊이 눌러쓰고 주위 시선을 피한다.

"그렇군. 물론 호위 대상의 생명과 재산을 지키는 게 호위 의뢰이기는 하지만, 그렇다고 해서 무모하게 행동한다고 지킬 수 있는 것도 아니야. 우리는 팀이니까, 앞으로 한 팀으로서 움직이는 것도 배우도록 해."

리더가 그렇게 말하자, 모험가 삼인조가 자신들의 실수를 반성하면서 수긍한다.

첫 만남에는 시비를 걸고 시비를 걸렸지만, 이제 우리 사이에 맺힌 앙금은 풀려──.

"치세 아가씨! 테토 누님! 뭐, 도와드릴 거 없습니까!"

"없습니까!"

"없습니까!"

"아, 응. 지금은 딱히 없으니, 자유롭게 시간 보내."

"그러면 테토와 모의 전투 해요! 좋을 대로 덤벼도 좋아요!"

"──감사합니다!"

"──감사합니다!"

"──감사합니다!"

앙금만 풀린 게 아니라 오히려 엄청나게 따른다.

호위 의뢰 도중 휴식 시간마다 말을 걸고 그때마다 테토와 모의 전투를 하며 엉망진창으로 구른다.

만신창이가 된 상태로 내버려 두면 호위 의뢰에도 지장이 생기므로 내 회복 마법으로 상처와 체력을 회복시켜 준다.

여담이지만, 쓰러뜨린 빅혼 보어의 사체는 마법 가방으로 야영지까지 옮겨 거기서 해체해 고기는 다른 모험가들과 함께 구워 먹고, 남은 뿔과 엄니, 모피는 의뢰인인 상인에게 팔았다.

그 후로 닷새 일정 예정이었던 호위 의뢰는 순조롭게 진행되었다.

가끔 마물이 습격해 왔지만, 각자 알아서들 능수능란하게 대응해 쓰러뜨려 주었다.

우리에게 시비를 걸었던 모험가 삼인조도 본인들의 실력에 맞게 움직이면서, 처음에 느꼈던 주의력 산만한 모습도 사라졌다.

다만 유일하게 불만족스러운 부분이 하나. 둘만 여행할 때는 테토가 지면을 조작해 욕조를 만들고, 내가 마법으로 온수를 채워 목욕을 즐길 수 있었는데, 호위 의뢰에서는 그럴 틈이 없다는 것 정도.

이런 점이 우리의 행동을 제한해서 역시 단체 의뢰보다 테토와 둘이 여행하는 게 성미에 맞는다는 걸 깨달았다.

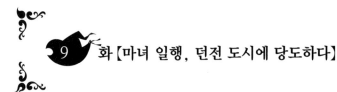

9 화【마녀 일행, 던전 도시에 당도하다】

호위 의뢰를 맡았던 나와 테토는 던전 도시에 도착하기 직전에 있는 마을에서 의뢰를 달성한 후, 그길로 던전 도시로 향한다.

"정말로, 이 주변은 마물이 적구나. 아, 약초다."

"마녀님! 이쪽에도 있어요!"

우리는 도로를 따라서 약초를 따며 느긋하게 걷는다.

장소를 달라져도 자라는 약초 종류는 바뀌지 않아서 익숙한 작업이다.

그러다 밤이 되면 마을에서 부족한 식재료를 사서【창조 마법】으로 만들어 낸 조미료 등을 사용해 음식을 만든다.

"오늘 밤은 순무 크림스튜를 먹자."

"네! 눅진눅진한 순무와 두껍게 썬 베이컨이 맛있어요!"

"아쉽지만, 오늘은 닭고기를 넣을 거야."

"닭고기도 맛있어요~."

이전에 쓰러뜨려 해체한 새 계열 마물의 고기를 한 입 크기로 썰어 냄비에 넣는다.

그렇게 요리하여 완성한 크림스튜를 빵에 적시거나【창조 마법】으로 만든 밥에 얹거나 해서 그때그때 먹고 싶은 대로 먹는다.

그리고 겨울이 다가온 추운 밤이 찾아오면──.

"마녀님, 준비됐어요?"

"응, 가림막도 확실히 준비했어."

테토가 만든 석조 욕조 주변에 금속 버팀목에 가림막으로 쓸 발포성 천을 씌워 간이 목욕탕을 만들었다.

그리고 주위에는 마법 결계도 쳐서 오랜만에 따뜻한 물에 몸을 담글 준비를 마친다.

"자, 이제 목욕물에 들어가자. ──《워터》《파이어볼》!"

석조 욕조에 물을 채우고 화염탄 마법으로 물을 데운다.

또 말린 감귤 계열 과일의 껍질과 약초를 섞은 주머니를 욕조에 가라앉혀 약탕을 즐긴다.

"후우, 역시 하루의 마무리는 이거지, 이거."

청결 마법인 《클린》으로 씻는 것과는 달리, 약탕의 향기와 효능으로 몸속까지 따뜻해진다.

테토와 서로 머리를 감겨 주고 욕조를 나온 뒤에는 겨울철 공기로 건조하기 쉬운 피부에 수분을 보충하기 위해서 사야 씨에게 받은 곰 기름 연고를 몸에 부드럽게 바른다.

불순물을 여러 번 걸러 낸 연고는 누린내 같은 것도 안 나고 피부에 잘 스며, 텐트에서 기분 좋게 잠들 수가 있었다.

피곤한 걸 모르는 테토는 여느 때와 마찬가지로 불침번을 서고, 그렇게 하루가 끝난다.

약초를 따면서 도로를 걸은 결과, 우리는 사흘 걸려 던전 도시인 옛 왕도 아파네미스에 도착할 수 있었다.

"드디어 도착했어."

"그러게요."

마을로 들어갈 때는 모험가용 줄에 서서 통과한다.

어느 마을이든지 모험가의 일에 지장을 주지 않으려고 모험가 전용 출입구는 절차가 매우 원만히 진행된다.

이 던전 도시는 모험가가 경제의 중심이기에 특히 더 대우가 좋다.

문지기에게 길드가 어디 있는지 위치를 물어 곧장 길드로 향하니, 이 도시에 생긴 던전 옆에 길드가 세워져 있었다. 던전 입구를 관리하는 듯하다.

"뭐, 던전은 나중에 들어가기로 하고, 정보부터 좀 모아 볼까."

"에이, 던전 마석, 먹고 싶어요~."

"알았어, 알았어. 그 대신, 길드 훈련소에 괜찮은 훈련 상대가 있을 테니 조금만 더 참아 줘."

"네, 알겠어요!"

타산적인 테토의 모습에 못 말린다는 듯 웃으며 길드 카운터로 간다.

"안녕하세요. 오늘, 이 마을에 도착해서 인사하러 왔어요. 이게 우리 길드 카드예요."

"어서 오세요, 환영합니다. 잠깐 확인하겠습니다."

나는 남들이 보기에 모자를 깊이 눌러 쓴 수상한 아이지만, 길드 카드를 먼저 제시하면 문제가 별로 없다는 것을 1년간 여행하며 배웠다.

그리고 던전은 D등급 모험가부터 도전할 수 있어서 지방에서 던전을 목표로 찾아오는 모험가도 적지 않을 것이다.

특히 겨울 전에는 안정적으로 돈을 벌 수 있는 던전을 찾는 모험가가 늘긴 하지만, 아이 같은 체구의 내가 C등급 모험가라는 사실에 좀 놀란 것 같다.

"감사합니다. 앞으로의 일정은 정하셨나요?"

"겨울 동안은 던전에 도전할 거라 오래 머무를 예정이에요. 숙소는…… 값이 비쌀 테니, 셋집이나 장기로 빌릴 수 있는 곳을 소개해 주세요."

정확하게 공손한 말투로 대답하는 나에게 당황하면서도 겉으로 보이는 것보다 어른이라고 판단한 접수원이 몇 가지 자료를 꺼낸다.

"그러시다면 길드와 제휴를 맺은 부동산이 관리하는 셋집이 몇 군데 있습니다. 이 외에도 은퇴한 모험가가 경영하는 임대 다가구 주택도 있고요."

이야기를 들어 보니 집을 통째로 빌리는 것 말고도 다가구 주택 형식의 임대도 있다.

나와 테토는 거의 자러 들어가거나 짐을 보관하기만 하는 거라서 셋집은 너무 넓다.

다가구 주택은 여관보다 약간 넓은 방 하나를 임대하지만, 예전에 모험가였던 사람들이 집주인으로서 관리해 주기 때문에 안전은 보장된다고 한다.

"그러면 다가구 주택을 빌리고 싶으니, 소개장을 써 주시기 바랍니다."

"알겠습니다. 잠시만 기다려 주세요."

"그리고 기다리는 동안, 소재를 납품하고 싶은데요……."

"소재 납품은 저쪽 카운터에서 기다리시면 됩니다."

나와 테토는 매입 카운터 위치를 확인하고 그쪽으로 이동해 길에서 딴 약초를 꺼낸다.

"이 약초들을 팔려고요."

"알겠습니다. 바로 심사하겠습니다."

시간 지연형 마법 가방에 보관해서 신선도는 양호하다.

언젠가 나중에는 내 마력을 키워 환상의 물건이라고들 하는 시간 정지형 마법 가방을 창조하고 싶다.

그런 생각을 하면서 기다리니, 심사 결과와 소개장 준비가 다 된 모양이다.

"약초의 품질이 아주 좋아서 은화 여섯 닢으로 책정했습니다. 그리고 이쪽은 임대 다가구 주택 소개장과 그 약도입니다."

"감사합니다. 바로 가 볼게요."

그렇게 말하고 나는 테토를 데리고 길드에서 임대 다가구 주택으로 이동한다.

2층짜리 건물로 밖에 노출된 문으로 각자 집으로 들어가는 형식이 진짜 다가구 주택 같다.

바로 소개장을 들고 집주인을 만나러 가서 임대 다가구 주택의 집세가 얼마인지 물었다.

집세는 한 달에 소금화 두 닢이라길래 일단 겨울 넉 달간 묵기 위해 소금화 여덟 닢을 한꺼번에 냈더니 집주인이 놀라면서 우

마려 치트인 마녀가 되었습니다~창조 마법으로 자유로운 이세계 생활~ 2

리 등급을 물어보았다.

"C등급이에요. 저도 한 가지 여쭤보고 싶은 게 있는데, 괜찮을까요?"

"네, 뭡니까!"

"이 임대 주택에 목욕탕이 있다던데, 어디 있나요?"

"아, 목욕탕 있죠. 뒤에."

던전의 마물은 쓰러뜨리면 사체와 피는 사라지고 마석과 마물의 소재가 남아서 그렇게 지저분해지지 않는다.

하지만 모험가는 던전 이외의 의뢰도 맡기 때문에, 마을 밖에서 돌아오면 핏자국 등을 지워야 할 경우가 생긴다.

그런 걸 씻어 내는 용도의 목욕탕인 것 같다.

"저희가 들어가고 싶을 때 자유롭게 써도 되는 거죠?"

"물을 끌어오거나 장작을 때는 비용은 자기 부담이니, 사용한 후에 청소만 해 준다면 상관없어요."

"와. 매일 목욕탕에 들어갈 수 있어요!"

이제는 완전히 목욕 마니아가 된 테토에게 실소하며 빌린 방으로 올라왔다.

2층 모서리에 있는 방을 빌린 우리는, 방 한가운데에 여행하면서 만든 애착 침대를 마법 가방에서 꺼내어 놓는다.

이 침대는 나와 테토가 함께 자도 충분한 크기의 고급 침대를 【창조 마법】으로 만들어 낸 것이다.

이 최고급 침대를 창조할 때는 【마정석】의 마력도 빌려 3만 마력 정도 들었다.

휴드라를 두 동강 낸 칼날 모양의 금속 덩어리에 비하면 장인의 기술과 세심한 지혜, 연구가 집약된 침대라서 질량적으로는 좀 그래도 지금까지 창조한 것 중에서 두 번째로 마력 소비량이 큰 창조물이었다.

그런 침대에 테토가 뛰어들어 내부 스프링의 반동으로 튀어오르는 모습을 보고 나는 못 말린다는 표정을 지으며, 계속 이어서 방에 딸린 식탁에 마법 가방에서 조합 도구를 꺼낸다.

마음이 내킬 때라면 심심풀이 삼아 마법 가방에 보관중인 약초로 포션이라도 만들어 볼까 하고 생각 중이다.

"자, 내일부터는 길드의 자료와 던전의 정보를 조사해야지."

"배고파요~."

"그러면 밥 먹으러 나갈까?"

테토가 침대 위에서 손발을 버둥거리며 몸부림쳐서 조금 이르지만, 가까운 음식점으로 향했다.

그 음식점은 던전산(産) 마물 식재료와 던전에서 나온 향신료로 요리해서 음식이 상당히 맛있었다. 식사에 만족하며 임대 주택으로 돌아온다.

그렇게 던전 도시 아파네미스에서의 첫날이 지나갔다.

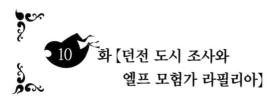

10화【던전 도시 조사와
엘프 모험가 라필리아】

나와 테토는 다음 날 아침부터 길드에 다니기 시작했다.

다른 모험가들은 의뢰를 맡거나 그냥 직접 던전에 들어가지만, 나는 길드의 자료실로, 테토는 훈련소로 향한다.

"테토는 여전하구나."

테토는 겉으로 보기에는 다갈색 피부의 귀여운 미소녀지만, 겉보기 이상으로【신체 강화】스킬을 쓰는 데 능숙하다.

일단 상대가 다치지 않게 힘의 완급을 조절하지만, 명령에 충실한 골렘의 성질을 갖고 있기에 공격받을 때 무서워하지를 않는다.

모험가들은 항상 상대를 겁주려고 목소리에 마력을 살짝 실어 우렁차게 외치지만, 그 위압에 위축되지 않고 정확하게 반격하는 테토가 상대 모험가들은 곤혹스러운 모양이다.

"자, 나는 조사하러 가 볼까."

길드 2층 자료실 창문에서 테토의 모습을 내려다본 나는, 자료실에 있는 책을 팔락거리며 가볍게 훑는다.

나는【속독】과【기억술】스킬을 익혔기 때문에 대충 읽어도 책 내용을 이해할 수가 있다.

다 훑은 뒤에는 눈을 감고 10초 동안 예전에 읽은 책에서 본 지식과 비교하여 모순점이나 차이점을 찾아낸다.

때에 따라서 한쪽이 사본을 뜰 때 실수했거나, 참조한 원본의 자료에 오류가 있거나 해서 항상 지식을 갱신하고 수정해야 한다.

"유용한 정보가 별로 없네. 우선 과거의 의뢰 보고서부터 이 길드의 의뢰 경향을 조사해 봐야겠어."

지식을 얻는다는 면에서 눈에 띄는 책은 없지만, 던전의 마물과 채취 가능한 것에 관한 서적은 정독한 것도 모자라서 나중에 다시 읽는 용으로 사려고 마음속에 메모했다.

"그나저나 옛 왕도라서 오래된 자료가 있을 줄 알았는데, 별로 남은 게 없잖아."

자료실에 있는 책은 다른 마을의 길드와 비교해서 던전 관련 자료가 많다.

하지만 비교적 새로운 장서가 대부분이다.

"왕도를 옮기면서 중요한 자료를 전부 이설하고 두 번의 던전 마물 폭주로 인해 자료가 소실돼서 그런가."

이 던전 도시를 통치하는 후작 가문의 통치 역사에 관한 책을 읽으면서 【허무의 황야】를 알아볼 자료를 잘못 고른 것에 살짝 낙담했다.

"아아, 시간이 벌써 이렇게 됐네. 곧 겨울이라 해도 빨리 지니까 이제 그만 테토를 데리러 가야지……."

자료실에서 내가 본 책을 정리하고 길드의 카운터에 들러서, 판매 중인 던전의 마물 도감과 공개된 던전 지도를 구매하고 나서 테토를 데리러 훈련소로 간다.

"마녀님! 저 여기 있어요!"

"테토, 고생했어. 근데 아직 체력이 남아 보이네."

"더 할 수 있어요!"

괴물 체력 테토는 아침부터 저녁까지 훈련소에 있는 모험가를 상대로 모의 전투를 계속한 모양이다.

마치 시체가 첩첩이 쌓인 듯한 도전자들을 내려다보면서 테토에게 묻는다.

"그래서, 오늘은 몇 팀 있었어?"

"음……. 세 팀이요!"

무슨 얘기냐 하면 테토의 모습과 모의 전투에서의 실력을 보고 자기네 파티에 들어오라고 권유한 모험가 파티의 숫자다.

지난 1년, 각지의 길드에서 오늘처럼 테토의 기술 향상과 기분 전환을 위해 훈련소에서 모의 전투를 해 왔는데 꼭 강압적으로 파티에 들어오라고 권유하는 모험가들이 나타났다.

그때마다 내가 내려와 상대하는 것도 귀찮아서──.

'테토를 쓰러뜨리면 파티에 들어가는 걸 생각은 해 볼게요!'라고 말하라고 시켰다.

대체로 강압적인 권유를 하는 모험가를 도발하면, 그대로 도전해 오는 단순하고 어리석은 자들이 많았기에 테토가 이기면 포기하게 할 수 있다.

최악의 경우, 혹시 테토가 지게 되면 그때는 같은 파티원인 내가 나서서 담판을 짓기로 했지만, 테토는 이제까지 한 번도 진적이 없다.

"그래, 고생했어. 그러면, ──《클린》《에리어 힐》!"

나는 쓰러져 있는 모험가들에게 해 왔던 대로 청결 마법과 회복 마법을 건다.

"테토의 훈련 상대를 해 줘서 고마워. 당분간 부탁 좀 할게."

여느 때처럼 훈련을 도와준 답례로 훈련소의 모험가들에게 회복 마법을 건 뒤, 현재 우리가 묵고 있는 임대 주택으로 돌아간다.

저녁 식사 시간 전까지 포션을 만들며 밤에 여는 식당이 열릴 때까지 시간을 조절한다.

"마녀님? 마나 포션을 만드는 거예요?"

"맞아. 던전에는 마력을 흡수하는 함정이 있다고 하니까 마나 포션을 준비해 둬야지."

"마녀님은 마력도 크고【마정석】에 마력을 저장하시는 데도요?"

"응. 회복 수단이 많아야 여러모로 편리하잖아."

마법을 발동할 때【마정석】의 마력을 대신 쓸 수 있지만,【마정석】의 마력을 내게 흡수시켜 회복하는 건 불가능하다.

마력 흡수 함정에 걸려 마력 고갈 상태에 빠지면 헛구역질 등으로 몸 상태가 안 좋아져서 전투를 이어 가기가 어려워진다.

마력량이 15,000마력을 넘은 지금도 그런 상황이 벌어질 때를 대비해서 회복 수단은 필요하다고 본다.

"그렇군요~. 테토도 던전의 여러 이야기를 들었어요~."

테토가 모의 전투 상대 모험가와 친해져 던전에 관한 이야기를 들었나 보다.

책을 봐서는 얻을 수 없는 실제 체험을 기반으로 한 정보는 가치가 있다.

단지, 테토의 표현력으로는 이해하기가 어려워서 여러 번을 끈기 있게 반복해서 듣고서야 이해한다.

뭐, 그런 테토와의 대화가 즐겁기도 하다.

이렇게 던전 도시에서의 생활이 시작되었다.

난 낮에는 마을에 있는 서점이나 도서관을 찾아서【허무의 황야】에 관한 자료나 흥미가 있는 책을 찾아서 읽고, 테토는 길드의 훈련소에 다니는 날들이 계속되었다.

그리고 이 마을에 와서 2주일이 흐르고 우리는 오늘도 모험가 길드에 도착했다.

"테토 씨, 치세 씨, 어서 오세요! 오늘도 잘 부탁드립니다!"

"네! 그럼, 마녀님, 다녀올게요!"

"그래, 다녀와. 나는 자료실에 있을게."

길드의 훈련소에 잠깐 들른 나와, 테토를 기다리고 있던 근육질의 모험가들이 일렬로 서서 환영해 준다.

훈련소에 다니는 테토는 압도적인 터프함으로 모험가들과 연속 모의 전투를 매일같이 반복하고 있다.

처음 며칠간은 테토를 자기네 파티에 들어오게 하려고 했던 사람들도 지금은 분위기와 태도가 완전히 체육계 느낌으로 바뀌었는지, 테토의 동생처럼 굴고 있다.

그에 비해 나는, 테토를 길드 훈련소에 보내 놓고 유유자적 독서하며 시간을 보낸다.

처음 읽는 책이 다수 있고, 마법서 몇 권도 서점에서 사서 다양한 마법 스킬 지식을 쌓았다.

공격 수단은 【원초 마법】으로 충분하지만, 여러 전승과 일화 등에 존재하는 마도구에 관한 정보는 상당히 유용했다.

마력만 확보된다면 【창조 마법】으로 만들어 낼 수 있을 것이다.

실제로 만들어 본 마도구가 있는데 바로 【저주 반사 부적】이다.

봉인된 저주나 세뇌, 매료, 예속화 등의 마술적 저주를 저지하면서 상대에게 배로 돌려주는 소모형 마도구다.

한 개 만드는 데 3만 마력이 필요한 소모 아이템이라 【마정석】에 저장해 둔 마력까지 이용해 만들어서 나와 테토의 몸에 붙였다.

그리고 그러한 마도구의 효과를 명확히 상상해 복수의 효과를 겸비한 무기와 방어구, 마도구 등을 만들려고 했다.

하지만 부여하는 효과가 복잡해질수록 창조하는 데 필요한 마력이 커지기 때문에 지금으로서는 마력이 부족해 【창조 마법】으로 만들어 낼 수가 없다.

그렇게 낮 동안 수집한 정보를 토대로 밤에는 집에서 【창조 마법】과 【조합】 스킬로 던전에 도전하게 되면 필요한 도구를 준비해 나갔다.

이러한 준비 기간을 보내던 우리는 어떤 점에서는 훌륭하고, 좋은 시간이라고 받아들였다.

가끔 테토와 함께 던전 도시로 쇼핑하러 나가거나 차분한 생활을 보낼 수가 있었다.

이렇듯 휴가와 취미를 즐기며 던전을 공략할 준비를 정비하며 슬슬 던전에 도전할까 한 그때, 길드의 훈련소에서 웬일로 큰 소리가 울려 퍼진다.

"뭐야?! 마법이라도 쓴 거야?!"

여느 때처럼 길드의 자료실에서 책을 보던 나는, 훈련소 쪽에서 울려 퍼지는 파괴음과 건물이 흔들리는 진동에 서둘러 자료실 창가로 뛰어갔다.

창문으로 내려다본 훈련소는 흙먼지가 자욱했고 내벽이 무너져 있었다.

그리고 그 반대편에는 모험가로 보이는 소녀가 활을 겨누고 있었다.

"저 사람은…… 엘프? 지금 화살에 【정령 마법】을 건 거야?"

눈에 마력을 집중해 엘프 소녀를 보니, 바람의 정령들이 화살에 마력을 주입하는 게 보인다.

참고로 설명하자면, 【원초 마법】은 본인의 마력으로 자연 현상을 재현할 수 있는 데 반해, 【정령 마법】은 정령에게 마력을 넘겨서 고효율로 정령에게 현상을 재현하게 한다는 차이가 있다.

마력 연비 면에서는 어떤 종족보다도 마력을 다루는 데 뛰어난 정령이 대행하는 것이므로 저연비·고위력인 건 여담이다.

"약속한 대로, 내가 이겼으니 우리 파티에 들어와!"

소리 높여 그렇게 선언하는 엘프 소녀의 시선 끝에는 내벽 잔해 속에서 일어나는 테토가 있었다.

"아파라. 모의 전투에서 상대를 다치게 할 정도로 공격하면 안 돼요! 위험해요!"

"어떻게 된 거야?! 내 필살의 일격을 맞었는데!"

【신체 강화】로 방어해서 테토에게 외상은 없지만, 그래도 훈련용 옷이 너덜너덜해졌다.

"테토가 다치지 않아서 다행이야. 싸움이 벌어진 건지도 모르니까 나도 가 봐야겠어."

내가 황급히 자료실에서 훈련소로 향하니, 테토와 엘프 소녀가 승부를 계속하고 있었다.

──그런데 평소의 테토는 모의 전투를 할 때면 공격을 피하지 않고 받아 내는데, 이번에는 테토가 도망쳐 다니고 엘프 소녀가 추격하고 있다.

"이번에야말로 필살의 일격으로 패배를 인정하게 해 주겠어!"

"그만해요! 다른 사람을 휘말리게 하지 않겠다고 마녀님과 약속했어요! 그리고 안전하게 대결하지 않는 사람과는 안 싸워요!"

"그럼, 패배를 인정하고 우리 파티에 들어와!"

"싫어요~!"

그렇게 말하며 테토를 집요하게 쫓는 엘프 소녀.

테토는 훈련하러 온 모험가가 말려들지 않게끔 계속 움직이다가 결국 엘프 소녀에게 훈련소 구석으로 몰리고 만다.

"자, 각오하시지! 지금 당장 패배를 인정할 건지! 아니면 내게 공격을 받고 질 건지 선택해!"

"둘 다 싫어요!"

그렇게 외치며 테토가 거부하는 말을 입에 담자, 엘프 소녀의 화살에 담긴 【정령 마법】의 마력이 더 세지는 게 느껴진다.

"저 위력은, 안 돼! 테토!"

"——라필리아! 너, 지금 뭐 하는 짓이야!"

"——!"

내가 테토와 엘프 소녀의 싸움을 말리려는 바로 그때, 쩌렁쩌렁한 남자 목소리가 겹쳤다.

남자의 목소리가 훈련소에 울려 퍼지니, 엘프 소녀가 흠칫 어깨를 떨며 주뼛주뼛 뒤돌아본다.

"알사스 씨."

"너, 이 녀석. 왜 다른 모험가를 못살게 굴어!"

알사스라고 불린 풍채 좋은 전사가 모습을 드러내자, 훈련소에 있던 다른 모험가들 사이에도 긴장감이 감돌았다.

그런 그의 주변에는 정찰수로 보이는 남자와 묘령의 여자 마법사, 그리고 신부 느낌의 남자가 있었다.

"지금 우리 파티에 필요한 인재니까! 내가 이기면 파티에 들어온다고——!"

"테토에게 이기면 생각해 보겠다고는 했지만, 파티에 들어간다고는 한마디도 한 적 없어요."

'마녀님이 그러라고 했어요!'라며 엘프 소녀의 말을 가로채는 테토의 얘기를 듣고 알사스라고 불린 모험가가 이마에 손을 얹고 하늘을 올려다본다.

"야! 저 말은 파티 가입 권유를 거절하는 단골 멘트잖아! 그건 그렇고 억지로 파티에 가입시키려 했단 말이야?! 거기다 다른 모험가도 위험할 뻔한 거 알아?!"

그렇게 말하는 알사스라고 불린 모험가가 라필리아라는 엘프 소녀를 호되게 꾸짖는다.

큰 소리로 화내는 목소리는 머리를 울려서 좋아하지는 않지만, 하는 말은 지극히 상식적이라 호감이 간다.

이제 이야기가 끝났다고 판단한 테토는 본인과 충돌해 무너진 내벽에 손을 대고 땅의 마법으로 원래대로 고친다.

"미안, 우리 멤버가 민폐를 끼쳐서. 그리고 그 벽은 이 녀석에게 수리비를 청구해서 수리하려고 했으니 안 그래도 됐는데."

"마녀님이 다 쓰고 나면 깨끗하게 정리 정돈하라고 그랬어요. 그러니까 원래대로 되돌려서 다음에 쓰는 사람에게도 폐가 되지 않게 하는 거예요."

대수로운 일이 아니라는 듯이 생글생글 웃으며 말하는 테토를 보고 알사스라 불린 모험가가 기특한 아가씨라며 작게 말하고는 파티 멤버인 라필리아를 못마땅한 눈으로 쳐다본다.

"다시 한번 미안해, 나이만 먹은 비상식적인 우리 엘프가 폐를 끼쳤어."

"뭐?! 나는 아직 예순일곱 살이라 젊은 엘프야!"

"신경 안 써요. 평소와 다른 모의 전투라 재미있었어요."

리더 모험가의 말에 예순일곱 살의 엘프 소녀가 항의하지만, 그를 무시하고 생긋생긋 웃으며 어른스럽게 대응하는 테토.

그런 테토에게 알사스가 본론을 꺼낸다.

"라필리아가 강압적으로 굴어서 미안했어. 그리고 괜찮으면, 전선에서 마물을 유인하는 탱커로 우리 파티에 들어오지 않겠어?"

이번에는 평범하고 정중하게 권유하지만, 테토의 대답은——.

"마녀님과 떨어지기 싫어요. 아, 마녀님이에요!"

단호하게 거절한 테토가 훈련소에 와 있던 나를 발견하고 뛰어온다.

"테토, 고생했어. ——《클린》《힐》."

얼핏 본 바로는 다친 곳은 없어 보이지만, 혹시 모르니 청결 마법과 회복 마법을 건다.

다만, 테토의 너덜너덜해진 옷까지는 마법으로 수선해 줄 수 없어서 마법 가방에서 갈아입을 옷을 꺼내서 건넨다.

"테토, 옷 갈아입고 와. 오늘은 더는 훈련을 못 할 것 같으니."

"네, 알겠어요."

옷을 받아 든 테토가 탈의실로 달려가고, 나도 테토의 모의 전투 상대를 해 준 모험가들에게 평소 하던 대로 청결 마법과 회복 마법을 건 뒤에 알사스라는 모험가와 얼굴을 마주한다.

"나는 알사스. A등급 모험가로【새벽 검】의 리더를 맡고 있어."

"마녀 치세야. C등급 모험가고 테토와 파티를 맺었어."

서로 리더로서 자기소개를 한다.

"미안하게 됐어, 파티 멤버를 빼내 가려는•짓을 해서. 몰랐어. 잠깐 이야기 좀 나누지 않겠어?"

"좋아. 폐를 끼친 사과의 의미로 점심을 사 준다면."

"알겠어. 라필리아에게 사라고 할게."

"말도 안 돼. 이건 횡포야! 횡포라고!"

나이와 키 차이가 나는 상대지만, 아무래도 무시당하는 일 없이 서로 유익한 대화를 나눌 수 있을 것 같다.

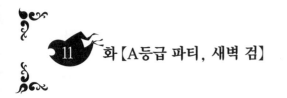

점심을 먹으러 가기 전, 잠깐 길드 자료실에 두고 온 물건을 정리한 나와 옷을 다 갈아입은 테토는 길드의 술집에서【새벽 검】의 파티원들과 마주 앉았다.

"실례합니다. 점심 메뉴 중에서 이것과 이거, 부탁해요!"

"저는 스튜 세트에 주스요."

소동을 피운 엘프 소녀 라필리아에게 주는 벌로 식사를 대접받게 된 테토는 사양 않고 식사를 주문한다.

나는 상식적인 범위에서 점심 세트 메뉴와 과일 주스를 시켰다.

그리고【새벽 검】멤버들은──.

"오! 지난번에 왔을 때 이거 맛있었으니까 시켜야지. 그리고 맥주 줘요!"

"나도 술 마실래. 그리고 안주할 만한 거로 적당히 주시고."

"그러면 나는 이거랑 이거, 이거. 그리고 샐러드하고 와인."

"나도 밥 먹어야지. 그리고 술 말고 물로 주세요."

"뭐야아아! 다들 지금 내가 낸다고 아주 이거저거 다 시키네!"

알사스 씨 일행도 라필리아가 내는 거라고 그녀의 주머니 사정은 안중에도 없이 주문한다.

그만큼 사이가 좋다고도 할 수도 있지만, 엘프 소녀가 약간 눈물을 글썽거린다.

"그래서, 할 얘기가 뭐야?"

술을 마시기 전에 정신이 멀쩡한 상태에서 이야기를 듣고 싶어서 거두절미하고 얘기를 꺼내니, 리더 알사스 씨가 진지하게 대답해 준다.

"우리는 오늘 마물 퇴치 의뢰로 마을 외곽에서 막 돌아온 참이야. 근데 그 의뢰에서 우리의 단점이 보이더라고. 그래서 여섯 번째 파티 멤버로 탱커, 마물의 공격을 정면에서 받아 줄 인재를 찾으려고 생각 중이었어."

"그래서 테토에게 권유했구나."

입 안 가득 고기를 넣어 먹는 테토는 우리의 시선에 '왜요?'라고 묻듯이 작게 고개를 갸웃한다.

"뭐, 그런 거지. 근데 우리 폭주 엘프가 성가시게 해서 미안. 그쪽 아가씨에게 파티에 들어오라고 하는 건 미련 없이 포기했어. 사이좋은 파티를 깨트려 봤자 미움만 살 테니."

"현명하네. 테토는 절대로 나한테서 떨어지지 않을 거고, 나도 테토를 절대로 놓지 않을 거라서."

그렇게 말하고 모자 아래로 쳐다보니, 알사스 씨가 씁쓸하게 웃는다.

그런 리더의 결정이 마음에 안 드는지, 엘프 소녀가 약간 불만을 표하듯 볼을 부풀렸다.

"A등급 파티가 권유해 줬는데 그 태도는 좀 아니지 않아?"

"넌 반성이나 해."

"아파! 너무해, 그렇다고 때릴 것까지는 없잖아!"

'또 시작이군'이라고 생각하며 조용히 한 귀로 흘리며 밥을 먹는다.

보아하니 리더 알사스 씨 외에는 모두 B등급 모험가인 듯하다.

"그래서, 달리 생각해 둔 탱커 후보는 있고?"

"아니, 천천히 찾아보든가, 정 안 구해지면 쓸 만해 보이는 D등급 모험가를 데려다가 키워야지."

그렇게 말하며 마녀 레나 씨와 엘프 라필리아를 힐끔 본다.

저 두 사람이 이 파티의 원거리 공격을 담당하는 주 공격수인 모양이다.

신부 같은 성직자는 회복 마법에 메이스로 물리 공격도 할 수 있을 테고 정찰수로 보이는 남자도 견제 역할로 발목 잡기나 시간 벌기 등이 가능한 것 같다.

현재로서도 파티 밸런스가 나쁘지는 않지만, A등급인 알사스 씨가 탱커 역할을 겸하고 있기에 탱커가 본직인 사람을 넣어서 공격을 전력으로 펼칠 수 있게 되면 폭발력이 더욱 세질 것이다.

그나저나——.

"부러워……."

'같은 마녀인데 가슴 크기가 이렇게 다를 수 있나'라는 생각을 하면서 절망적인 내 가슴을 내려다본다.

어른스러운 아리따움과 가슴께가 파인 머메이드 룩 검정 드레스를 입고 망토를 걸친 모습이 참 잘 어울린다.

"……나도 커지고 싶어."

"마녀님은 딱 좋은 크기예요. 껴안기 편해요."

"그래, 그래. 치세라고 했나? 앞으로 더 성장할 거야."

그렇게 말하며 나를 위로하는 테토와 재미있다는 듯 웃는 묘령의 마녀 레나 씨.

하지만 지금 이 상황이 안 드는 사람도 있다.

"흥. 어차피 테토라는 검사에게 기생해서 등급을 올리고 있는 거지? 안 봐도 뻔해."

진 게 분해서 그러는지 라필리아의 발언에 생글생글 웃던 테토가 표정을 싹 지우고 순간적으로 살기를 뿜는다.

"마녀님을———."

"테토, 하지 마!"

"———네."

내가 명령해 말리자 시무룩해하며 의기소침해졌지만, 테토의 살기에 알사스 씨 일행은 반사적으로 무기를 손에 들고 임전 태세를 갖춘다.

역시 상급 모험가는 반응이 빠르다고 감탄하면서 의기소침해진 테토가 기분이 풀릴 때까지, 나는 테토에게 안겨 있었다.

"라필리아. 네가 강한 건 맞지만, 사람 보는 눈이 너무 없는 거 아니냐. 실력은 B등급인데 안목은 D등급 이하야. 치세 양이 자체적으로 마력을 감추고 있지만, 궁정 마술사만큼 강해."

나라를 위해 봉사하는 궁정 마술사들은 각국을 대표하는 마법사의 최고 전력 중 하나다.

마물을 쓰러뜨려 등급을 올리고 평생에 걸쳐 마법을 깊이 연구해서 마력을 키우기 때문에, 못해도 최저 마력이 1만 마력. 높으면 3만 마력에서 4만 마력은 된다고 들었다.

내 마력이 어느 정도인지 모르게 하려고 방출되는 마력량을 억제하고 있었는데 상급 모험가에게는 안 통하는 모양이다.

"그 말 그대로야. 현재 나는 15,000마력 정도 돼."

"굉장한걸. 어린데 마력이 그만큼이나 된다니, 앞으로 더 발전할 가능성이 있어. 내가 12,000마력이거든. 저쪽의 승려는 7,000마력이고. 참고로 라필리아는 엘프라서 치세와 똑같이 15,000마력으로 마력량이 커."

"잠깐, 마음대로 내 마력량 발설하지 마! 그리고 나는 계속해서 성장해서 마력량이 더 늘 거라고!"

같은 마녀인 레나 씨가 먼저 나서서 본인의 마력량을 말해 준다.

1만 마력이 넘는다는 건 레나 씨도 궁정 마술사가 될 수 있을 만큼 자질이 있는 일류 마법사라는 의미.

"그쪽 말이야. 마력이 큰 건 알겠는데 마법은 뭘 쓸 수 있어? 아까 훈련소에서 《클린》과 《힐》을 썼으니까, 물의 마법과 빛의 마법? 참고로 나는 불의 마법과 어둠의 마법이 특기야."

"나는 바람의 마법을 자주 쓰려나? 불의 마법과 달리 소재가 손상될 일이 없고 다 타 버릴 걱정도 없으니까. 그리고 여행 중이라 결계 마법도 쓸 일이 많아."

"그렇구나. 하긴 소재를 얻으려면 바람의 마법이 편리하긴 하지. 그리고 여자애 둘이 여행하는 거면 결계 마법도 필수고!"

같은 마법사라서 그런가 의기투합할 수가 있었다.

그렇게 상급 모험가 일행과 가벼운 교류를 다지고 식사를 끝낸 나와 테토가 자리에서 일어난다.

"그럼, 우리는 이만 실례할게. 내일부터 던전을 공략할 예정이거든."

"그렇구나, 여러모로 미안했어! 던전에서 만나면 서로서로 돕자고!"

그렇게 말하고 밥을 사 준 알사스 씨 일행에게 가볍게 인사하고 임대 주택으로 돌아온다.

그리고 저녁에 저녁을 먹고 숙소의 목욕탕에 목욕하러 가려는데 놀랍게도 귀가한 알사스 씨 일행과 또다시 만났다.

알고 보니 그들도 이 임대 다가구 주택과 계약했었다. 결과적으로 오늘 있었던 일은 이웃과의 첫 만남이 되었다.

지금부터 옛 왕도 아파네미스의 던전에 처음으로 도전한다.

"지도 준비 오케이, 장비 오케이, 소모품 오케이. 준비 안 한 거 있나?"

"괜찮아요!"

"그럼, 지하 10층까지 최단 경로로 가자. 그 이후로는 그때그때 결정하고."

그렇게 해서 우리는 문지기에게 인사하고 던전 공략에 도전한다.

D등급 이상만 출입할 수 있는 던전이지만, 실제로 D급 마물이 나오는 건 5층 이후부터다.

1층과 2층은 어린이도 잡을 수 있는 피라미 마물이 나온다고 한다.

지도를 확인하고 마물을 테토가 단칼에 쓰러뜨려, 떨어지는 아이템과 마석을 마법 가방에 넣는다.

"얘기는 들었지만, 신기하네. 평원형 던전이라니."

전에 공략한 던전은 아무도 발견한 적이 없는 동굴형이었다.

그때는 규모로 따지면 5층 정도의 작은 크기였지만, 이번 던전은 꽤 큰 것 같다.

현재 우리가 있는 층은 멀리까지 내다보이는 평원과 푸른 하늘이 있지만, 실제로는 갈 수 있는 범위가 정해진 개방형 구조라고 한다.

"탐색하기가 굉장히 쉬워. 자, 가자."

지도를 의지하며 최단 경로로 5층까지 내려가 다섯 층마다 계층의 통행을 가로막는 게이트 키퍼라고 불리는 마물과 대치한다.

층마다 나오는 마물보다 한층 더 강한 마물인데 정보대로 리저드 맨 무리가 나타났다.

"마녀님, 갔다 올게요!"

"그래, 파이팅. 나도 적당히, ──《윈드 커터》!"

집단으로 연계하면 성가시지만, 나와 테토는 공격 한 번에 한 마리씩 쓰러뜨리기 때문에 금세 전멸하고 만다.

뭐, 마음만 먹으면 광범위 마법으로 순식간에 잘게 다져 줬을 거다.

"종합적인 공격력은 스톤 골렘이 더 셌어. 뭐, 그 던전 코어에는 정령이 사로잡혀 있어서 급이 더 높은 던전이었으니 당연한가."

그 당시에는 몰랐지만, 다른 자료를 읽어 보니 던전 코어가 우연히 모종의 존재를 흡수해, 그 존재의 성질을 크게 반영하여 강력한 던전이 되기도 한다는 걸 알았다.

설령 같은 층에 있는 보스여도 더 강력해진다는 점에서, 던전에는 급이 존재한다고들 한다.

그런 생각을 하면서 던전 6층으로 내려간다.

던전 내에 펼쳐진 평원의 하늘은 지상과 똑같이 가짜 태양의 움직임으로 시간을 대략 알 수 있는데 가끔 멈춰 서서【창조 마법】으로 만든 회중시계로 시간을 확인한다.

"점심시간이 다 됐네. 6층의 안전지대까지 이동한 후에 밥 먹을까?"

"찬성이에요!"

테토와 평소와 다를 바 없는 대화를 주고받고 던전 지도를 확인하면서 안전지대인 샘에 도착한다.

안전지대에는 5층 게이트 키퍼를 잡고 온 모험가들이 쉬고 있었다.

5층 이상의 던전에는 게이트 키퍼를 쓰러뜨리고 내려간 다음 층의 안전지대에 전이 마법진이 있다.

그 전이 마법진을 만지면, 그다음부터는 던전 입구의 전이 마법진과 등록한 마법진을 서로 오고 갈 수 있다고 한다.

나와 테토는 다른 모험가들에게 가볍게 인사하고, 던전의 전이 마법진을 만져 등록한 후, 조금 떨어진 곳에서 점심을 먹는다.

그리고 오후 탐색을 나섰다.

"이제 10층을 목표로 가자."

"네!"

대답과 함께 경례하는 테토를 보고 작게 쿡쿡 웃다가 금세 던전 도전 모드로 전환한다.

눈과 귀에 마력을 집중시켜 바람의 마법과 땅의 마법으로 주변을 탐지한다.

주변에 있는 마물을 경계하면서 길드에서 구매한 지도를 길잡이 삼아 최단 코스로 전진한다.

이 주변 층의 마물도 테토가 마검을 한 번만 휘두르면 단칼에 쓰러뜨릴 수 있기에 거침없이 나아간다. 그리고 사냥터에서 되돌아와 6층의 전이 마법진으로 향하는 다른 모험가들과 지나치면서 10층 게이트 키퍼에게 도전한다.

"10층은 오거구나. 이번엔 나한테 맡겨."

"마녀님께 맡길게요!"

테토에게 물러나라고 하고 부유 마법으로 공중에 떠오른 나는, 오거 세 마리를 응시한다.

1년 전에는《윈드 커터》로 생채기밖에 못 냈지만, 이번에는 다르다.

"──《레이저》!"

오거들을 향해 지팡이를 겨누고 지팡이 끝으로 수렴 광선을 쏜다.

빛의 속도로 나간 광선이 오거의 심장을 관통하며 타들어 가, 가슴팍에 뻥 하고 둥근 구멍을 뚫는다.

"그러면 다음은, ──《레이저》로 가로 베기!"

심장 주변을 꿰뚫렸지만, 오히려 지혈이 된 오거가 그 타고난 생명력으로 한 발짝 내디딘다.

그다음 순간, 지팡이의 움직임에 따라 가로 베기로 쏘아진 수렴 광선이 목을 관통해 모든 오거의 머리가 던전 땅에 나뒹군다.

"나도 하면 한다고. 열 내성이 있고 마법 저항이 강한 마물에게 얼마나 먹힐지 알 수 없었는데 위력이 좀 셌나 보네."

빛을 쓰기 때문에 어두울 밤에는 들키기 쉽지만, 소음이 작고 관통이 잘되는 살상력이 있는 마법이다.

하지만 직선으로 나가는 마법이라서 내 의지로 구부리거나 할 수 없고, 같은 편에게 잘못 쏠 수 있다는 게 치명적인 단점이다.

"살상력이 너무 뛰어나니까 금속을 만들어 내 발사하는 《메탈 불릿》이나 물을 압축해서 날리는 《워터 커터》 아니면 폭발하는 화창(火槍)인 《버스트 랜스》를 쓰는 게 더 나았으려나?"

혹은 애초에 《윈드 커터》에 담는 마력을 늘려 절단력을 높이는 게 나았을지도 모른다.

또는 절단력만 필요하다면 어둠의 마법에 속하는 공간 요소를 이용해, 마물의 목과 몸통 사이의 공간을 비트는 마법도 나쁘지 않았을 것 같은데⋯⋯. 뭐래니, 나.

"안 되지, 안 돼. 점점 잔인한 마법을 생각하게 되네. 오늘은 일단 11층 전이 마법진에 등록하고 돌아가자."

"알겠어요!"

그리하여 11층 마법진에 등록하고 던전에서 탈출하여 길드로 돌아온다.

"오, 치세와 테토잖아. 오늘 던전에 도전하고 온 것 같은데, 어땠어?"

마침 돌아오는 타이밍이 맞았는지 길드에서 알사스 씨 일행과 마주쳤다.

"익숙해질 겸 10층까지만 클리어하고 왔어."

"또 무리하네. 뭐, 죽지 않게 조심해. 참고로 우리는 지금 24층을 탐색 중이야!"

길드에서 구매할 수 있는 던전 지도는 20층까지밖에 없었을 것이다.

20층보다 깊은 층에 있다는 건 그들이 아파네미스에서 가장 강한 모험가라는 뜻이리라.

"우리는 천천히, 던전을 공략하겠어. 그럼 이만……."

"푹 쉬세요~."

우리는 던전에서 주운 소재와 마석 일부를 돈으로 바꾸고 길드를 뒤로한다.

던전 도시에서는 던전에서 획득한 드롭 아이템의 등급에 따라서 길드에의 공헌도가 가산된다고 한다.

"뭐, 겨우내 여기에 머무를 테니 우리 속도에 맞춰서 하자."

"자신만의 속도로 하는 게 최고예요."

말은 우리 속도대로 하자고 하지만, 일반인이 보기에는 말도 안 되는 속도로 진행하고 있는 느낌이 든다. 하지만 우리는 무리는 하지 않기에 괜찮을 것이다.

그런 생각을 하며 걸어서 집으로 돌아가는 길에 하늘을 올려다보니, 두꺼운 구름에서 살랑, 살랑 눈이 내리기 시작했다.

그렇게 우리는 던전 도시 아파네미스에 첫눈이 내린 날, 던전 11층까지 공략할 수 있었다.

13화 【오랜만에 던전 보물 상자를 발견했습니다. 상자 안에는……】

올해 첫눈이 내린 이튿날, 아파네미스에 엷게 눈이 살짝 내린 흔적이 보이는 가운데 던전에 들어가니 평소와 별반 다르지 않은 풍경으로 맞아 준다.

11층부터 삼림 지형으로 바뀌는 던전을 다시 공략하기 시작한 우리는 더욱 강력해진 마물들을 상대하면서 나아간다.

삼림 지형이라 장해물이 없던 평원보다도 던전의 나무들 때문에 마법을 쓰는 데 너무 걸리적거려서 테토가 마물에 접근해 검으로 잡는 편이 더 효율적이었다.

게다가 검에 맞으면 대체로 마물이 한 방에 쓰러졌다……

"음. 여기서부터는 삼림 구역이니까 효율이 더 좋은 마법이 없을까."

불의 마법은 썼다가 다 탈까 봐 무섭고 바람의 마법이나 물의 마법으로는 부족하다.

빛의 마법은 위력이 과다하고 땅의 마법은 테토의 속성과 겹친다.

어둠의 마법은 물체를 조종하는 염동력이나 동력 조작 등을 쓸 수 있고 그림자를 마력으로 반(半)실체화하여 공격하는 마법도 있지만, 위력은 《윈드 커터》보다도 떨어진다.

그렇지만 몸이 없는 영체 같은 존재에게는 잘 통하는 속성이다.

"바람, 바람……. 카마이타치, 돌풍, 태풍……. 아, 낙뢰!"

바람의 마법에서 파생된 벼락 마법이라면, 위력을 조절하면 응용할 수 있을 듯하다.

"먼저, ──《선더볼트》!"

한 1,000마력 정도를 써서 만들어 낸 낙뢰는 근처 나무에 떨어져 나무의 뿌리 밑동까지 직선으로 쩍 갈라 버린다.

"흠. 위력이 너무 센데. 좀 더 떨어뜨려야겠어."

그렇게 위력 조절을 반복한 끝에 100마력을 소비하는 벼락 화살 《선더 애로》 마법을 새로 만들었다.

벼락 화살을 쏘니 D등급 정도 되는 피라미 마물을 감전사로 잡을 수 있었다.

거기다 마물의 몸은 벼락 화살이 맞은 곳만 약간 탈 뿐이라, 꼭 던전이 아니고서라도 마물의 소재 확보에 쓸 수 있다.

또 바람 날이 거의 직선으로 나가는 데 반해, 벼락 화살은 내가 조종할 수 있어서 나무들 사이를 꿰듯 쏘아도 명중률이 높다.

"위력을 더 약하게 하면 사람을 포박할 때도 쓸 수 있겠어. 역시, 던전은 정말로 마물이 끊이질 않으니까 연습하는 보람이 있어."

그렇게 말하며 쾌활하게 삼림 지형 던전을 전진하여 15층 게이트 키퍼에 도전한다.

나는 선제공격으로 벼락 화살 열 발을 쏴 명중한다.

게이트 키퍼인 마물이 자신의 마력 저항으로 거의 한계까지 버틴다.

그러나 감전되어 이내 움직임이 둔해졌을 때 테토가 마검으로 벤다.

그때, 상대하는 마물이 전기를 띠는 상태라면 테토도 전류가 흐를지도 모른다는 생각이 뇌리를 스친다.

하지만 골렘이었던 테토에게는 전류가 흐르지 않는 모양인지 잘못 맞아 다칠 염려도 없었다.

그리고 16층부터는 던전의 삼림 지형은 그대로고 층마다 넓이가 더 넓어지는 모양이다.

"이제부터는 지도의 신빙성이 떨어지는 거 같아."

"마녀님, 어떡해요?"

"음――. 근처에 있는 안전지대의 마법진에 등록해 놓고 일단 돌아가자."

내일부터는 좀 더 탐색 속도를 빨리 내지 못할 것이다.

그렇게 우리는 던전에서 돌아와, 다음 날부터는 던전에서 묵는 것도 고려한 던전 공략을 재개했다.

"삼림 구역에는 약초와 버섯, 먹을 것이 아주 많구나."

16층부터는 최단 거리로 다음 층으로 내려갈 수가 없는 듯하다.

각 층의 곳곳에 배치된 특정 마물을 쓰러뜨렸을 때 나타나는 던전 한정 드롭 아이템을 모으면 아래층으로 내려가는 계단이 열리기 때문에 지도를 의지하며 해당 마물을 찾아서 잡는다.

"이 주변도 나무 때문에 시야 확보가 어려운 점과 기습에만 주의하면 마물의 공격력은 비슷할 것 같아. 어, 약초 발견."

지금 있는 층을 오래 걸어야 해서 걷다가 발견한 약초 등을 채취하는데 그레이 울프 무리가 나타났다.

이 그레이 울프 무리의 리더가 다음 층을 열 수 있는 아이템을 갖고 있을 텐데 이렇게 떼로 모이니 어느 개체가 리더인지 알 수가 없다.

"이번엔 테토에게 맡길게."

"네!"

나는 비행 마법으로 하늘 위로 대피하여 한 발짝 물러나서 테토가 싸우는 모습을 본다.

덤벼드는 그레이 울프들을 베지만, 그 틈을 놓치지 않고 사각지대에서 다른 그레이 울프가 공격한다.

하지만 테토는 뒤돌아보면서 주먹을 쥔 손등으로 그레이 울프를 한 마리를 때려눕힌 다음, 돌려차기로 또 다른 두 마리를 발로 차 날려 버린다.

그렇게 검술과 체술을 구사하여 제거하니 몇 분도 안 돼서 그레이 울프 무리 전체가 사체가 되어 아이템으로 변한다.

"후우, 줍는 게 더 힘드네. 전용 마법이라도 고안해야겠어. 음, 흡수는 좀 아니고. 주워 올려야 하니까, 인력. ──《어포트》."

해치운 마물의 드롭 아이템이 내 손으로 모이게끔 어둠의 마법 《어포트》를 쓴다.

손바닥을 중심으로 해 물품을 끌어당기는 힘을 만들어 내는 이 마법은 편리하다.

그렇지만 그레이 울프들이 남긴 아이템이 모여들어도 내 작은 손으로는 전부 받지 못해 바닥에 떨어지는 바람에 결국 테토와 같이 주워야 했다.

이런 식으로 우리만의 방식으로 던전을 탐색하면서 16층을 클리어하고 17층에 도착했다.

"아무래도 한 번 계층 문을 열면 그다음부터는 그대로 통과할 수 있나 봐."

"마녀님, 어떡할까요? 이어서 가나요?"

"오늘은 이대로 던전에서 야영하자."

이전에 공략한 던전은 동굴형 던전이라 안전지대도 주변이 벽으로 둘러싸여 있어서 입구만 경계하면 됐다.

하지만 이번에는 다른 모험가들도 이용하는 데다가 평원과 삼림 지형의 개방형 던전이라서 형태의 차이점을 고려할 필요가 있었다.

"자, 저녁은 뭘 먹을까?"

"저요, 고기 먹고 싶어요!"

"아아, 그러고 보니 아까 아이템 중에 좋은 고기가 있었지."

삼림 층에 돌입한 지 얼마 안 됐을 때 멧돼지 마물, ──혼 보어가 나타났었다.

호위 의뢰를 맡았을 적에 쓰러뜨린 빅혼 보어의 한 단계 아래 마물이다.

혼 보어를 잡았을 때 마석과 부위상 어깨 살에 가까운 고기를 획득했다.

"흠. 어깨 살이니까 포크소테를 해 먹을까?"

다른 이름으로는, ──돼지고기 스테이크다.

나는 프라이팬에 【창조 마법】으로 만든 샐러드유를 치고 마법 가방에서 꺼낸 채소를 썰어 부드러워질 때까지 기름에 볶아 그릇에 깐다.

이어서 고기의 딱딱한 근육과 힘줄을 손질해 두툼한 고기만 남기고, 소금과 후추로 간을 해 기름기가 남은 프라이팬에 올린다. 알맞게 익었을 즘, 그 위에 【창조 마법】으로 만든 【마늘간장맛 스테이크 소스(업소용)】을 뿌린다.

구운 포크소테를 채소볶음 위에 얹으면 밑에 깐 볶은 채소가 고기의 기름과 스테이크 소스를 빨아들인다.

"포크소테 완성. 그리고 빵과 인스턴트 옥수수수프야."

"맛있어 보여요. 잘 먹겠습니다!"

테토가 만든 바위 식탁에 식탁보를 깔고 요리한 음식을 늘어놓는다.

던전 안에서 야영하는 것치고는 손이 많이 간 요리지만, 두꺼운 포크소테와 마늘간장 소스의 식욕을 돋우는 향의 조합은 매우 미치도록 맛있었다.

"여자애한테 마늘 냄새가 배는 건 좀 그렇지?《클린》마법으로 없앨 수 있으려나……. 아, 가셨다."

"마녀님~. 목욕 준비 다 했어요~."

"알았어. 그럼, 들어가자."

테토가 던전의 땅을 조작해 욕조를 만들고, 내가 마법으로 온수를 채워 둘이 같이 들어간다.

야영하는 건데 좀 과하지 않나 싶을 정도로 쾌적하게 지냈다.

밤에는 불침번을 서는 테토에게 보호받으며 텐트 안에서 잠을 청하고 다음 날 무탈하게 아침을 맞이한다.

"좋은 아침, 테토."

"마녀님, 좋은 아침이에요! 오늘도, 힘내요!"

테토와 아침 인사를 나누고 식사 뒷정리와 채비를 한 뒤, 던전 공략을 재개한다.

번거로운 계층 기믹도 어제 어떤 느낌인지 파악했기에 금방 끝난다.

단지, 삼림 층의 소재는 길드에 채취 의뢰가 걸려 있어서 소재 채취를 위해 잠시 탐색한다.

"아, 보물 상자다."

"누가 못 보고 지나친 걸까요?"

"그건 아닐 거야. 새로 생긴 걸지도 몰라."

던전은 정기적으로 침입자를 꾀어 들이기 위한 미끼로 보물 상자를 생성한다.

그 보물 상자 안에는 금은보화 말고도 마법 가방 등의 희귀 마도구도 들어 있다.

우리는 던전에서 발견한 보물 상자에 조심스럽게 다가간다.

그리고 테토를 지키는 결계를 친 다음 상자를 열게 한다.

──휙, 슉.

"으앗, 깜짝 놀랐어요!"

"독침과 독무 함정이야. 결계를 쳐 둬서 다행이네."

인간처럼 보이지만, 테토의 몸은 진흙으로 이루어져 있다.

그래서 인간에게 작용하는 독의 영향을 받지 않고, 설령 인간의 관점에서 봤을 때 급소인 곳을 찔려도 문제는 없다.

"마녀님~, 이런 보물이 들어 있어요!"

"잠깐만, 테토, 안에 든 거 함부로 만지지 마! 내가 지금 감정할 테니까……. 아."

테토가 보물 상자에서 금속 장갑과 목걸이를 꺼내 든다.

두 가지 보물 중, 목걸이가 수상쩍게 빛나면서 테토의 목을 휘감으려 굼실거린다.

그리고 테토의 손을 빠져나온 목걸이가 목에 걸렸을 때 탁 하고 무언가에 튕겨 나가듯 땅에 떨어졌다.

"흐아아, 또 깜짝 놀랐어요~."

"테, 테토, 괜찮아?!"

나는 황급히 테토에게 다가가 무사한지 확인한다.

뒤이어 감정 외알 안경을 꺼내 테토의 목을 노린 목걸이를 본다.

【교살 목걸이】
원래는 목걸이 형태의 마도구였으나, 던전의 마력에 저주받은 물품.
직접 손에 든 인간의 목을 다짜고짜 휘감아 졸라 죽이려 한다.

원래 골렘이었던 테토는 신체의 상태 이상에는 강하다.

그렇지만 저주 등의 정신적인 저항력은 보통이다.

"아아! 마녀님께 받은 부적이 완전히 엉망이 됐어요!"

"【저주 반사 부적】이 테토를 지켜 줬구나."

이런 때를 대비해서 【창조 마법】으로 만들어 둔 【저주 반사 부적】을 품에 지니게 한 덕에, 저주받은 장비에 목을 졸리는 일을 막은 모양이다.

그 대신, 테토의 옷 아래로 숨겨 둔 부적은 소모품이었기에 불태운 듯이 너덜너덜해져 있다.

"테토, 새 【저주 반사 부적】이야. 그리고 저주받은 장비를 이대로 두면 위험하니까 바위 상자를 만들어 줘."

"네, 알겠어요."

테토에게 새 【저주 반사 부적】을 건넨 나는, 땅에 떨어진 교살 목걸이를 어둠의 마법 《사이코키네시스》로 공중에 띄워 【창조 마법】으로 만든 천으로 감쌌다.

교살 목걸이는 직접 손에 닿지 않으면 저주가 발동하지 않았다.

일단 만일에 대비해 테토가 만든 바위 상자에 천으로 싼 목걸이를 넣어 밧줄로 꽁꽁 묶은 뒤 마법 가방에 보관한다.

"좋아, 이제 됐어. 그리고 저 금속 장갑은……. 오, 꽤 쓸 만한걸."

【대지의 손】

토속성 마력이 깃든 장갑.

착용한 자가 손에 드는 물건의 무게를 가볍게 느끼게 하는 힘이 있다.

이 금속 장갑은 몸에 착용하는 동안에는 손에 쥔 물건의 무게를 반 정도로만 느끼게 해 주는 모양이다.

"전사용 방어구구나. 게다가 상시 발동형 마도구인가 봐. 테토, 필요해?"

"음, 필요 없어요."

테토는 골렘으로서의 신체 강도와 압도적인 마력으로 두르는 【신체 강화】로 사람을 거뜬히 후려쳐 베어 넘긴다.

저걸 찬다고 해서 조금 편해지는 정도로는 장비로서의 의미가 없나 보다.

그리고 테토다운 이유를 듣자 하니——.

"저런 장갑을 끼면 마녀님을 꽉 껴안았을 때, 저 울퉁불퉁한 게 마녀님에게 짓누를 거예요."

"그런 이유로 필요 없는 거야? 뭐, 나한테도 크기가 안 맞으니까 팔까."

대검을 사용하는 모험가에게는 탐나는 물건일 테지만, 우리에게는 쓸모없는 물건이다.

그렇지만 이런 마도구가 있다는 걸 알았으니, 다음에는 방대한 마력을 소비해 【창조 마법】으로 만들어 낼 수 있으리라.

"자, 이제 가 볼까."

"그래요."

지금 있는 층에서 채취할 건 충분히 얻었으므로 18층으로 내려간다.

그리고 그날은 18층의 안전지대에서 야영하고 다음 날에는 18층, 19층을 공략하고 20층에 도착한다.

"20층을 클리어하면 21층 전이 마법진으로 지상에 돌아갈 수 있어."

"얼마 안 남았네요! 빨리 돌아가서 마녀님과 침대에서 자고 싶어요!"

요 며칠 던전에서 야영하면서 테토에게 불침번을 부탁했기에 나도 던전에서 나가서 테토와 함께 느긋하게 쉬고 싶다.

하지만 그러기 전에 여기 20층에는 B급 마물인 랜드 드래곤이라는 지룡(地竜)의 일종이 게이트 키퍼로 기다리고 있다.

일반적으로는 C등급 모험가 여럿이 달려들어 움직임을 제한하여 원거리에서 마법으로 공격해 대미지를 입힐 테지만──.

"테토!"

"네!"

마법사인 나를 지키지 않고 튀어 나간 테토는 달려 빠져나가서 지룡의 다리를 마검으로 벤다.

그리고 나는, 비행 마법으로 공중에 날아올라──.

"드래곤한테 쓰면 어떨지 궁금한걸. ──《선더볼트》!"

머리 위에서 벼락을 떨어뜨리자 랜드 드래곤의 비명이 울려 퍼진다.

그러나 벼락을 맞고도 죽지 않는 건 역시 아룡(亜竜)다운 생명력이지만──.

"한 발 더 간다. ──《선더볼트》!"

한 발에 1,000마력을 담은 벼락을 한 발 더 떨어뜨린다.

벼락 마법이 두 발 필요할 정도로 강적이기는 했지만, 휴드라의 재생 능력처럼 특이한 능력이 없어서 쉽게 쓰러뜨렸다.

그리고 새카맣게 탄 랜드 드래곤의 사체가 사라지고 그 자리에는 B등급 수준에 걸맞은 마물의 마석과 작은 병에 든 검붉은 액체가 남는다.

"이건 랜드 드래곤의 혈액이구나."

용 마물의 피는 다양한 마법 약을 만들 때 쓰이는 경우가 많아서 상당히 고가에 거래된다고 한다.

랜드 드래곤은 용 마물 중에서도 와이번과 비슷하게 지능이 낮은 아룡이지만, 그래도 피의 힘은 강력하다.

그나저나 벼락 마법으로 검게 타면서 혈액도 끓어올랐을 텐데 어떻게 신선한 혈액이 남는 걸까.

게다가 혈액이 담긴 이 병도 대체 어디서…….

"생각해 봤자이려나. 그렇겠지. 자, 어서 21층 마법진에 등록하고 돌아갈까."

"찬성이에요! 근처 식당에서 밥 먹고 싶어요!"

나와 테토는 21층으로 내려간다.

21층부터 다시 구역 구조가 바뀌었는데 이번에는 우리도 익숙한 동굴 구역이 계속된다.

이 마을의 가장 센 모험가 알사스 씨 일행도 이 부근의 계층에 있겠지.

"여기서부터는 볼 지도가 없으니 조금씩 지도를 작성하면서 안전지대를 찾아보자."

"네."

나는 테토를 앞장세우고 동굴을 나아가면서 지도를 그린다.

동굴 안의 길은 비교적 널찍하고 구역의 넓이도 20층 기준이라 우리가 처음 들어갔던 던전보다도 지도를 작성하기가 훨씬 어려울 듯싶다.

그래도 해 질 녘 전에는 21층의 안전지대인 샘을 찾아, 거기에 있는 전이 마법진에 등록하고 던전에서 나왔다.

"음. 피곤하기도 하고 지금 길드에 보고하러 가면 저녁을 못 먹을 것 같으니 내일 갈까."

"테토, 배가 너무너무 고파요."

던전에서 나온 뒤로는 급하게 해야 할 보고나 의뢰가 없었기에 길드에 보고하러 가는 건 내일로 미루기로 했다.

근처 식당에서 저녁을 먹고 집으로 돌아온 나는, 오랜만에 침대에서 테토에게 안겨 잤다.

14화 【길드의 납품 풍경】

아침, 여느 때와 마찬가지로 나를 꼭 끌어안은 테토의 품에서 빠져나와서 외출 준비를 한다.

"테토, 길드에 가야 하니까 일어나."

"네~."

느릿느릿 일어난 테토를 끌고 몇 번 갔던 식당에서 아침을 먹은 뒤, 길드로 향한다.

며칠간 던전에 틀어박혀 있었기에 오늘은 길드에 보고하고 소재 납품만 마치면 느긋하게 쉴 예정이다.

"좋은 아침. 보고를 하고 싶은데."

"아, 치세 씨, 테토 씨, 어서 오세요. 던전에서 돌아오시는 길인가요?"

"아니, 어제저녁에 돌아왔는데 오늘 보고하러 왔어."

아침 가장 바쁜 시간대를 피해 온 덕분에 길드도 약간 한산해서 접수원에게 여유롭게 보고할 수가 있었다.

"어제, 던전 21층까지 갔어."

"저, 정말요?! 치세 씨와 테토 씨 둘이 게이트 키퍼인 랜드 드래곤을 해치우셨다고요?!"

"응. 그 증거로 마석과 랜드 드래곤의 혈액을 가져왔으니 확

마력 치트인 마녀가 되었습니다~창조 마법으로 자유로운 이세계 생활~ 2

인해 줘."

놀라는 접수원 앞에 두고 마법 가방에서 마석과 랜드 드래곤의 피가 든 작은 병을 꺼낸다.

"아, 아이템은 어쩌실 건가요? 길드에서는, 매입하고 있습니다만……."

팔아 달라는 눈빛을 받은 나는 테토를 쳐다본다.

"테토는 어떻게 하고 싶어?"

"음~. 마석은 안 팔았으면 좋겠어요."

역시, 테토가 먹으려 할 줄 알았어.

다만, 한 입에는 먹을 수 없어 보이니 어느 정도 크기로 깨부순 것을 먹을 테지.

"그래. 나도 개인적인 취미에 랜드 드래곤 피를 써 보고 싶으니, 이번에는 안 팔래."

"아아, 마석은 소금화 다섯 닢이고 랜드 드래곤 혈액은 소금화 석 닢인데……."

접수원이 중얼거리는 말소리를 들었지만, 랜드 드래곤 한 마리에 소금화 여덟 닢, ──일본 돈으로 환산해 80만 엔 상당이면 썩 괜찮다.

"낙심하기는 일러. 이것들 말고도 채취 의뢰에서 요구할 소재도 구해 왔으니까."

"아아, 천사이신가요?! 의뢰인이 독촉을 많이 하는 채취 의뢰계의 구원의 여신이시여."

"마녀님은, 천사처럼 사랑스럽고 여신처럼 다정해요!"

"테토, 장난치지 마. 그리고 그쪽도 진지하게 일해!"

나는 접수원을 재촉해 매입 카운터로 안내해 달라고 해서 가서는 16층부터 20층까지 돌며 획득한 물품을 꺼내 놓는다.

"일단 채취 의뢰에서 명시한 걸 중심으로 모아 오긴 했는데 그 밖에도 유용한 물품을 가져왔으니, 돈으로 바꿔 줘. 아아, 그 약초는 반은 그냥 둬. 사적으로 쓰고 싶거든."

"저기, 치세 씨. 조금 전의 랜드 드래곤의 피도 그렇고, 이 께름칙한 식물도 그렇고 뭔가 이상한 의식 마법에 쓰려고 하시는 거예요?"

'키에에에엑' 하고 비명을 지를 듯한 께름칙한 식물 마물은 채취 의뢰의 소재지만, 토벌할 필요가 있는 만드라고라다.

만드라고라 말고도 독버섯처럼 생긴 버섯 몇 종류와 색깔이 수상쩍은 약초 등을 마법 가방에 다시 집어넣으며 의아한 눈으로 쳐다보는 접수원에게 대답한다.

"그럴 리가 있어? 이건 마법 약의 소재로도 쓸 수 있다고."

"그, 그렇군요. 마법 약……. 그러면 혹시, 포션을 만들 수 있으세요?"

"응, 일단 기본은 하지."

"그럼, 다 만들면 길드로 가져오세요! 은화 두 닢에 살게요!"

포션 구매할 때의 가격은 대체로 은화 석 닢이라 매입 가격으로서는 나쁘지 않지만…….

"괜찮겠어? 약을 관리하는 길드나 관련 시설에 허가 안 받아도 돼?"

작은 마을이라면야 눈감아 주거나 본인들이 쓰는 건 문제가 없다.

하지만 큰 마을에서는 다른 사람이 쓸 포션은 토지마다 관리해야 하는 거 아닌가.

그렇게 생각해서 말하니 이유를 설명해 준다.

"던전 때문에 포션의 수요가 많아 항상 부족하거든요. 그래서 새로운 조합사를 육성하거나 약초 채취를 장려하고는 있는데 좀처럼 잘 안되서요."

속으로 '그런 사정이 있구나' 하면서 납득하는데 매입 카운터의 직원이 접수원에게 주의를 준다.

"이봐, 쓸데없는 얘기는 하지 마."

"죄, 죄송해요. 그러면 가져온 물건을 심사하겠습니다. 잠시만 기다려 주세요."

그렇게 말하고 뭔가 떠올랐는지 자처해서 다시 접수 업무를 하러 돌아가려는 접수원을 불러 세운다.

"잠깐만. 깜박했는데 하나 더 있었어."

"……이번엔 뭔가요?"

20층에 있던 랜드 드래곤을 쓰러뜨리고 대량의 채취물과 께름칙한 약초를 팔겠다고 내놓은 것도 모자라 이번엔 대체 뭐가 내놓으려 하나 하고 접수원이 경계하지만, 나는 아랑곳하지 않고 말한다.

"던전에서 보물 상자를 발견했는데 안에서 마도구 두 가지가 나왔어."

"와, 축하드려요."

"그중 하나를 매각하고 싶어. 【대지의 손】이라는 마도구야."

길드의 술집에 모여 있었던 모험가들이 마도구의 이름을 듣고 일제히 뒤돌아보고 몇몇은 자리에서 일어난다.

"그, 그것참…… 진심으로 축하드립니다."

모험가들의 반응에 접수원이 굳은 표정으로 나를 축하해 준다.

나도 술집을 힐끔 보며 확인하니, C등급 전위 모험가들이 【대지의 손】에 반응하고 있다.

【대지의 손】은 착용한 사람이 든 도구를 원래 무게의 반만 느끼게 해 줄 뿐, 들고 있는 도구의 질량은 바뀌지 않는다.

검의 무게가 가볍게 느껴지면 검을 휘두르는 속도가 빨라져 공격 가짓수가 많아진다.

또는 기존보다 무거운 검을 들면 일격의 위력을 키울 수 있다.

그런 전사들이 탐낼 만한 마도구를 실제로 마법 가방에서 꺼내자, 길드 안에 있던 모험가들이 술렁거리기 시작한다.

"……팔고 싶은데, 얼마나 나올까?"

"그, 그게……."

접수원은 도움을 구하듯이 매입 카운터 직원에게 눈빛을 보낸다.

매입 카운터 직원이 곤란한 듯 쓴웃음을 지으며 길드 내에 울릴 듯이 큰 소리로 대답해 주었다.

"이런 종류의 마도구는 그때마다 가격이 달라집니다. 던전에서 습득한 마도구는 성능이 좋아서 꽤 가격이 나가는 편이에요.

매입 가격은 최소 소금화 두 닢 전후일 겁니다."

"생각보다 저렴하네."

'전위 모험가의 공격력이 상승하는 마도구인데'라고 무심결에 중얼거리자, 매입 카운터 직원이 싱긋 웃으며 내 의문에 답해 준다.

"말씀하신 대로 착용하면 무기를 가볍게 느껴, 전위 모험가들의 힘을 키워 주지요. 하지만 이건 마검처럼 직접 공격이 가능한 마도구가 아니라, 보조 마도구예요. 부디 양해해 주시기 바랍니다."

"그렇구나. 그러면 경매로 내면?"

"경매라면, 모험가 외에도 귀족이나 기사들도 참가하니 더 높은 가격에 팔 수는 있지만, 현금이 바로 들어오지 않고 경매 수수료도 빠집니다."

길드는 사들인 마도구를 필요로 하는 모험가에게 팔아서 전력 증강을 도모하거나 경매보다 높은 가격으로 팔아 이익을 얻는 거겠지.

"그러면 팔고 현금으로 바꿔 갈게."

"알겠습니다. 보물 상자에서 나온 또 다른 마도구 하나는 팔지 않고 본인이 쓰시는 건가요?"

【대지의 손】에 대한 반응이 너무 인상 깊어서 잊혔던 나머지 마도구에 관해서 접수원이 묻는다.

"실은 그게 본론이야. 저주받은 장신구는 어떻게 취급하는지 묻고 싶은데."

"저주받은 장비라⋯⋯. 구체적으로 어떤 거죠?"

"손에 닿으면 목을 휘감아 목을 조르는 교살 목걸이야."

"이런 식으로 목에 감아 와요!"

내 얘기와 테토가 자기 목을 조르는 몸짓에 접수원이 힉 하며 짧은 비명을 지른다.

"직접 닿지 않으면 저주는 발동하지 않아. 저주 방어 장비를 몸에 지니고 있으면 튕겨 나가고. 지금은 천에 싸서 바위 상자 안에 엄중히 보관 중이야."

귀족의 생일 선물들 속에 선물인 척 숨겨 두면, 저주받은 장비가 상대를 암살해 주는 식으로 악용할 방법은 수도 없이 많다.

그러나 저주는 정화해서 없애는 게 세상을 위한 것이다.

"그렇군요. 그러면 교회 같은 곳에 가서 정화한 후에 마도구로 파실 수 있습니다. 길드도 매입할 수는 있지만, 원래가 어떤 마도구인지 알 수 없으므로 매입 가격은 일률적으로 은화 다섯 닢입니다."

그리고 내야 하는 헌금과 기부금──정화 비용 명목──은 소금화 석 닢이므로 까딱하면 손해를 볼 가능성도 있다.

하지만 떠돌이 마법사에게 정화를 부탁했는데 저주가 안 풀리거나 어중간하게 풀린 걸 사용했다가 호되게 당하는 일도 있다고 한다.

"그럼 교회에 의뢰해서, 정화하고 싶어."

"알겠습니다. 그러면 교회 지도를 준비해 드릴게요."

나는 지도를 건네받고 잠시 소재 매입 심사를 기다린다.

그리고 매입 가격은 채취 의뢰 보수를 포함하여 소금화 넉 닢으로 책정되어 약간의 목돈을 벌 수 있었다.

취득 물품은 원래 16층~20층 난이도에 비해 저렴해서, 받은 보수의 대부분이 마도구를 판 값이지만, 그래도 우리에게는 충분한 보수다.

뭐, 마석까지 팔았다면 대금화 한 닢을 넘었겠지만, 이번에는 테토가 먹을 예정이라 팔지 않고 남겼다.

"매각금은 저주받은 장비 정화 비용과 당분간 생활비로 쓸게."

"알겠습니다. 그럼, 의뢰 달성 처리를 해 드릴 테니 잠깐 길드 카드를 주세요."

나와 테토는 채취 의뢰 달성 처리를 받는다.

"그나저나 대단하시네요. 1년 만에 C등급까지 오른 데다 의뢰 달성률이 100%이시라니."

"할 수 있는 것만 해서 그래. 그리고 굳이 고르자면, 사후에 처리해 주는 채취 의뢰를 좋아하거든."

처음부터 의뢰를 달성하기 위해 모험에 나선 것이 아니라 모험에서 얻은 성과로 의뢰를 고르고 있는 상태다.

"그럼, 이만 실례할게."

"또 올게요! 잘 있어요!"

나는 어제까지 던전에서의 성과를 정산하고 길드를 뒤로한다.

그 후, 마련해 준 지도를 보니 교회 시설이 몇 군데가 있었지만, 길드에서 가장 가까운 곳으로 향했다.

"여기가 교회구나."

외관은 질박했다. 두꺼운 벽이 쳐져 있고 마당이 있는데, 이는 긴급 상황 시의 피난 대피소로 쓰거나 임시 치료 시설을 설치할 것을 염두에 두고 지은 건지도 모른다.

내가 활짝 열려 있는 교회 안으로 들어가자, 나를 전생시킨 여신 리리엘과 닮은 여성의 동상이 서 있었다.

여신 리리엘은 오대신(五大神)이라고 불리는 여신들의 한 사람으로, 지모신(地母神)과 풍양신(豐穰神)의 성질을 지니고 있다고 한다.

나를 전생시킨 여신과 이름과 세세한 특징이 일치한다. 내가 알기로는 과거에 여러 번 지상에 강림해서 신의 힘을 행사하거나, 사람들 기도에 기적을 일으키거나, 신의 그릇이라는 인간을 강림하게 했다는 등의 일화가 있다.

여신상을 올려다보고 있는데 안쪽에서 노년에 접어든 신부님이 맞아 주었다.

알사스 씨의 파티에 있던 신부로 보였던 모험가보다도 더 신부님 같은 온화한 표정을 짓고 있다.

"어이쿠, 손님이십니까? 어서 오십시오, 환영합니다."

"안녕하세요, 저는 모험가 치세라고 합니다. 이쪽은 파티를 맺은 테토고요."

"잘 부탁합니다!"

엄숙한 분위기가 감도는 교회에 테토의 명랑한 목소리가 울려 퍼지고 신부님은 눈이 가늘어지게 웃으며 따뜻한 눈빛으로 쳐다본다.

"치세 씨와 테토 씨이시군요. 무슨 일로 찾아오셨나요?"

"실은 던전을 탐색하다가 저주받은 장비를 찾았습니다. 그와 관련해 상담을 좀 드리고 싶어서요."

"그러시군요. 그러면 저쪽 방에서 이야기를 듣지요."

신부님께 손님 방으로 안내받은 우리는 길드에서 물어봤을 때처럼 똑같이 설명한다.

그리고 실제로 마법 가방에서 바위 상자에 봉인한 저주받은 장비를 꺼낸다.

"이 상자 안에 들어 있습니다."

"그렇군요……. 저주받은 장비치고는 비교적 흔한 물품인가 봅니다. 그래서, 어떻게 하고 싶으십니까? 보통 이런 저주받은 물건은 가지고 있으면 화를 부르는 경우가 있습니다. 교회가 인수해 처분하기도 합니다만……."

"가능하다면 교회의 힘으로 정화해 주셨으면 해요."

내가 정화 비용인 소금화 석 닢을 꺼내 테이블에 놓으니, 신부님도 고개를 끄덕이신다.

"알겠습니다. 그러면 그렇게 하겠습니다."

그 자리에서 바위 상자의 뚜껑을 열고 의식에 사용할 도구를 식탁에 늘어놓는다.

"——《주여, 나의 마력으로 이 세상의 부정을 정화하여라. 퓨리피케이션.》"

나는 신을 숭상하는 마음은 별로 없는데 눈에 마력을 보내서 눈앞의 정화 마법의 이치는 뭔가 이해가 되었다.

저주받은 장비가 발하는 검은 마력, ——이를 독기라고 가정하고 그걸 본인의 마력으로 간섭해서 풀고 무해한 마력으로 바꾸는 것이다.

독기가 풀려 갈 때마다 공기 중에 가지각색의 마력이 녹아들었다가 사라진다.

'어떤 느낌인지 이미지는 파악했어. 오염을 분해하는 《클린》과는 달리 대상의 마력을 분해하는 게 정화 마법이구나.'

이러저러한 생각을 하는 동안 신부님은 정화를 마치고 장신구를 손에 들어 보고는 천천히 고개를 끄덕였다.

"정화 완료했습니다. 돌려드릴게요."

"감사합니다. 지금 바로 확인해 봐도 될까요?"

"네, 물론입니다. 얼마든지요."

나는 감정 외알 안경을 꺼내 확인한다.

——【위기 감지 목걸이】

보석을 붉게 빛내 위기가 닥치고 있음을 알려 주는 목걸이 마도구.

"감사합니다. 말씀하신 대로 저주는 완전히 풀렸습니다."

"그렇습니까. 후학을 위해 원래 어떤 마도구였는지 제게 알려 줄 수 있으십니까?"

"【위기 감지 목걸이】라네요. 위기가 닥치면 보석이 붉게 빛난다나 봅니다."

유용한 마도구이기는 하지만, 외견상 소녀로 보이는 내게는 디자인이 너무 화려하게 느껴졌다.

저주를 풀었으니 【위기 감지 목걸이】를 조심히 천으로 싸서 마법 가방에 넣는다.

그리고 신부님이 나와 테토를 교회 입구까지 배웅해 준다.

입구까지 가는데 교회 입구에서 한 남자아이가 기다리고 있었다.

"신부님, 모험가가 왔다는 게 정말이야?!"

"잠깐, 단. 여긴 어쩐 일인가요?"

신부님이 나긋나긋하게 타이르듯 묻자, 남자아이가 고개를 들고 똑바로 신부님을 쳐다본다.

"신부님. 교회를 찾은 모험가라는 게 저 사람들이야?"

"네, 그렇답니다. 잠시 볼일이 있어 들르셨다가 이제 돌아가시는 참이죠."

"그럼, 거기 누나! 나도 던전에 데려가 줘! 그 쪼그만 애처럼."

남들이 보기에는 테토가 나보다 연상이고, 테토가 나를 데리고 다니는 것 같겠지.

내가 테토보다 작아서 테토가 리더로 보이기는 한다. 이제까지도 내가 테토에게 기생한다고 생각하는 이들이 더러 있었다.

하지만 이래 봬도 나는 C등급 모험가다.

역시 환영 마법을 배워서 테토와 또래로 보이게끔 할까 하는 생각을 하는데 신부님께서 부드럽게 소년을 말린다.

"모험가분들을 난처하게 하면 안 되죠. 게다가 모험가가 되는 건 위험해요. 심지어 던전에 가겠다니 아이는 못 들어갑니다."

"뭐야! 던전에 안 가면 돈을 못 벌잖아!"

"그렇다고 한들 저는 단의 아버지로서, 위험한 일을 한다는 걸 허락할 수 없습니다."

신부님이 의연한 태도로 달래자, 남자아이가 분하고 슬픈 얼굴을 하고 교회 뒤편으로 달려 사라졌다.

그런 소년을 바라보던 신부님은 한숨을 쉬고 우리에게 사과한다.

"죄송합니다. 폐를 끼쳤네요."

"테토는 신경 안 써요!"

"저 아이는 누구죠?"

나도, 테토도 던전에 같이 가자고 한 말은 마음에 두지 않지만, 조금 전의 그 아이와 신부님과의 관계가 더 궁금하여 묻는다.

"교회 뒤편에 있는 제가 돌보는 고아원의 아이 중 하나입니다."

"그렇군요. 아이가 돈 버는 이야기를 하던데 사정이 어려우신가요?"

"영주님과 신자분들의 기부 등으로 어찌어찌 꾸려 나가고는 있습니다만, 부끄럽게도…… 아이들의 장래를 생각하면 불안한 상황이기는 합니다…….”

“그, 렇군요.”

신부님이 고군분투하고 계신다는 게 보인다.

그런데도 아이가 자처해서 돈을 벌겠다고 하는 걸 보면, 고아원 경영 사정이 여의찮나 보다.

“테토, 입으로만 떠드는 선보다는 행동하는 위선이 나은 거겠지.”

“마녀님이 하고 싶은 대로 해요. 마녀님은 틀리지 않았어요.”

“고마워, 테토. ……신부님.”

내가 부르자, 고아원 일로 약간 의기소침해지신 신부님이 고개를 들고는 조금 전의 온화한 표정을 짓는다.

“별로 도움은 안 되겠지만, 이 돈과 식재료를 고아원을 위해써 주세요.”

“괜찮으시겠습니까?”

나는 오늘 수입의 잔돈인 소금화 한 닢과 마법 가방 안에 남아있던 잔여 식재료를 죄다 꺼낸다.

고아가 몇 명인지 모르니 충분할지 충분치 못할지도 모른다.

그래도 내 마음이 그러고 싶다고 생각한다.

“감사합니다. 두 분께 여신 리리엘 님의 가호가 있기를.”

“그럼, 이만 실례하겠습니다.”

“또 볼일이 생기면 올게요!”

신부님께 배웅받으며 교회를 뒤로한 나와 테토는 집으로 돌아간다.

요 며칠 번 돈을 교회에 거의 다 쓰고 말았지만, 고아원 아이들을 위해 쓴 거니까 후회는 없다.

그리고 돈은 또 벌면 된다고 긍정적인 생각을 하면서 하루를 마쳤다.

16화【단 소년】

던전을 탐색하며 번 돈의 대부분을 저주받은 장비를 정화하고 고아원에 기부하는 데 쓴 우리는 길드의 의뢰 게시판을 올려다 보고 있었다.

"우리가 삼림 층의 채취 의뢰를 달성해서 그런지 그쪽 의뢰는 없네. 어쩔까?"

"먹을 게 있으면 좋겠어요. 아니면 느긋하게 시간을 보내고 싶어요."

"그래. 그러면 삼림 층에서 죽이면 먹을 것을 남기는 마물을 잡고, 그 아래의 평원 층에서 약초를 채취하자."

모험가 길드에 예치한 돈은 아직 있지만, 역시 돈을 벌어야 한 다는 생각에 던전으로 향한다.

그렇게 길드 근처에 있는 던전 입구로 향하는데 익숙한 목소 리가 들렸다. 그것도 최근에 들어 본 목소리다.

"저기, 나도 던전에 데려가 줘!"

"거참 끈질기네! 너는 데려가 봤자 거치적거리기만 해!"

"나도 이래 봬도 F등급이라고! 그러니까──."

"끈질기다고!."

"──아야!"

마력 치트인 마녀가 되었습니다~청초 비법으로 가요로운 이세계 생활~ 2

파티에 넣어 달라고 매달리는 소년을, 모험가 한 명이 짜증 난 다는 듯 팔을 뿌리치자, 소년이 엉덩방아를 찧었다.

어린아이를 뿌리쳐 팽개친 것에, 모험가들은 마음이 안 좋아 보였지만, 그래도 걸리적거려 짜증이 난 기색으로 혀를 차고 던 전으로 들어간다.

"으으, 아파라⋯⋯."

"너, 괜찮아?"

"당신들은, 어제 그 모험가 누나들이구나."

눈을 글썽거리며 일어서다가 엉덩방아를 찧었을 때 손바닥이 쓸렸는지 조금 쓰라린 표정을 짓는다.

"자, 손 줘."

"하아, 뭐야."

"주기나 해. ——《워터》《힐》."

피가 난 손바닥을 물의 마법으로 깨끗하게 씻기고 회복 마법 을 거니 상처가 아물고 깨끗해진다.

"이건⋯⋯. 신부님하고 똑같잖아."

"너, 나를 테토의 곁다리쯤으로 생각하는 것 같더라. 이래 보 여도 C등급 모험가야."

"마녀님은 굉장해요! 쾅, 쾅 벼락을 칠 수 있어요!"

테토가 그렇게 말하며 내가 굉장하다는 걸 전달하려고는 하지 만, 의성어가 들어간 설명에 소년이 멍하니 있다.

"일단, 무슨 일이 있었는지 얘기해 봐."

"⋯⋯말하면, 뭘 할 수 있는데."

"도울 수 있으면 도울게. 아이를 위험하게 만들 생각은 없어."

"당신도, 애잖아……."

지르퉁하게 시선을 피하는 소년이 작게 중얼거리며 욕을 한다. 하지만 이내 우리를 탐색하듯 본다.

"정말, 믿어도, 돼?"

"누나들한테 맡겨."

그렇게 말하고 근처에 있는 포장마차에서 꼬치구이와 주스를 사서 모험가용으로 마련된 야외 테이블에 앉힌다.

"나는 단이야. 고아원에서 살고. 우리 고아원, 경영이 힘든가봐. 영주님이 돈을 주시긴 하지만, 그래도 부족해."

"고아원에 있는 아이들의 나이와 인원수를 대충이라도 말해줄래?"

"지금은 열여섯 살 형과 누나가 신부와 수습 수녀로 고아원을 도와주고 있어. 다른 형들은 열다섯 살에 독립해서 없고. 열두 살에서 열네 살 사이의 형, 누나가 열 명. 아홉 살에서 열한 살이 나를 포함해서 열 명 있고, 그 밑으로 꼬맹이들이 스물세 명 있어."

여러 사정으로 고아원에 오게 된 아이가 많은 듯하다.

모험가인 부모가 죽었거나 친척에게 학대당해 보호 중이거나 부모에게 버림받거나…….

개중에는 양부모에게 입양되기도 하지만, 그건 흔치 않은 일이다.

"그래서, 돈이 왜 필요한 건데? 던전에는 왜 들어가려고 하는

거고?"

"신부님을 편안하게 해 주고 싶고, 꼬맹이들도 더 좋은 걸 입히고 먹이고 싶어. 던전에 들어가서 마물을 잡으면 급이 오를 테고, 그러면 지금보다 강해져서 편하게 돈을 벌 수 있을 거로 생각했어."

하이고, 아이다운 앞뒤 생각 없는 발상에 무심결에 한숨이 새어 나온다.

감추고 있는 건 고아원에서 독립한 선배 모험가가 깜박하고 두고 간 채취용 칼인가.

저것만 가지고 던전에 도전하려 하다니, 제 발로 죽으러 가는 것과 마찬가지다.

이런 아이가 하도 많으니 관리하는 던전 입구에 사람을 배치해 D등급 이하 모험가는 못 들어가게 출입을 금지하고 있는 거겠지.

"그럼, 못 들어갈 걸 알면서도 왜 모험가에게 말은 건 거야?"

"맞아요. 조금 전에도 뿌리쳐져서 엉덩방아를 찧었어요."

나와 테토가 모험가 파티에 접근한 걸 지적하자, 살짝 겸연쩍어한다.

"D등급 이하여도 던전에 들어갈 수 있는 방법이 있어……."

그렇게 말하며 단이라는 소년이 해 준 얘기는 출입 제약 제도의 허점을 찌르는 방법이었다.

개인으로는 등급이 D등급 이하여도 파티를 맺어 평균 등급이 D등급 이상이 되면 던전에 들어갈 수 있다는 것 같다.

나와 테토처럼 마법 가방을 가진 사람은 드물기에 던전 공략에 필요한 짐을 대신 들어 주는 인재로 짐꾼을 파티에 넣기 위함이란다.

E등급 모험가는 짐을 옮기면서 모험가의 전투 방식이나 야영 기초 등을 배우며, D등급으로 올라가기 위해 남 밑에서 일한다고 한다.

"하지만 그건 좀 위험하지 않아? E등급 짐꾼은 부당하게 보수를 깎는다던데. 게다가 악의를 품은 모험가들이면 마물을 유인하게 시키거나 도망칠 때 미끼로 쓰일지도 몰라. 혹은, 노예로 납치당하거나 착한 척 접근한 쾌락 살인마에게 누구도 보지 않는 던전 안에서 살해당할 가능성도 있어."

"뭐……?"

그런 가능성은 염두에 두지도 않았는지 단이라는 소년이 아연실색한다.

뭐, 어차피 소년은 체구가 작아서 모험가들의 짐꾼 노릇을 할수 있을 것 같지는 않았다.

오히려 지금까지 거절해 준 모험가들이 아이가 위험한 일을 겪지 않게 해 준 상식적인 사람들이었는지도 모른다.

"그러면, 대체 어떻게 해야 하는 거야."

"……하아, 하는 수 없지. 내가 발 벗고 나서 볼까."

"마녀님, 지금은 목욕 시간이 아니에요."

"아니, 그런 의미 아니거든……."

그렇게 말하며 테토를 살짝 째려보고 소년에게 한 가지 제안한다.

"있지. 너희들, 약초 채취는 해?"

"뭐? 그야 G등급이나 F등급까지밖에 못 올라가니까 우리가 할 수 있는 일은 약초 채취밖에 없지."

"그러면 그 약초를 길드에 바로 납품하지 않고 포션을 만들면 얼마에 팔릴 거 같아?"

내 질문에 단이라는 소년이 손가락을 접어 세기 시작한다.

하지만 읽고 쓰기와 계산 교육을 충분히 받지 못했는지, 단이라는 소년은 머리를 싸쥐기 시작한다.

"모, 모르겠어. 많이 받을 것 같은데 포션의 가격을 몰라."

"그렇겠네. 일반 약초 채취는 한 다발에 대동화 두 닢이지?"

"응. 고아원 애들과 함께 찾아서 늘 그 정도 받아."

"채취한 약초의 양으로 치면 포션을 세 병 만들 수 있어. 포션 한 병의 가격은 은화 석 닢이고."

"신부님의 회복 마법과 똑같네. 그러면 세 병이니까…… 굉장하다, 은화 아홉 닢이나 돼!"

가벼운 상처라면 좀 더 저렴해지지만, 교회에서 받는 회복 마법은 대체로 은화 석 닢일 것이다.

그 사실을 깨달음과 동시에 단이라는 소년의 표정이 구겨지며 일그러진다.

"치사해. 우리가 마을 근처 평원까지 나가서 딴 약초는 겨우 대동화 두 닢밖에 안 되는데, 어른들은 그 약초로 포션을 만들어서 은화 석 닢에 팔다니."

"그게 바로 기술직이라는 거야. 소재 자체를 그대로 파는 것 보다는 가공한 걸 팔면 더 벌 수 있어. 그래서 사람은 공부해서 더 나은 삶을 살려고 하지."

아이에게는 이해하기 힘든 일이리라.

그래서 단 소년에게 제안한다.

"나는 너를 던전에 데려가지 않을 거야. 하지만 돈을 버는 방법은 가르쳐 줄게."

"정말?"

"그래, 듣자니 이 마을에서는 항상 포션이 부족하다더라. 그렇다면 너희가 약초를 채취해서, 그 약초로 포션을 만들어서 파는 거야."

"그런 방법이……."

단 소년이 그렇게 말하며 눈이 커졌다가 금세 고개를 떨군다.

"무리야, 그런 방법……. 누구도 고아인 우리에게 포션을 만드는 방법을 가르쳐 주지 않아."

어느 마을이든지 조합사 같은 기술직은 가족 경영이 많고, 제자를 들이는 일도 흔치 않다.

그 때문에 그런 기능직은 좀처럼 늘지 않는 경향이 있다.

"포션을 만드는 방법이라면 내가 알려 줄게."

"그게 정말이야?!"

"그래, 하지만 먼저 신부님께 말씀드리고 의논해. 만약 안 된다고 하시면 다른 방법을 생각해 볼게."

그렇게 말하고 나는 던전을 탐색하려 했던 예정을 바꿔서 단 소년을 데리고 교회로 향했다.

"두 분은 어제 오셨던……. 거기다, 그 아이는……."

"신부님, 안녕하세요. 우선 이 아이를 혼내지 마시고 저희 이야기를 들어 주시겠어요?"

그리하여 오늘 던전 앞에서 본 일과 그러는 게 얼마나 위험한지 신부님께 말씀드리면서 그런데도 돈을 벌고 싶어 하는 단 소년의 의지를 감안해 내가 제안한다.

"고아원 아이들은, 약초를 채취하는 데 익숙하다고 들었어요. 그래서 말인데요. 조합사로 양성할 만한 아이들이 있다면, 장래의 자립과 고아원의 상황 개선에 도움이 될 수 있지 않을까요."

"……그, 렇군요. 이 아이가 그런 걸……."

"우리, 다 알아. 신부님이 고아원을 위해서 돈을 받아야 하니까 여러 곳에 머리를 숙이고 다닌다는 걸."

"……다들 알고 있었군요. 기부해 달라고 부탁하고는 있지만, 한심한 모습을 보이고 말았네요. 부끄럽습니다."

"신부님은 한심하지도 않고, 부끄럽지도 않아!"

그렇게 말씀하신 신부님은 지친 듯이 한숨을 쉬고 난처하게 웃지만, 단 소년이 즉각 반론한다.

그만큼 아이들이 신부님을 따르고 좋아한다는 뜻이리라.

"알겠습니다. 치세 씨의 제안을 받아들이고 싶군요. 단, 가르치는 걸로만 끝나면 안 됩니다. 아이들이 안전하게 지낼 수 있어야 해요……."

"네, 알겠어요. 아이들의 안전을 위해서 모험가 길드나 더 위에 계신 높으신 분들도 잘 구슬려 끌어들일 생각입니다."

단 소년이 함께 있어서 어른들의 사정인 복잡한 이야기는 별로 하고 싶지 않아서 그렇게 대답하니, 신부님이 기뻐하시며 고개를 끄덕였다.

"여러모로 준비할 게 있으실 테죠. 그리고 저도 이 아이와 할 이야기가 있으니, 오늘은 이만 돌아가 주시겠습니까. 설교를 좀 해야 할 것 같아서요."

"알겠습니다. 그럼, 이만……."

"혼나는 거 힘내요."

"자, 잠깐……. 누나들, 기다려……."

신부님은 온화한 미소로 우리가 돌아가길 재촉하며, 단 소년에게는 살짝 위압적인 미소를 지었다.

우리는 아무것도 모르는 척 시치미를 떼며 방을 나온 직후, 단 소년은 온화한 신부님에게 오늘 일에 대해 톡톡히 설교를 들을 것이다.

고아원 구제 이야기가 나온 건 요행이지만, 그것과 던전에 가려고 한 건 별개다.

혼나면서 성장해라, 단 소년.

17화【편의를 도모하기 위해】

고아원의 단 소년을 신부님께 데려다준 뒤, 우리는 모험가 길드로 돌아갔다.

고아원을 구제하기로 정했으니, 이제부터는 던전에서 가장 환금률이 높은 마석도 팔아서 자금을 조달할 예정이다.

그러려면 테토에게는 마석을 흡수하는 걸 참으라고 해야 하겠지.

그리고——.

"테토, '그걸' 쓰고 싶은데, 그래도 돼?"

"테토는 이미 머리를 먹었으니까 나머지는 마녀님이 하고 싶은 대로 해도 돼요~."

테토에게는 마석의 흡수를 참아 달라고 한 것과 '그걸' 쓰는 대신 다음에 꼭 충당해 줘야겠다는 생각을 하면서 모험가 길드로 들어가, 접수원이 있는 카운터로 향한다.

"안녕. 잠시 의논할 게 있는데 괜찮을까?"

"네, 어떤 일인가요? 혹시, 어제 갖고 오셨던 랜드 드래곤의 마석과 피를 팔기로 마음이 바뀌셨나요?"

"비슷해. 천천히 얘기를 나누고 싶으니, 개인실을 준비해 줄 수 있어?"

"알겠습니다."

그렇게 해서 어제의 접수원과 매입 카운터 직원과 함께 개인실로 온 우리는, 어떤 물건을 꺼내어 테이블 위에 놓는다.

"헉?! 마석이 무지막지 커요! 이게 랜드 드래곤의──, 아니, 아닌데?! 더 상위 마물 마석이에요?!"

"서, 서, 설마! 치세 씨 일행이 쓰러뜨리신 건가요?! 어디서요?! 그런 마물이 나타났다면 큰 소동이 있었을 텐데요!"

혼란스러워하는 길드 직원에게 나는 담담히 설명한다.

"이건, 우리 집안에 대대로 내려오는 가보인 마석이야. A등급에 가까운 마물의 마석 같아. 이걸 길드에 팔 테니, 아니, 양도할 테니, 어떤 일에 대한 편의를 봐줬으면 해."

"뭐, 뭐, 뭔가요?! 뇌, 뇌물은 받지 않습니다!"

이들 입장에서는 뭐, 진급시켜 달라고 넌지시 말하는 것처럼 보일지도 모르겠다.

오해를 풀기 위해서 좀 더 구체적으로 설명하기로 한다.

"어제 그랬지? 포션이 있으면 매입하겠다고."

"네? 포션요?"

"우연한 인연으로 고아원의 아이와 알게 됐거든. 그 아이에게 포션 조합을 가르쳐 주려고 생각 중이야."

"고아원, 이라면, 어제 그 교회요?!"

길드 직원 두 명이 이 갑작스러운 제안과 마석을 양도하겠다는 조건이 어떻게 이어지는 건지 모르고 당혹한다.

"……너무 갑작스러워서 저희끼리 판단하기가 어려우니 길드 마스터에게 보고하겠습니다."

"응, 부탁해. 가능하면 길드 마스터하고도 이야기하고 싶어."

그렇게 말하고 나와 테토는 그 자리에서 기다린다.

그리고 방에서 나간 접수원이 잠시 뒤 한 남자를 데리고 돌아왔다.

"너희군, 뭔가 일을 벌이려고 한다는 녀석들이."

낮게 울리는 목소리와 단련된 몸, 마력을 둘러 【신체 강화】를 발동하고 마력을 방출하여 위압해 오길래 나도 마력을 아낌없이 방출하며 위압을 돌려준다.

그건 테토도 마찬가지로, 오히려 테토가 더 표정을 죽이고 전방위로 마력을 방출했다.

나, 테토, 길드 마스터의 상위 모험가 세 명의 위압에 접수원과 매입 카운터 직원이 이를 딱딱 부딪치며 떨자, 셋이 서로 짜기라도 한 듯이 위압을 푼다.

"미안, 떠봐서. C등급이 A급 마석을 가지고 있다고 해서 시험해 봤어."

"취미 한번 고약하네. 그리고 이 마석은 우리 집안의 가보이지, 나와 파티원이 토벌한 마물의 마석이 아니야."

실제로는 1년 전에 내가 쓰러뜨린 워터 휴드라의 마석이지만, 이들은 진실을 알 길이 없다.

"그래서, 편의를 봐 달라고 했다던데. 자세한 내용을 들려주겠나?"

"그래. 어쩌다 알게 된 고아원을 구제하기 위해, 아이들에게 포션 조합을 가르쳐서 자립할 수 있게 도우려고 해."

"그것참, 특이한 녀석이로세. 애초에 【조합】은 재능이 있어야 하잖아."

【조합】의 재능이란 포션을 만드는 재능이 아니라, 정확하게는 포션에 마력을 주입할 수 있는 힘이다.

마법사처럼 마력으로 현상을 일으키는 게 아니라 약초라는 촉매의 효과를 마력으로 끌어올려서 포션의 형태로 바꾸는 재능이다.

거기다 포션에 마력을 부여하려면 마력량도 어느 정도 필요하다.

"【조합】을 못 배우면, 고아원 구제는 불가능해."

"아니, 무조건 배울 수 있어."

"……그렇게 말한다는 건, 재능 있는 녀석이 있다는 의미인가?"

내 말을 그렇게 이해하는 길드 마스터지만, 유감스럽게도 재능이 있는지 없는지는 아직 모른다.

하지만 최악의 경우, 누구 하나 소질이 영 없더라도【창조 마법】으로【조합】스킬 오브를 만들어 낸 뒤 스킬을 부여해, 음식에【신기한 나무 열매】를 섞어서 마력을 키우면 최소한의 기초는 다질 수 있다.

"길드 입장에서는 완성된 포션이면 누가 만들었든 살 생각이야. 하지만 고아원을 위해 값을 후하게 쳐 달라는 요구는 들어주지 않을 거고. 네가 원하는 요구는 다른 거지?"

나와 테토가 위압을 되돌려 줘서 그런 건지 눈앞의 길드 마스터가 우리를 대등한 태도로 대한다.

"우리 요구는 아이들의 안전이야."

"안전이라고?"

"그래, 안전. 지금까지는 아이들끼리 마을 외곽으로 약초 채취 의뢰를 나갔어. 그 약초를 조합해 포션을 만들 수 있게 되면, 아이들의 가치가 확 띌 거야."

포션을 만들게 하려고 납치당해 감금되는 일도 생길 수 있다.

혹은 아이들의 진짜 부모라고 찾아오거나 양부모로서 아이들을 거두려고 할지도 모른다.

"그렇게 고아원에서 나가게 된 아이의 안전은 지킬 수는 없어. 그러니까 길드나 위병들이 연계해서 아이들을 보호해 줬으면 해. 그리고 고아원 하나를 구제해 봤자 의미가 없어. 다른 고아원에서도 참고할 수 있는 그런 본보기 사례를 만들고 싶어."

"너……, 아이 모습을 한 할망구는 아니겠지……."

"저기요. 이렇게 귀여운 마녀님을 할머니 취급하다니, 너무해요!"

길드 마스터가 상당히 수상쩍다는 듯이 나를 보고, 지금까지 가만히 있던 테토가 입술을 샐쭉거리며 반론한다.

뭐, 길드 마스터의 심정도 이해된다. 의심하는 이유는 내 외견과 얘기하는 내용의 격차 때문이겠지.

그리고 이전 생의 기억은 없지만, 어느 정도 나이를 먹고 죽었다면 정신 연령이 의외로 노인에 가까운 것도 틀린 건 아닐지도 모른다.

게다가 이번 생에서는 마력을 키워【노화 지연】스킬을 얻었기에, 조만간 실제 나이와 겉모습의 간극은 점점 더 커질 것이다.

그런 생각을 하는데 길드 마스터가 팔짱을 끼고 앓는 소리를 낸다.

"아이들을 지킨다는 건, 고아원 아이들에게 항시 호위를 붙이라는 의미인가? 그건 힘들어. 언제까지 그러라는 거야."

보호라는 단어에 단순하게 호위로 연결 지어 입에 올리는 길드 마스터에게 나는 고개를 가로젓는다.

"그런 뜻이 아니야. 믿을 만한 모험가가 안내하며 올바른 약초 채취 방법을 가르친다든가, 넌지시 마음 쓰면서 우호적으로 말을 건다든가 그런 거 말이야. 그렇게 어른의 눈이 닿아 있으면 어리석은 짓을 하려는 사람을 억제하는 데도 도움이 될 테고 납치당한다고 하더라도 범인을 특정할 수 있으면 치안 유지 명목으로 바로 위병에게 알려 구출해 달라고 할 수도 있어."

"그러네, 그것도 보호이기는 해."

"그리고 언젠가 아이들이 고아원을 나가서 조합사로서 자립할 수 있게 됐을 때는 약초 수요가 커져서 마을 외곽의 약초만으로는 부족해질 거야. 그렇게 되면 던전 1층이나 2층 주변의 약초에 손을 벌릴 수밖에 없게 될 테지."

던전의 평원 층에서라도 약초를 채취할 수 있다면 좋겠다. 게다가 던전이라 그런지 재생되는 것도 빠르니 더욱 좋다.

지금, 던전은 D등급 이상 모험가만 출입할 수 있다.

하지만 정기적으로 1층, 2층까지만 성인의 인솔하에 아이들도 던전에 들어갈 수 있게 해 주고 싶다.

던전에서 약초를 따면서 마물도 잡아 승급하면 조합에 필요한 마력도 키울 수 있다.

거기다 머지않아 본격적으로 겨울이 시작되면, 마을 외곽에도 눈이 쌓여 약초 채취 효율이 큰 폭으로 떨어진다.

그걸 염두에 두고 던전 안에서의 약초 채취도 가능하게끔 하고 싶다.

"그리고 길드 측에서 고아원이 포션을 만들어 자립할 수 있게 됐다고 해서 고아원으로 들어가는 비용을 줄이지 말았으면 한다고 영주님께 전해 줘."

"그건 또 왜지? 고아원이 자립하면 필요 없는 돈이잖아."

"만약 고아원에 알려 준 조합 기술이 끊긴다면? 그동안은 수입이 없어. 게다가 혹시나 고아원이 자립했다는 소문을 듣고 멀리서도 아이를 버리러 오는 사람이 생기면 고아원이 어떻게 될 것 같아?"

예비 자금이 없으면 금방 망하고 말 것이다.

거기다 언젠가는 고아원을 재건하거나 증설해야 할 필요도 있을 테고, 문제를 생각하면 정말로 돈은 끝도 없이 필요해진다.

"이거 말고도 생각해 보면 문제가 더⋯⋯."

"자, 잠깐 기다려! 하고 싶은 말은 대충 알았어. 도대체가 말이야, 오지도 않은 미래에 대한 걱정으로 골치를 썩이다니, 네가 무슨 귀족을 섬기는 문관이냐!"

갖가지 가능성으로부터 아이들을 지키는 방법을 생각하기 시작했더니 하마터면 나와 대치한 휴드라 같은 마물이 습격해도 도망칠 수 있게 지하 방공호를 지어야겠다는 생각까지 이르렀을 때 길드 마스터가 제지한다.

"일단 네 이야기는 알았어. 길드로서 협조할 거고 영주님께도 네 염려를 전달할게."

"그래, 부탁해."

물론 조합을 알려 주긴 할 거지만, 그거로 금전적으로 여유가 생긴다면 아이들에게 요리를 가르쳐 포장마차 같은 데서 팔게 해 장사의 기본을 가르쳐도 좋을 것이다.

아니면 다쳐서 은퇴한 모험가를 초빙해 모험가 강습을 하는 등, 조합 기술뿐만 아니라 고아원을 아이들의 직업 훈련 시설로서 여러 기술을 가르쳐 자립하도록 돕는 것도 괜찮을 것 같다고 생각한다.

"그나저나 넌 왜 그렇게 고아들을 마음을 써?"

"나도 부모님이 안 계시기도 하고, 계속 눈에 밟히는데 별수 없잖아."

그렇게 말하니 묘한 침묵이 길드의 일실에 흐른다.

여신에 의해 전생되어 이 세계에 왔으니 부모라고 할 만한 존재가 없고, 내 양심상 오지랖을 부리고 싶어졌다.

나는 운 좋게 【창조 마법】 스킬이 있어서 연명할 수 있었다.

그러니 아이들에게도 살아가는 기술을 가르쳐 줘도 좋겠다고 생각했다.

"아무튼 우리도 그렇게 제안해서 교회의 파울루 신부와 영주님과 얘기를 나눠 볼게. 그리고 다른 길드와 조정해야 할 것도 있고."

"이야기 들어줘서 고마워. 이 마석은 길드에 줄게."

"굉장한 선심을 쓰는군. 돌려 달래도 안 줄 거야."

그렇게 우리는 길드에서 나와 늦게 던전에 들어갔다.

오늘은 적당히 약초나 채취할까 했지만, 예정을 바꾸어 21층으로 향한다.

그리고 20층으로 올라가 게이트 키퍼인 랜드 드래곤에게 벼락 마법 《선더볼트》를 떨어뜨리고 테토가 팔다리를 잘라 쓰러뜨린다.

랜드 드래곤이 남긴 마석과 아룡의 가죽을 손에 넣은 우리는 그걸 들고 길드로 가서 돈으로 바꾼 뒤 돌아간다.

점심에는 A등급 마석을 가져오고 이번에는 B등급 랜드 드래곤의 마석을 사냥해 온 거냐고 못 말린다는 듯 눈빛으로 접수원이 쳐다보았다.

하지만 앞으로 하려는 일을 생각하면 미리미리 해 둘 필요가 있기에 전부 납품하여 소금화 여덟 닢을 받았다.

나는 고아원을 구제하기로 마음먹고 나서는 자중하지 않았다.

그리고 일주일 동안——.

매일 테토와 함께 던전 21층으로 전이해서 20층으로 올라가 랜드 드래곤을 쓰러뜨려 랜드 드래곤이 남기는 아이템을 돈으로 바꿨다.

나와 테토의 생활비는 은화 열 닢 정도만 수중에 있으면 충분하기에 나머지 돈으로 고아원에 필요한 식재료와 생활 잡화, 앞으로 조합을 가르칠 때 필요한 도구를 구매해서 테토와 함께 교회로 향했다.

"테토 님, 치세 님. 어서 오십시오."

"신부님, 안녕하세요. 이거, 오늘 분량이에요."

그렇게 말하며 신부님께 필요한 물건을 건네고 고아원 이야기를 듣는다.

"영주님께서 고아원 아이들이 포션을 만들어 판매하는 건 문제가 없으니, 안정적으로 제조할 수 있게 되면 아이들 안전 대책을 받아들여 주시겠답니다."

길드 마스터를 통해 이야기가 다 정리된 모양이다.

이로써 조합 기술을 배운 아이들을 보호할 수 있는 환경이 만들어졌다.

"그렇군요, 다행이네요. 지금 바로 시작하고 싶은데, 그래도 될까요?"

"네. 오늘부터 잘 부탁드립니다."

나는 테토를 데리고 고아원으로 향했다.

고아원에 가니까 단 소년과 또래이거나 조금 더 연상으로 보이는 소년 소녀들이 기다리고 있었다.

"단 소년. 약속한 대로, 조합을 가르쳐 주러 왔어."

"정말……? 신부님이 모이라고 하셔서 왔는데……."

아직 반신반의하는 고아원 아이들.

뭐, 본인들과 또래로 보이는 여자애가 조합을 가르친다니까 의아하게 여기는 마음이 크겠지.

나는 고아원 부엌을 빌려 포션을 만드는 걸 직접 보여 주려고 하지만…….

"아궁이가 다 무너졌네. 장작도 없고."

"그게……. 장작 비용이 한두 푼이 아닌 데다가 근처에 숲이 없어서 주우러 갈 수도 없었어."

던전 도시 주변은 평원에 둘러싸여 있어 근처에 숲이 없다.

그래서 던전 도시의 땔감은 던전 11층 아래의 삼림 층에 의존하고 있다.

은퇴한 D등급 모험가들이 나무꾼으로 일하는데 그들이 던전의 나무들을 베어서 돌아와야 장작을 구할 수 있는 게 던전 도시의 연료 사정이라고 한다.

"그렇구나. 그러면 오늘은 내가 가진 장작을 쓸게. 다음에도 많이 가져올 테니까 걱정하지 마."

마법 가방에 보관해 둔 야영용 장작 다발을 꺼내 포션 만드는 방법을 기초부터 가르친다.

일반 약초를 꺼내 물로 깨끗이 씻는다. 시든 부위를 칼로 다듬고 이파리 부분을 잘게 다져 따뜻한 물에 넣는다.

그렇게 약초 열 줄기로 포션 한 병을 만들 수 있다.

이때 물의 양은, 조합사 개인의 감과 눈대중으로 맞춘다.

하지만 나는 개척촌에서 【조합】을 배웠을 때, 【창조 마법】으로 만든 계량컵으로 포션 제조 최적의 분량을 연구했다.

"그러면 약초 열 줄기에 이 컵의 200 눈금까지 맞춰. 그리고 가열할 때 증발로 날아가는 양을 고려해 추가로 100 눈금을 더 넣어야 해. 두 병 이상을 만들 때는 증발하는 양이 좀 더 적지만…… . 뭐, 지금은 한 병씩 만들어 보자."

각자 작은 냄비로 약초를 삶아 과하게 끓지 않게 잘 젓는다.

"냄비를 저으면서 본인의 마력을 나무 주걱을 통해 냄비 속 액체로 마력을 주입하는 거야. '상처야, 빨리 나아라. 나아라' 하고 기도하면서."

내가 시범 삼아 보여 주니 냄비 속의 약초에서 약효 성분이 배어 나와 마력과 결합해 연둣빛으로 빛난다.

포션 재료로 쓴 약초의 신선도와 주입한 마력의 질에 따라서 포션의 회복량이 다르다.

내가 만든 건 신선도가 좋은 약초를 달인 물에 풍부한 마력을 한계까지 주입한 거라 일반 하급 포션이더라도 중급 하이 포션에 가까운 회복량이 된다.

여담이지만, 이 세상에 존재하는 복잡한 마법 약 중에는 지금의 나보다 마력이 더 큰 궁정 마술사 수준의 마법사가 며칠이나 걸려 마력을 주입해 만드는 약도 있다.

아무튼 여담은 차치하고, 완성한 포션이 든 냄비를 부뚜막에서 내려 거름 천으로 이파리를 걸러 내 식힌 뒤에 포션 병에 옮겨 담아 완성된 포션을 보여 준다.

"이 중에 다친 사람이…… 있네. 자, 마셔 봐."

아이들끼리 뛰어놀다가 넘어져서 무릎이 까지거나 집안일로 손끝이 거칠어진 아이가 있었다.

그런 아이들에게 포션을 마시게 해서 효과를 직접 느끼게 해 준다.

"굉장하다, 정말로 포션을 만들었어."

"자, 다들 순서대로 만들어 봐."

시범을 보인 뒤에는 실제로 만들어 보게끔 시킨다.

신부님이 아이들에게 생활 마법을 가르쳐 왔기에 마력을 다룰 수 있었다.

하지만 마력이 적어서 냄비 속의 약초 삶은 물의 물빛이 탁해지거나 빛이 밝아졌다가 어두워졌다가 하기를 반복하는 등, 능숙하게 포션에 마력을 주입하지 못한다.

그렇게 완성한 포션은 7할 이상이 실패작이었고 만드는 데 성공해도 최저 품질 포션이라는 사실에 아이들이 낙담하며 어깨를 내뜨린다.

"다들, 처음 만든 것치고는 잘했다고 봐. 이제, 왜 포션을 한 병씩 만드는지 알겠어?"

"응, 마력이 꽤 많이 들어가는구나."

아이들 모두를 감정 외알 안경으로 보니까 마력량이 대체로 100마력에서 200마력이었다. 이러면 포션을 만들어도 잘 만들어야 중급품 정도인 상태다.

즉, 두 병이나 세 병을 한꺼번에 만들기는 아이들의 마력이 부족하다.

"지금은 마력이 적으니 한 병씩 제대로 된 걸 만들어. 그리고 냄비에 안정적으로 마력을 주입하는 게 실력이 향상될 수 있는 가장 확실한 방법이야."

이번에는 실패한 아이들이 많았지만, 마력을 부여하는 감각이 있는 아이가 몇 명 있었다.

앞으로 성장하면서 마력이 커지고 포션을 만드는 데 익숙해져 마력 소비를 억제하게 될 수 있을지도 모른다.

"치세 언니! 포션 만들기 연습, 더 하게 해 줘!"

"나도 더 연습하고 싶어."

"나도!"

"나도 할래!"

단 소년을 비롯해 아이들이 차례로 의욕을 보이지만——.

"안 돼."

"왜?!"

"포션을 만들려면 마력이 필요한데 너희 모두 마력이 얼마 안 남았어. 그러니 마력이 회복할 때까지는 이론 공부를 할 거야."

그렇게 말하고 눈앞의 소년 소녀들에게 조합으로 만들 수 있는 약의 종류와 그 약들의 소재와 조합법.

그리고 가격 등을 알려 주고 글자 읽고 쓰기, 계산 등의 기본 교육, 마력을 일정하게 흘려 넣는 방법을 가르친다.

다만──.

"오빠, 언니……."

"아, 이 녀석들. 우리는 지금 포션 만드는 법을 배우고 있어서 들어오면 안 돼!"

고아원에는 단 소년 같은 연장자들 말고도 어린아이들도 아주 많다.

"테토, 애들 좀 돌봐 줘."

"알겠어요. 다들, 테토와 놀아요!"

정신 연령이 약간 어린 테토는 금방 아이들과 친해져 고아원 뒤편에서 놀기 시작한다.

처음에는 고아원의 마당에서 테토가 【땅의 마법】으로 점토를 만들어 내서 놀았다.

그러다가 아이들이 고아원 건물의 균열이 생긴 곳과 틈이 벌어진 곳을 테토에게 알리자, 테토가 바로 【땅의 마법】으로 수리한다.

그 광경을 재미있게 본 아이들이 테토의 손을 이끌고 차례차례 금이 가거나 틈새를 알려 주고, 테토가 수리하는 모습에 꺅

마력 치트인 마녀가 되었습니다~창조 마법으로 자유로운 이세계 생활~ 2

꺅대며 즐겁게 웃는 목소리가 건물 내에 울려 퍼진다.

"어디 보자……. 점심 먹을 시간이네. 점심 차리자."

한편, 포션을 가르치는 나는 아이들이 집중력이 떨어지는 걸 느끼고 점심 준비를 핑계로 이론 수업을 마친다.

"하아아~. 치세 누나. 엄격하네."

익숙하지 않은 공부에 기운이 빠진 단 소년의 말에 다른 아이들이 동의하듯이 고개를 끄덕인다.

그와 동시에 『치세 누나, 치세 언니』라는 호칭이 다른 아이들의 입에도 붙은 모양이다.

그리고 엄격하다고 했는데, 나도 내가 꽤 주입식으로 수업한다는 자각은 한다.

하지만 포션을 만들며 익히는【마력 제어】스킬을 응용하면 모험가가 되어서도 유용하게 쓸 수 있다.

이를테면,【신체 강화】를 쓸 때, 마력 소비량을 억제할 수 있다.

그 외에도 눈에 마력을 집중시키면 약초 등의 마력이 함유된 소재를 발견하기 쉬워진다.

그러한 기술은 이들이 지금보다 더 윤택한 생활을 보내려면 필요한 능력이라고 생각한다.

지금은 이해가 안 되더라도 머리 한구석에나마 기억해 줬으면 한다.

그리고 점심은——.

"맛있어!"

"맛있다!"

"맛있어요!"

우리가 만든 점심을 먹은 아이들이 감상을 소리높여 말하는 가운데 테토의 목소리도 섞여 있다.

"그러게, 맛있네. 더 있으니까 천천히 먹어."

20층 게이트 키퍼인 랜드 드래곤을 쓰러뜨리는 김에, 그 외에도 몇 마리인가 마물을 잡아서 획득한 마물 식재료로 점심을 만들었다.

큰 아이가 자기보다 어린 아이를 밥 먹는 걸 챙기면서 먹는 고아원의 식사 풍경은 아주 즐거워 보였다.

"테토. 신부님께 점심 식사를 가져다드리고 올 테니까, 애들 좀 보고 있어 줘."

"네! 다들 좋아하는 것만 먹으면 안 돼요! 다 맛있게 요리했어요!"

나는 쟁반에 빵과 수프, 고기반찬과 채소볶음을 올려 교회에 계시는 신부님께 가져간다.

"실례합니다. 신부님, 점심 드세요."

"오오, 치세 님. 여기까지 가져다주시고, 감사합니다."

내가 교회로 식사를 갖다 드리니, 뭔가 작업을 하고 있던 신부님은 손을 멈추고 식사를 건네받는다.

"어이구, 오늘 식사는 진수성찬이군요."

"제가 가지고 있던 마물 고기로 만든 건데……. 주제넘었나요?"

"아뇨, 감사한 일이지요. 가끔 고아원 출신 모험가들이 마물 식재료를 기부해 주는데 저도, 아이들도 요리가 서툴거든요. 같은 식재료로 만든 요리도 달리 보이는군요."

아첨과 함께 고아원다운 농담을 하는 신부님은 나지막이 기도하고 먹기 시작한다.

"치세 님 덕분에, 고아원에 살짝 광명이 보였습니다."

먹던 손을 멈추고 말하는 신부님의 이야기에 귀를 기울인다.

"아이들이 고아원을 나가서도 자립할 수 있게 되면, 아이들의 장래에 희망을 품을 수 있습니다."

"그렇군요. ……하지만 너무 기대하지는 마세요. 저는 모험가라서 언젠가 여길 떠날 겁니다. 이번 지원도 일시적인 것에 지나지 않아요."

"네, 압니다. 하지만 그렇다 하더라도 감사는 드려야죠."

신부님도 알고 계시리라.

아이들이 만든 포션 판매가 궤도에 오른다고 해서 언제까지고 지속되는 게 아니다.

심혈을 기울여 유지하려고 노력하지 않으면 금방 흐지부지되고 말 것이다.

그게 1년 후일지, 5년 후일지……. 아니면 더 나중이 될지 모른다.

그래도 고아원을 구제하지 않고는 있을 수 없었던 이유는, 내 천성 때문일지도 모른다.

"그럼, 저는 아이들한테 돌아갈게요."

"네, 저는 모험가 길드와 조합 길드, 그리고 영주님과 이야기하고 오겠습니다."

다 먹은 그릇을 들고 나가려는 내게 신부님이 말한다.

"치세 님은 신기한 분입니다. 겉모습은 고아원 아이들과 별반 다르지 않은데 그 안에 품은 마음과 하는 행동은 저와 비슷한 성숙한 성인처럼 느껴집니다."

"……그러시군요, 그냥 출생이 좀 특수한 것뿐이에요."

"제가, 어찌해야, 치세 님께 이 은혜를 갚을 수 있을까요?"

약간 울먹거리듯, 난처해하는 듯한 표정을 지으시는 신부님.

신부님께 보답을 받지 않는 건 쉽다.

하지만 그러면 신부님의 마음에 얹힌 듯이 쭉 남을 것이다.

그러니──.

"정 그러시면 교회에서 쓰는 마법을 가르쳐 주세요. 저는 마법을 좋아하는 마녀니까요."

"그럼, 교회 신성 마법의 마법서를 준비해 드릴까요?"

"그것참, 아주 기대되는데요."

그렇게 말한 나는 식사를 마친 신부님의 그릇을 들고 교회를 뒤로했다.

이 던전 도시에 온 지 벌써 두 달이 지났다.

매일 【신기한 나무 열매】를 먹고 던전 20층에 있는 랜드 드래곤에게 벼락을 쳐서 쓰러뜨리다 보니 18,000마력을 넘었다.

그리고 쓰러뜨린 랜드 드래곤의 소재를 길드에서 돈으로 바꾸는 나날이 계속되었다.

"매일, 소금화 여덟 닢이라. 가격이 내려가지 않는다는 게 다행이야."

20층 게이트 키퍼인 랜드 드래곤은 자금 마련 마물로서 적합하다고 여겨지지 않는다.

D등급은 토벌이 거의 불가능하고 C등급 모험가 파티는 준비와 대책을 강구한다면, 운이 좋으면 이길 수 있다.

B등급 이상 모험가 파티라면 우리처럼 사냥할 수 있지만, 여섯 명 풀 파티로 도전하기 때문에 1인당 가져갈 수 있는 이익이 적어진다.

그럴 바에는 강적에 도전하기보다는 21층 아래로 있는 마물을 쓰러뜨리는 게 자금 효율 면에서 좋다.

유일하게 우리와 비등하게 효율적으로 사냥이 가능한 알사스 씨가 이끄는 A등급 파티 【새벽 검】은 던전 24층을 공략하는 것을 우선시하고 있는 듯하다.

"치세 씨, 테토 씨. 이번에 시험 치세요!"

"시험? 무슨 시험?"

"B등급 승급 시험요! 두 분이 매일같이 랜드 드래곤을 사냥하고 오는데 C등급 모험가라니 말도 안 돼요! 길드 마스터도 허락하셨어요!"

"아, 그래, 알겠어. 다음에 여유가 생기면. 지금은 한가하지 않아서."

길드의 접수원이 언제든지 B등급 승급 시험을 봐도 된다고 한다.

나와 테토는 이전에 머물렀던 다릴 마을에서 오거 무리를 쓰러뜨린 공으로 특별히 C등급까지는 올려 주겠다고 얘기가 있었지만, 테토의 고집으로 D등급에 머무르게 되었다.

하지만 던전 도시까지 오는 동안 다양한 의뢰를 맡아 C등급 진급 조건을 충족했을 때, 다릴 마을의 길드 마스터의 조치로 자동으로 C등급으로 승급할 수 있었다.

그리고 이번에는 모험가로서 처음으로 치는 시험인 B등급 승급 시험을 받으라는 이야기를 들었다.

뭐, 이러저러한 사정으로 지금 바쁜 우리는──.

"자, 오늘도 포션 만드는 연습을 하자!"

"──응!"

"──응!"

"──좋아!"

조합을 배우는 아이들의 수가 맨 처음의 절반이 되었다.

여기에 없는 나머지 절반의 아이들은【조합】을 포기한 게 아니라, 마력을 눈으로 집중시킨다는 약초 채취에 특화된 능력을 보였다.

그렇지만 눈이 쌓인 겨울철에는 약초를 채취하기가 어렵기 때문에 길드 마스터에게 특별히 던전 1층과 2층을 탐색할 수 있는 권리를 받아, 테토의 동행하에 다른 아이들과 함께 약초를 채취하러 갔다.

"그럼, 가자."

내가 고아원에서 나와 아이들을 데리고 향한 곳은 고아원 옆에 있는 건물이다.

우리는 랜드 드래곤의 소재를 납품하여 받은 돈으로 고아원 옆의 건물을 사들여, 거기에 포션 제조 시설을 마련했다.

그리고 그 밖에도――.

"치세 누나! 목공소에서 톱밥과 나뭇가지를 받아 왔어!"

"고마워. 그러면 오늘도 시작하자."

이 던전 도시의 목재는 주로 11층 아래의 삼림 층에서 벌목한 나무들로 마련한다.

던전에서 운반해 오는 반듯하고 깔끔한 목재를 위해 제거한 가지와 잎, 톱밥, 도막 등이 매일 대량으로 생기는데 이것들은 그대로 던전에 버려진다.

쓰레기 등은 던전이 흡수하므로 상당히 환경친화적인 순환형 도시지만, 그 버려지는 소재를 고아원을 위해 쓰기로 했다.

"그럼, 종이 만들기도 그쪽에서 시작해!"

"──응!"

"──알겠어!"

"──응!"

쓰레기로 폐기되는 목재를 수집해 큰 솥에 끓여서 녹인 뒤, 종이 원료로 쓰기로 한 것이다.

지구에서는 약품으로 바짝 졸여 걸쭉하게 녹여야 하지만, 여기는 이세계다.

그린 슬라임의 핵을 원료로 한 식물 섬유만을 걸쭉하게 녹이는 마법 약이 있어서 조합을 배운 아이들에게도 만들게 시켜, 그 마법 약을 사용해 나무 섬유를 녹인다.

참고로 그린 슬라임은 약초를 채취하러 간 던전 1층과 2층의 평원 구역에 자주 나오므로 수집하기 쉽다.

그리고 녹인 나무 섬유를 물로 헹궈, 이번에는 밀을 물로 개고 가열해 만든 풀과 섞어서 그물망 나무 틀에 균일하게 나무 섬유를 흘려 넣고 그걸 나무판자에 펴서 말린다.

이미 수백 장의 종이를 만들어서 모험가 길드와 영주님, 교회 본부 쪽에 견본으로 보냈다.

특히 신부님은 제지 사업으로 교회 본부에서 지원을 본격적으로 받을 수 있게 되었다.

이제까지 고가였던 성서를 저렴한 가격으로 제작할 수 있게 되면서 신앙을 전파하기 쉬워진다는 이점이 있다.

그리고 아이들에게 이 종이에 성서를 베끼게 함으로써 글자

연습과 성서 생산량을 늘릴 수 있다.

또한 상업 길드에서도 생산한 종이를 팔아 달라는 제안을 받았다고 한다.

게다가 아이들의 조합 기술 습득도 순조로워서, 현재로서는 마을에서 파는 일반 포션 정도는 만들 수 있게 되었다.

제조한 포션은 모험가 길드가 한 병에 은화 한 닢과 대동화 다섯 닢으로 매입하고 있다.

원래 포션의 매입 가격은 은화 두 닢이지만, 뭔가 문제가 발생했을 때 고아원 아이들을 보호해 주는 대가로 길드에는 그 금액에 제공하기로 했다.

매입 가격보다는 조금 낮아도 본인들이 딴 약초를 그냥 납품해 고작 대동화 두 닢을 받다가 일곱 배 이상의 수입을 벌게 된 아이들은 크게 기뻐하고 있다.

"치세 누나! 나, 어제【조합】스킬 레벨이 2로 올랐어!"

처음에 내게 말을 건 단 소년은 성실하게 조합 기술을 배워 이제는 스킬이라는 형태로 눈에 보이는 결과가 나타나기 시작한 걸 내게 알린다.

"축하해. 나는 이제 그만 손을 떼도 되겠어."

"치세 누나?"

"그럼, 조합 쪽 아이들은 모두 집합!"

내가 그렇게 외치자, 아이들이 모인다.

"이건 너희가 생산한 종이로 내가 만든 책이야. 뭐, 볼품은 좀 없지만, 봐줘."

마법 가방에서 책 열 권을 꺼냈다.

내가 편집하고 테토가 옮겨 적고 구멍을 뚫어 실로 엮기만 한 볼품 없는 책이다.

"여기에는 너희에게 알려 준【조합】의 기초와 응용, 그리고 일반 레시피가 적혀 있어."

"어, 어어? 이걸 왜……."

"자립을 돕기로 한 처음 목적은, 달성했어. 앞으로는 그 책을 따라 해 보면서 시행착오를 겪으면 웬만한 약들은 만들 수 있을 테고, 책을 교본으로 삼아 너희가 다른 아이들에게 조합을 가르치면 그 아이들도 조합 스킬을 배울 수 있을 거야. 그러니까 힘내. 나는 모험가로 돌아갈게."

그렇게 말하자, 아이들이 '더 배우고 싶어'라느니 '가지 마~!' 라면서 울음을 터트리며 내게 안긴다.

칭얼거리는 아이들을 나는【신체 강화】를 써서 받아 내며 지난 두 달 동안 꽤 정이 들고 말았다며 쓴웃음을 짓는다.

"모두들, 치세 님을 귀찮게 하면 안 됩니다."

"신부님……."

"신부님……."

"신부님……."

"그리고 치세 님은 다시 모험가 일을 하시는 것뿐, 우리 고아원에 영영 안 온다는 뜻이 아니시지요?"

"네, 다음 장소로 여행을 떠나기 전까지는 가끔 들를 거예요."

그렇게 대답하며 아이들 한 명씩 머리를 쓰다듬으며 다독인다.

뭐, 개중에는 성장기로 머리에 손이 닿지 않는 키가 큰 아이도 있었지만, 그런 애들은 어깨나 팔을 어루만져 주었다.

"저는 치세 님과 긴히 나눌 얘기가 있어서 교회로 모셔 가야 합니다. 여러분은 치세 님과의 약속을 꼭 지키세요."

"——네!"

"——네!"

"——네!"

신부님의 말씀에 내게 안겨 있던 아이들이 천천히 떨어진다.

그리고 신부님을 따라나선 나는 교회의 일실——전에 장비의 저주를 풀었던 장소로 안내받아 신부님과 마주 앉는다.

"그러면 그 일을 마무리 짓지요."

"네, 그럼 시작할까요?"

나는 마법 가방에서 고아원 옆 건물에서의 포션 생산과 제지 시설의 땅문서와 건물 권리서를 꺼내고 신부님은 겉표지가 화려한 책 한 권과 계약서를 꺼낸다.

장황하게 쓰여 있지만, 내용은 대략 이러하다.

· 내가 사적 재산을 들여서 세운 조합 공방과 제지 시설을 교회에 양도하며 고아들의 자립 지원에 도움을 준다.
· 그 대신, 지원에 대한 답례로 교회가 보유한 마법서를 양도한다.

그런 내용이 쓰여 있다.

나는 내용을 대충 훑어보고 펜을 들어서 내 이름을 적는다.

그리고 신부님——파울루——은……. 원래 귀족이었는지, 세례명인지 아무튼 긴 이름을 쓰고, 계약을 완료하였다.

두 달 동안 고아원의 자립 지원을 위해서 모험가 길드와 영주님도 전적으로 협조해 주었다.

무엇보다 이제까지 할 수 없었던 자립 지원 제도에 필요한 초기 투자를 나와 테토가 기부. 혹은 마법의 힘으로 강력히 밀어붙여 완성하였다.

그리고 완성한 시설을 교회에 넘겨, 교회에서 그에 대한 답례로 교회가 주로 사용하는 신성 마법서를 준 것이다.

"그 마법서는 이 세상에 여신님이 강림하시어 일으킨 기적의 모방이라고 한답니다. 뭐, 제가 쓸 수 있는 건 책의 전반부뿐이지만요."

"고맙습니다. 소중히 다루며 읽을게요."

"그 책은, 오대신 교회에서도 어느 정도 지위가 있는 자가 아니면 소유할 수 없습니다. 하지만 치세 님께서는 이번 일로 충분히 그 자격이 있다고 봅니다. 교회에 적을 두셨다면, 분명【성녀】칭호를 부여받으셨을 테지요."

이렇게 망토의 모자를 푹 눌러쓴 수상한 소녀 마녀에게【성녀】라니, 라며 쓴웃음을 짓는다.

"저는, 마녀인데요."

"아뇨, 치세 님은 명백한 재야에 존재하는 성인이십니다."

신부님이 온화한 미소를 짓지만, 이 건은 이걸로 끝이다.

"그럼, 저는 테토에게 다녀오겠습니다. 곧 점심시간이라서요."

"벌써 점심시간이군요. 기대하겠습니다."

나는 그렇게 말하고 아이들을 위해 점심을 차리러 간다.

점심 무렵에는 테토가 던전에 데려갔던 아이들도 돌아와서 고 아원의 식탁이 단숨에 북적북적해졌다.

천진난만한 아이들과 시간을 보내는 건 개인적으로 마음이 치 유되어서 좋아한다.

20화 【파울루 신부의 독백】

SIDE: 파울루 신부

내가 이 마을에 오기까지 많은 일들이 있었다.

나는 귀족 가문의 자식으로 태어나 고귀한 혈통을 가진 자의 의무로 어렸을 때부터 교회로 보내졌다.

뭐, 고귀한 자의 의무라고 하면 듣기에는 좋다만, 다섯째 아들을 그럴듯한 구실로 내쫓은 것이다.

하지만 내게는 운이 좋게 마법을 쓸 수 있는 재능이 있었다.

그래서 오대신 교회의 여신 리리엘 님을 섬기는 교회에 들어가 【신성 마법】을 배워 사람을 치료하고, 화를 물리치고, 저주를 풀고, 이 세상을 관리하는 다섯 신들의 신앙에 매진했다.

오대신 교회는 창세 신화부터 시작되어 창조신이 아홉 대륙을 만들고, 각 대륙에 신들을 탄생시켜 사람들을 인도했다고 전해진다.

그리고 우리 대륙은 라리엘 님, 리리엘 님, 루리엘 님, 레리엘 님, 로리엘 님의 다섯 여신님께서 우리를 보살펴 주신다.

그 다섯 여신의 가르침을 지키며 섬기는 게 오대신 교회이다.

창세 신화는 오래된 신화이며 오대신들의 일화는 우리에게 잘 알려진 교회 신화이다.

2,000년 전에 있었던 대재앙 이전에 산 사람들은 아홉 대륙을 오고 갔다고 전해져 내려오지만, 현재는 다른 대륙으로 이동하는 항해 기술이 존재하지 않는다.

다만 때때로 연안에 다른 대륙에서 떠내려온 거로 보이는 표류물이 밀려오기도 해서 다른 대륙의 존재는 인지하고 있지만, 미지의 세계라고 할 수 있다……. 여담은 이쯤하고, 아무튼.

젊었을 적에는 다들 나를 그런 오대신 교회의 미래 추기경이라며 입을 모아 찬양했지만, 다른 이들의 시기를 사고 소외되어 결국 던전이 있는 이 도시로 보내지는 바람에 교회의 윗자리를 목표로 하는 건 포기하게 되었다.

하지만 그건 나의 진실한 신앙이 시험받는 시기였다.

이 도시의 교회와 고아원의 관리자로서 때로는 영주님과 이야기하고, 안식일에는 교회에 모이는 사람들에게 신과 성인들의 가르침을 설교하고, 부모를 잃은 아이들의 안녕을 위해 매일 분주했다.

나라면 할 수 있다. 그렇게 믿고 행동했으나 일찍이 좌절하여 타협했는데도 아이들이 배를 곯게 할 순 없어서 일했다.

때로는 여신의 힘을 빌리고 싶어 교회의 한 방에서 기도를 바친 적도 있다.

그래도 일상은 바뀌지 않았다. 하지만 몇 명인가 재능이 있는 아이들에게는 내가 배운 【신성 마법】을 가르쳐 고아원에서 내보냈다.

그 뒤, 각지의 작은 교회에서 신부를 하는 아이도 있는가 하면 다친 사람들을 치료하거나 모험가가 된 아이도 있었다.

아무것도 받지 못하고 나가게 된 아이들도 인복이 있어, 취직을 하고 생활의 양식을 얻어 조금일지라도 은혜를 갚겠다고 교회에 기부를 해 주었다.

그런데도 나아지지 않고 부족한 현 상황과 서서히 쇠약해지는 몸 탓에, 이제는 그냥 다음에 오는 이에게 맡기자고 생각할 무렵, 그 사람이 나타났다.

망토를 걸친 검은 머리칼의 마법사 소녀, 치세 님과 다갈색 피부의 쾌활해 보이는 소녀, 테토 님의 모험가 두 분이.

마법사 소녀──치세 님이 더 주체적으로 얘기하시는데 상당히 점잖은 말씨에 어떨 때는 나와 동년배 같은 편안한 기분까지 들었다.

고아원 아이들과 별 차이 나지 않는 나이일 텐데 말이다.

그리고 가져오신 저주받은 장신구를 정화하고 기부금을 내셨다.

이 돈으로 아이들에게 당분간은 좋은 것을 먹일 수 있다.

마음속으로 그렇게 생각하고 있는데 내가 돌보는 고아 중 한 명인 단이 자기도 던전에 데려가 달라며 치세 님과 테토 님에게 부탁했다.

내가 너무나도 모자란 탓에 어린아이들도 마을 근처로 약초를 따러 다닌다.

하지만 마물이 나오는 던전에 가는 건 그냥 두고 볼 수 없다.

아직 어린아이들에게는 몸을 지킬 수 있는 기술이 없기 때문이다.

내게 혼이 난 단은 그대로 뛰쳐나갔다.

그 모습을 지켜본 치세 님은 고아원을 위해서 돈과 먹을 것을 더 기부해 주셨다.

저주받은 장비를 정화하러 왔다가 고아원의 현재 상황을 들었기 때문이시겠지, 감사하게 생각한다.

그 뒤로는 매일이 놀라움의 연속이었다.

다음 날, 치세 님 일행이 오신 줄 알았더니 던전에 들어가려고 한 단을 데리고 돌아오셔서는, 아이들에게 포션을 만드는 방법을 가르쳐 주겠다고 하시는 것이다.

그뿐만 아니라, 고아원 아이들의 자립을 돕기 위해서 고아원에서 돈을 벌 방법과 그를 위한 도구 등을 사비를 들여 마련해 주셨다.

모험가 길드와 영주님을 끌어들여 하나의 큰 틀로서 고아들의 자립 지원이 탄생한 것이다.

특히 모험가 길드의 길드 마스터는 고아원 출신 모험가가 가까이에 있어서 그런지 고아원의 사정을 잘 알아서 고아원을 배려한 제안을 해 주었다.

그리고 영주님께서도 우리의 이야기를 들으시고, 문관들은 문제점을 파악해 실행하였다.

그러다 부상자 치료 관련 일로 길드 마스터와 대화를 나눌 일이 있어서 고아원을 배려한 제안을 해 주어서 고맙다고 감사를 표하려 했더니——.

"그 아가씨들한테 부탁받았어. 고아원이 포션을 만들 수 있게 되어도 고아원에 하는 기부를 줄이지 말아 달라고. 만약 조합 기술이 도중에 끊겨, 수입이 없어지면 곤란할 거라고 말이지."

다만, 그러면 고아원에 횡령 문제가 발생할 수 있기에 정기적으로 아이들의 모습을 살핀다는 명목으로 고아원에 감사가 들어갈 테지만, 나쁘게 생각하지 말라고 했다.

그 후, 영주님들과의 사이에서 고아원 기부 건으로 여러 이야기가 오갔다.

교회의 신부인 나는 고아원만 생각하면 이제까지처럼 기부를 받고 싶지만, 기부금 대부분은 영민의 세금이라 유한하다.

문관으로서는 잉여 자금이 생긴다면, 그만큼의 예산을 삭감하여 다른 고아원이나 가난한 서민을 위한 정책에 할당해야 한다고 주장하였다.

영주님의 생각은 고아원으로 가는 기부를 줄이고 싶지만, 고아원이 완전히 독립해 버리면 기부로 의한 연결고리가 끊기고 장래가 유망한 인재를 고용할 기회가 줄 가능성도 있다고 하셨다.

길드 마스터는 안정적인 포션을 제조하는 조합사가 더 생기기를 바라고 또, 고아원은 모험가 부모를 잃은 아이들을 받아 주는 곳이기도 하므로 무조건 고아원의 재정이 안정되었으면 좋겠다고 했다.

회의 첫날에는 모든 문제를 매듭짓지 못하고 돌아오게 되어서 치세 님께도 알렸다.

"……그렇죠. 고아원만 우선하는 건, 불가능하죠."

"치세 님, 죄송합니다. 기껏 저를 믿고 맡겨 주셨는데 결과가 별로 좋지 못해서……."

"애초에 제가 고아원 사정만 우선시한 생각을 했어요. 좀 더 시야를 넓게 보고 생각해야겠네요."

"아뇨, 치세 님. 보통은 그렇게 신의 관점으로 내려다보며 생각하는 건 어려운 일입니다만……."

그렇게 말했지만, 치세 님은 어떻게 해야 고아원뿐만 아니라 마을 전체가 나아질지 의견을 나눈다.

그 내용을 영주님들과의 2차 회의 때 의논하며 몇 번이고 몇 번이고 회의를 거듭해 마침내 서로의 타협점을 찾았다.

결국, 단계적으로 교회 고아원의 기부는 삭감되지만, 기부는 계속되고 영주님의 주도로 담당하던 마을 청소 활동 일부를 고아원이 맡기로 했다.

그 밖에도 세세하게 조정하다 보니 구체적인 건 좀 다르지만, 거의 치세 님의 뜻대로 진행되었다.

그 소녀는 얼마나 앞을 내다본 것일까.

그리고 던전 도시에서만 폐기되는 목재를 활용한 제지 사업도 단시간에 구상해 이익을 얻을 수 있는 계획을 세웠다.

그 재기는 여신 리리엘 님이 고아원 아이들을 구하기 위해 보내신 신의 아이가 아닐까 하는 생각이 들 정도였다.

"신부님. 이로써 아이들이 만든 종이로 성서를 내면 여신의 신앙을 널리 전파할 수 있겠죠. 이제 교회의 윗분들에게 지원을 끌어내기도 쉬워질 테고, 다른 마을에 고아원과 조합과 제지 시설을 한데 묶어서 세울 수 있다는 시범 사례가 생겼어요."

"치세 님, 당신은 대체……."

"──방금 말씀드린 건 표면상의 이유고요. 드디어 아이들에게 글자를 읽고 쓰는 교육을 하기 쉬워졌어요. 이 마을은 목재를 던전에서 얻을 수 있으니까 종이에 쓰는 목탄도 부족하지 않아요."

"모처럼 이익을 내고 있는 종이를 아이들도 쓰게 해 주시는 겁니까?"

"네. 아이들이 고아원을 나가 독립해도 살아갈 수 있도록 읽기, 쓰기, 계산. 그리고 기술을 가르치는 게 가장 중요해요. 이익은 나중 문제예요. 그리고 아이들이 돈을 버니까 신부님은 이제 일하는 시간을 줄이고 성서를 베끼게 할 겸 아이들에게 읽기, 쓰기를 교육할 수 있어요."

그렇게 말하며 내게 조합과 제지 기술, 글자를 읽고 쓰는 교본 몇 권을 건네며 교회 쪽으로 보내라고 하셨다.

전부 치세 님과 테토 님의 직접 손으로 쓰신 것 같다.

여담이지만, 이 종이를 씀으로써 두 가지 효과를 보았다.

한 가지는 치세 님이 남겨 주신 책은 새로 복사해, 제대로 장정한 책으로 다시 제작되어 수많은 교회에서 쓰는 교본이 되었다.

다른 한 가지는 치세 님이 아이들에게 종이를 쓰게 하신 결과, 아이들에게서 의외의 재능을 발견할 수 있었다.

어떤 아이는 그림을 잘 그려서 마을의 간판을 만드는 직업을 가졌고 또 어떤 아이는 정교한 그림으로 교회 전속 종교 화가가 되는, 지금까지는 없던 새로운 자립의 길을 걸을 수 있게 되었다.

아이들을 위해 앞을 내다보는 힘은 마치 미래를 예지하는 마녀처럼도 보이고 그 마음씨는 사람들을 가엾이 여겨 자비를 베푸는 성녀처럼도 보이며, 극찬하면 수줍어하는 모습은 그 나이대의 소녀로도 보인다.

그런 치세 님의 도움이 됐으면 하여 내가 교회에서 받은 오대신들의 기적을 모방한【신성 마법】의 마법서를 드렸다.

나는 이 땅에 태어나 매일매일이 바빠 마법 단련을 소홀히 했지만, 치세 님은 분명 가치 있게 써 주실 것이다.

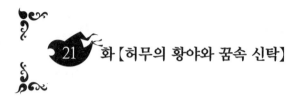
마을에 한겨울의 눈보라가 거칠게 부는 가운데 나와 테토는 임시 주택의 방에 틀어박혀 있다.

뒤에서 끌어안는 테토에게 기대듯이 침대에 걸터앉은 나는 신부님에게 받은 마법서를 읽고 있었다.

"그렇구나, 【신성 마법】에는 이런 마법이 있구나."

내가 구사하는 마법은 마력의 성질을 변화하여 자연 현상을 재현하는 【원초 마법】과 이전 생에서 익힌 과학 지식과 의료 지식, 인체 구조를 기반으로 한 청결 마법과 회복 마법, 【신체 강화】, 그리고 창작물 등의 이미지를 차용한 【결계 마법】을 중심으로 쓰고 있다.

그에 반해 교회의 마법은, 교회가 섬기는 다섯 여신이 썼다고 전해지는 기적을 모방한 마법이 많다.

이를테면──.

순수 마력으로 충격을 주는──《마나 블래스트》.

저주나 마력 생명체의 마력을 분해해 정화하는──《퓨리피케이션》.

망자의 영혼과 마력 사이의 연결을 끊고, 바른 윤회의 길로 보내는──《턴 언데드》.

상대방으로부터 적의와 해의를 판별하고 감지하는——《센스 에너미》.

자신의 마력을 다른 이에게 부여하여 【신체 강화】를 입히는——《블레스》 등이 있다.

"무속성 마법은 정말로 편리하구나."

교회에서는 【신성 마법】이라고 부르지만, 분류상으로는 순수 마력을 이용한 무속성 마법에 포함되는 게 많다.

교회 마법서를 읽으며 하나씩 확인해 가면 대부분의 마법은 습득할 수 있을 것 같다.

무엇보다 교회 마법서는 과거에 오대신과 그 성인과 성자들이 쓴 마법과 기적을 일화를 들어 설명해 줘서 이미지 발동이 중요한 마법에 참고가 되었다.

다만, 교회 신앙을 포교하기 위한 마법서이기도 하기에 독특한 완곡 표현, 이해하기 어려운 설명 같은 게 많아서 종교적인 측면을 살짝 엿보게 된다.

"……이런. 나도 모르게 쓸데없는 생각을 했어."

"마녀님~, 그거 재미있어요~?"

"응, 재미있어. 다음에 새로 배운 마법을 테토에게 보여 줄게."

"기대돼요~."

이어서 책을 읽는데 어떤 마법이 눈에 들어왔다.

"아, 이건 결계 마법이네."

평소에 야영할 때 쓰는 《배리어》 계통의 마법에는 설정한 장소에 장벽을 쳐 공간을 구분하는 마법이라고 적혀 있다.

적의 공격을 막는 것 말고도 거꾸로 다른 사람을 가두는 봉인으로 바꿔서 용도를 다르게 쓸 수 있다고 쓰여 있었다.

평소 결계 마법 쓸 때 아무 생각 없었는데 다른 시점에서 해설한 걸 보니 재미있다.

내용에는 결계에 얽힌 일화도 실려 있었다.

"이건── '아주 먼 옛날, 대재앙이 일어난 뒤, 다섯 여신들은 그 땅을 대결계로 봉인해 사람들의 출입을 금지했다. 그 땅은 사람들이 금기를 범한 탓에 신벌을 받아 황야가 되었으며, 현재는 【허무의 황야】라는 이름으로 불리고 있다』──."

그토록 찾아 헤맸던 【허무의 황야】의 기술을 발견하고 다음 장을 넘기니 거기에는 간략한 지도가 그려져 있었다.

"지도도 있잖아."

교회의 마법서에 그려져 있는 지도는 축척도 정확하지 않고 이스체어 왕국의 왕도가 이 던전 도시 아파네미스에서 옮겨지기 전의 옛 대륙 지도다.

대략 200년도 더 전에 작성됐으리라 짐작하면서 지도를 살펴본다.

각국의 국경선과 주요 도시의 명칭은 전쟁과 마경(魔境)의 확대, 개척으로 인해 변화했지만, 전체적인 것은 바뀌지 않고 그대로인 모양이다.

대륙 지도의 중앙에는 여러 나라의 국경선과 인접한 빈 땅에 그게 있었다.

"──【허무의 황야】, 찾았다."

마력 치트인 마녀가 되었습니다~창조 마법으로 자유로운 이세계 생활~ 7

역시 대륙 전토에 뿌리를 내린 오대신 교회의 마법서다.

지도에 적힌 지명 등은 꽤 오래전 거지만, 그래도 대략적인 지리는 틀리지 않았다.

그리고 여기 이스체어 왕국의 북쪽으로 여러 국가가 둘러싸듯이 빈 땅이 있고, 그곳 지명은——, 【허무의 황야】라고 적혀 있었다.

"그렇구나. 여기가 【허무의 황야】……. 잠깐, 어? 이곳은……."

축척이 안 맞는 지도이지만, 아무리 봐도 작은 나라의 크기와 맞먹는 면적의 빈 땅이 펼쳐져 있다.

하지만 그것보다 더 신경이 쓰이는 건——.

"여기, 내가 전생된 곳 아닌가?"

"그래요? 그럼, 이 근방에서 마녀님이 테토를 만들었겠어요!"

이스체어 왕국의 북부 변두리에는 다릴 마을의 이름이 있었다.

내가 전생된 곳이 【허무의 황야】의 가장자리였던 모양이다.

신들의 결계가 쳐져 있던 건 알아차리지 못했지만, 돌이켜 보니 그 황야와 숲의 경계는 부자연스러울 정도로 환경이 급격하게 변해 있었다.

당시에는 아직 【신체 강화】나 눈에 마력을 집중시키는 【마력 감지】를 습득하지 못했을 때니까 지금은 다른 경치가 보일지도 모른다.

"후우, 드디어 【허무의 황야】의 위치를 알았네. 그나저나 설마 거기일 줄이야."

잡초가 듬성듬성 자라고 슬라임이 있는 정도였다.

정말로 가치가 있는 거라고는 전혀 없는 메마른 대지였다.

내가 읽은 여행기의 기술이 오래되고 저자의 주관도 다소 섞였겠지만, 거의 차이는 없으리라.

"【허무의 황야】의 위치를 알았으니 이제 황야를 손에 넣을 명성과 돈이 필요하군. 모험가로서 더 실적을 쌓아야겠어. 역시 당분간은 던전에서 돈을 벌어야 할까 봐."

"그러려면 더, 더 마물을 쓰러뜨리고 마녀님과 함께 돈을 벌어야 해요!"

테토에게 부둥켜안긴 나는 '그래'라며 작게 웃고 교회의 마법서를 계속 읽어 나간다.

마법서 후반부에는 꽤 난도 높은 마법이 죽 적혀 있다.

특히 어떤 페이지에는 신부님이 쓴 메모가 끼어 있었다.

『저는, 여기까지밖에 습득할 수가 없었습니다. 하지만 아직 젊은 치세 님이라면, 수련을 거쳐 끝까지 당도해 많은 이들을 구하실 수 있으리라 믿습니다.』

그리고 신부님의 마력량이 15,000마력이라는 내용도 적혀 있어서 '궁정 마술사급이잖아'라고 생각하고 말았다.

"신부님의 마력량으로도 구사할 수 없었던 마법이라……."

일정 시간 내의 망자 소생, 결손 부위 재생 치료, 신탁, 신위소환 등 정말로 기적이라 할 만한 마법이 줄줄이 이어져 있다.

이 같은 마법은 전부 마력이 수만 마력에서 수십만 마력 단위로 필요하리라.

"망자 소생과 재생 치료를 할 수 있다면, 편리하겠지만……."

목을 돌려 내가 기대 있는 테토를 올려다본다.

"왜 그래요, 마녀님?"

"아니, 아무것도 아니야."

골렘에서 진화한 테토에게 인간의 마법은 써 봤자 의미가 없겠지.

심폐 소생을 하려 해도 심장과 뇌가 없고, 결손 부위는 흙과 돌로 보충할 수 있다.

애초에 나 자신에게 쓸 때는 상당히 목숨이 위태로울 때일 것이다.

결손 부위 재생 마법은 최대한 안 쓰는 게 좋은 거다.

그러면 남은 건, 신탁인데——.

"나를 전생시킨 존재가 여신 리리엘이 맞는지 한 번 더 확인하고 싶은데."

나는 테토의 품에서 빠져나와 책을 펼치고 신탁을 받는 마법을 준비한다.

독실한 신자만이 신탁을 받을 수 있다고 하지만, 여신 리리엘의 모습을 직접 보았기에, 그 용모와 자태는 떠올리기 쉽다.

그래서 신탁을 받는 건, 될 줄 알았는데…….

"아무 일도 안 일어나네……."

"마녀님~, 테토 배고파요~."

"그래. 그러면 점심이나 먹자."

그 뒤, 우리는 점심을 먹고 오후에도 교회 마법서를 읽으며 느긋하게 시간을 보낸다.

발동하지 않았던 신탁 마법은 까맣게 잊고, 밤에는 테토의 품에서 잠들었다.

………….

…….

….

정신을 차려 보니 수수께끼 공간에 서 있고 거기에는 낯이 익은 아름다운 여성이 있었다.

"여신 리리엘? 어? 나, 또 죽은 거야?"

「아뇨, 당신이 신탁 마법을 써서 저와의 연결고리를 얻었어요. 그래서 그 자리에서 신탁을 내리기보다는 꿈에서 만나는 게 좋겠다 싶었지요.」

"그렇구나……."

그러니까 여긴 꿈속이란 거다. 나는 '테토만 두고 죽은 게 아니라 다행이다'라며 안도했다.

만약 테토 혼자 남는다면, 여러모로 걱정된다.

「당신의 활약은 잘 보고 있습니다. 그리고 고아원에 관한 일도 고맙게 생각해요.」

"계속 지켜봤다니, 쑥스럽네. 근데 신이 내게 고맙다고?"

신이란 존재는 좀 더 오만할 줄 알았던 나로서는 고마워한다는 게 어쩐지 석연치 않다.

「파울루 신부에게는 제가 신의 가호를 조금만 부여했거든요.

그가 시름을 덜게 해 준 것, 감사합니다. 그리고 우리 신들은 인간들이 바치는 마력과 신앙심으로 힘을 발휘합니다. 당신의 행동이 우리 오대신을 향한 신앙심을 깊게 하고 지상에 간섭할 힘을 높이는 계기가 되었어요.」

"간섭할 힘을 높였다고? 그거로 당신들은 뭘 하는데? 그리고 왜 나를 이세계로 전생시켰어?"

여러 가지로 의문이 있기도 하고 나는 이전 생의 기억이 모호하지만, 다신교이면서 무종교로 유명한 일본인으로서의 자아가 강하다.

신의 진짜 의중을 알고 싶다.

「원래는 전생자들에게는 가르쳐 주지 않지만, 【허무의 황야】에 관해 알았다면야, 알려 줘도 괜찮겠지요. 한마디로 하면 이 세계는 현재 마력이 적은 상태예요.」

"마력이 적다고?"

「이 세계는 다양한 생물이 몸에서 마력을 발산하고 그 마력을 다른 생물이 흡수해 마력이 순환하는 구조로 이루어져 있습니다. 그런데 고대 마법 문명의 폭주로 인해 마력이 고갈된 지 2,000여 년. 폭주로 마력으로 지탱해 왔던 문명이 쇠퇴하여 상위 마물과 환수(幻獸)들이 멸종 위기에 처하고 마법사 수가 감소하면서 세계가 정체됐습니다.」

"그 일과 내 전생이 무슨 상관이 있는데?"

「우리 신들은 신앙으로 얻은 마력으로 이세계와 이어지는 길을 일시적으로 만들어 냅니다. 그때, 과학 문명이 발달한 지구에서는 쓰이지 않는 마력과 전생자의 영혼을 받아 오지요. 그렇게 얻은 고농도의 마력을 전생자와 함께 마력이 희미한 지역으로 보내, 세계의 마력 농도를 높이고 있었습니다.」

"그게, 신들의 힘의 용도와 나를 전생시킨 장소가 【허무의 황야】였던 이유구나."

「그렇습니다. 원래는 인간들의 신앙으로 얻은 마력은 구제를 위한 기적에 써야 하지만, 그러면 세계의 마력 고갈은 개선되지 않아요. 특히 마력 고갈이 심한 지역에는 인간과 마력이 유입되지 않게끔 결계를 치고, 전생자와 이세계의 잉여 마력을 끌어와 마력 농도를 완화하고 있는 게 현 상황입니다.」

내게 여신의 이야기가 사실인지 아닌지 확인할 길은 없지만, 어느 정도 이해는 된다.

"하지만 그러면 전생자는 필요 없지 않아? 이세계에서 마력을 받아 올 수 있으니까."

마력의 길만 뚫린다면, 마력은 진한 곳에서 옅은 곳으로 자연스럽게 흐를 것이다.

그렇다면 이세계와 연결된 길을 계속 유지하여 마력을 얻는 편이 낫지 않나 싶다.

하지만 리리엘은 난감해하며 고개를 가로젓는다.

「이세계와의 길을 잇는 데도 몇 가지 제약이 있습니다. 너무 자주 연결하면 세계와 세계가 융합될 위험이 있어요. 또 이세계와 통하는 길을 유지하는 데도 막대한 마력이 듭니다.」

"그럼, 왜──."

 마력 치트인 마녀가 되었습니다~창조 마법으로 자유로운 이세계 생활~ 2

「이것 또한 마력 때문이지요. 우리가 이세계와의 길을 이어서 얻을 수 있는 마력은 대략 5억 마력 정도 됩니다. 그렇지만 힘을 준 전생자들이 오래 살면, 그들에게서 자연 방출되는 마력만으로도 그 수치를 웃도는 경우가 많습니다.」

마물을 쓰러뜨려서 레벨 업을 한 전생자들의 마력량은 대체로 1만 마력에서 3만 마력으로 성장한다.

그 정도까지 마력량이 증가하면, 【노화 지연】 스킬로 인해 장수할 가능성이 커지고 그만큼 세계에 방출되는 마력이 는다.

모험가가 되면 파티 단위로 강해지고, 마력량이 큰 전생자들이 아이를 낳으면 그 아이들도 높은 마력을 보유할 가능성이 커진다.

결과적으로 이세계와 길을 잇는 것 이상으로 대량의 마력을 얻을 수 있는 길이 많다는 얘기인 것 같다.

"그래서 내가 전생했을 때, 되도록 오래 살아 달라고 한 거구나. 하지만 역시 납득이 안 돼. 어째서, 이세계인의 영혼을 전생시키는 거야? 이쪽 세계 사람은 안 되는 거야?"

특히 오대신 교회라는 리리엘과 나머지 신들을 섬기는 교회가 있지 않은가.

자신들의 신자들에게 신탁을 내리는 것도 가능하지 않나.

왜, 내가 아니면 안 되는 건지, 그 이유를 듣지 않으면 진정한 의미로 납득할 수 없다.

「우리 신들은 각자 가진 권능에 따른 간섭은 할 수 있어도, 그 외에는 제한되어 있어요. 인간이 죽어 육체에서 분리된 영혼을 취급하는 건 동생인 명부신(冥府神) 로리엘의 영역이랍니다.」

그래서 이 세계에서 적정한 영혼을 발견하더라도 지모신인 리리엘보다 명부신 로리엘이 영혼을 취급하는 일에 관해서는 더 권능이 강하고 우선권을 가진다는 얘기 같다.

그리고 로리엘도 세계에 마력을 충만하게 하기 위해서 망자 영혼의 기억을 깨끗하게 지워 새 생명으로 다시 태어날 수 있도록 배출하고 있는 모양이다.

새로운 생명이 태어나면, 그 생물이 발하는 마력이 조금씩 세계를 채우리라며 믿고.

「로리엘도 2,000년 전의 마법 문명의 폭주로 일어난 마력 부족에 의한 떼죽음으로 발생한 영혼을 처리하기 위해서 잠든 상태예요. 잠자면서 자동으로 영혼을 계속해서 전생시키고 있는 거라 영혼에 관해 교섭할 수도 없죠.」

살짝 피곤한 표정을 보이는 리리엘을 보고 내 마음은 정해졌다.

"알겠어. 그 얘기, 믿을게."

리리엘의 표정이 순간 놀라움으로 변한다.

「당신은, 우리에게 의문을 품고 있으면서도 믿는 건가요?」

"처음에는 티 없이 밝은 얼굴로 사무적인 대화만 나눠서 못 믿었지만, 2,000년이나 황폐한 세계를 부흥하려는 이유라니까 동정심도 생기고 해서, 내가 할 수 있는 범위에서 도울게."

그리고 1년 넘게 이세계를 여행하며 다양한 서적을 읽은바, 아득히 머나먼 옛날에 대재앙——리리엘이 말한 마법 문명의 폭주——이 일어난 건 사실이라고 생각한다.

「여신을 동정한다고요. 하지만 그렇게 말해 주니 기쁘네요.」

내 말에 리리엘이 인간처럼 씁쓸한 웃음을 지어 보였다.

"이제야 사람답게 웃네. 나는 이게 더 좋아."

「일단 신으로서 위엄이란 게 필요하답니다. 하아…….」

그렇게 말하며 어느 정도 어깨에서 힘을 뺀 리리엘이 내 눈을 가만히 쳐다본다.

「시간이 다 되었네요. 꿈속에서 받는 신탁은 마력을 많이 소모하니 이만하죠. 또 시간과 마력이 여유로울 때 꿈속 신탁을 보낼게요.」

"아, 잠깐만!"

여신 리리엘이 사라지고 신기한 공간이 어두워지며 사라졌다.

………….

…….

….

"마녀님. 가위에 눌리던데, 괜찮아요~?"

"으, 으윽. 테토, 좋은 아침……."

테토가 나를 흔들어 깨웠나 보다.

아무래도 자는 동안 꿈속 신탁으로 마력을 대량으로 소비했는지, 체내 마력이 텅텅 비어 강제로 끊긴 모양이다.

일어나면서 마력 고갈로 인한 속이 울렁거리는 걸 느끼며 마나 포션을 홀짝홀짝 마시고 온종일 침대에서 쉴 수밖에 없었다.

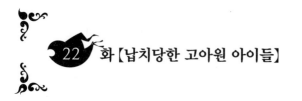

22화 【납치당한 고아원 아이들】

고아원 구제 절차를 밟은 지 며칠이 지나서, 이전에 허가가 난 B등급 승급 시험 일정이 나올 동안에 당일치기로 던전에 들어가 지도 작성을 중점에 두고 던전을 돌고 있었다.

그리고 일주일에 두 번은 고아원에 얼굴을 내밀어 아이들이 일하는 걸 보거나 그 아이들보다 나이가 어린 아이들과 만들 쿠키 재료를 가져가 함께 쿠키를 구우면서 시간을 보냈다.

그 뒤로 2주일 정도 지나고, 던전 23층까지 돌파했을 무렵――.

"치세 씨, 테토 씨. B등급 승급 시험 날짜가 정해졌어요."

"정말?"

"네. 2주 후에 알사스 씨 파티 【새벽 검】과 합동으로 던전 21층 이상에서 던전에 묵으며 탐색하게 됩니다. 기간은 사흘이에요."

"알았어. 던전에서 머무르면서 계획성을 평가하나 보네."

그날부터 B등급 승급 시험을 위해 던전에 도전하는 횟수를 줄이고 던전에서의 숙박 준비를 하며 보낸다.

준비라고 해 봤자 【창조 마법】으로 도구를 마련하거나 마을에서 구매한 물건을 마법 가방에 넣으면 금방 끝나기에 남는 시간은 거의 고아원을 다니며 때웠다.

그리고 B등급 승급 시험 당일.

길드로 가니, 시험관을 맡아 줄 알사스 씨 일행의 파티 【새벽 검】이 기다리고 있었다.

"알사스 씨. 오늘부터 사흘 동안, 승급 시험 잘 부탁해."

"잘 부탁해요!"

"그래, 그러면 바로 회의를 시작할까."

그리하여 알사스 씨의 파티 【새벽 검】에게 승급 시험 내용을 듣는다.

던전에서 사흘간 묵으면서 탐색하는 모습을 평가한다고 한다.

던전의, 특히 동굴형 같은 폐쇄 공간에서는 정신 이상 증세가 오기 쉽다.

그렇기에 피로 등의 관리가 되는지, 휴식은 적절하게 취하는지, 던전 안에서 탐색은 어떻게 하는지 등, 개인의 기량 외에도 종합 능력과 예상 가능한 문제에 대한 사전 처리 능력 등을 현장에서 시험하는 모양이다.

새벽 검과 우리가 서로 일어날 수 있는 문제 등에 대해 회의하는데 길드 입구로 낯익은 아이가 황급히 뛰어 들어온다.

"누나, 치세 누나! 테토 누나! 도와줘!"

"너는……. 고아원 아이 맞지? 왜 그래, 무슨 일 있어?"

"형이, 단 형이 납치됐어!"

나는 애써 냉정하게 소년에게서 이야기를 듣는다.

생활용품을 사러 나간 포션 조합 팀의 몇 명이 성인들에게 뒷골목으로 끌려가 납치당했다고 한다.

단 소년을 포함한 여러 명이 저항하는 틈을 타 어린 소년이 도망쳐 나와 모험가 길드로 도움을 청하러 왔다고 한다.

길드와 영주 측에서 아이들을 보호할 대책을 세웠는데, 그것만으로는 충분하지 못했던 모양이다.

"알겠어. 나한테 맡겨."

"치세, 가려고? 승급 시험은 어쩌고?"

나를 시험하듯 묻는 알사스 씨.

B등급 승급 시험은 B등급 이상 모험가가 시험에 참가해 도와주기 때문에 자주 치를 수 있는 게 아니다.

또 우리 외에도 B등급 승급 시험을 기다리는 모험가들이 있기에, 이번 기회를 놓치면 다음 기회는 반년 이상 기다려야 할 수도 있다.

알사스 씨의 물음에 나는 코웃음을 친다.

"승급 시험 따위, 안 봐도 상관없어. 아이들의 안전을 신속히 확보하는 게 더 중요해."

설령 B등급 진급이 늦어지거나 이번 일로 상위 모험가로 올라갈 수 있는 길이 막힌대도 개의치 않는다.

그런 생각으로 알사스 씨를 똑바로 보니, 알사스 씨가 훗 하고 재미있다는 듯 웃는다.

"이봐, 라필리아! 네 마법으로 아이들 못 찾아?"

"하여간, 사람 혹사시키는 데는 일가견 있다니까. ──《정령이여, 아이들의 궤적을 더듬어 우리를 이끌어라》!"

엘프 라필리아가 바람의 정령에게 부탁해, 아이들이 납치된 곳을 찾아 준다고 한다.

"바람의 흐름이 있는 곳이면, 찾아 줄게. 이 마을 크기라면 금방 찾을 수 있을 거야."

"고마워. 근데, 이래도 돼?"

B등급 승급 시험마저 내팽개치려는 내게 알사스 씨가 힘주어 씩 웃는다.

"우리 파티의 성직자가 교회 고아원 출신이거든. 남 일이 아니라는 말씀."

그렇게 말하며 알사스 씨가 엄지로 가리킨 곳에 있는 파티 멤버인 성직자로 보이는 남성이 감정을 억누른 듯 무표정으로 있었다.

"그리고 장래 유망한 치세와 테토에게 빚을 달아 두는 거로 하겠어."

"그래, 그러면 최대한 빨리 돌아올 수 있도록 노력할게."

우리는 짧은 대화를 나누며 서로를 이해한다.

그리고 얼마 지나지 않아서 정령 마법을 쓴 라필리아가 아이들이 납치된 장소를 찾은 모양이다.

길드로 뛰어온 고아원 아이는 길드 직원에게 봐 달라고 하고 다른 모험가 몇 팀에게 다른 아이들이 더 납치되지 않게 파견을 부탁한다.

"이거, 모험가를 움직일 때 경비가 필요하다면, 얼마든지 써도 돼."

"잠깐만요, 치세 씨! 길드 카드를 두고 가시려고요?! 얼마든지 쓰라니요. 돈이 얼마나 있으신 거예요!"

긴급 상황을 대비한 의뢰비는 내 길드 카드에서 뽑을 수 있게 길드 직원에게 맡기고 우리는 아이들을 구하러 길드를 나온다.

알사스 씨 일행과 테토가 달리는 속도를 아이인 내 보폭으로는 【신체 강화】를 해도 따라잡기 힘들어서 마을 안이었지만, 비행 마법을 써서 따라간다.

"그래서, 아이들이 있는 곳이 어디야?"

"아마, 저쪽일 거야!"

라필리아를 선두로 따라간 곳에 있는 건 이 마을 외곽에 있는 창고 거리였다.

"여기에 아이들이……. 잠깐! 이 거리면, 단 소년의 마력을 탐지할 수 있어!"

창고 거리에 접근해, 내 【마력 감지】로 익숙한 마력이 있는 곳을 찾아낼 수 있다.

주변을 둘러보며 찾는데, 유달리 큰 창고 지하에서 단 소년을 포함한 아이들의 마력을 느낄 수 있었다.

"저기야!"

"마녀님, 선두에 서는 건 위험해요!"

"이봐, 치세!"

비행 마법을 유지하며 낮게 날아서 창고로 뛰어든다.

"넌 뭐야!"

"비켜, ──《스턴》!"

"으갸갸갸갸갹!"

"으이이이이이익!"

"으갸갸갸갸갸!"

창고 안으로 내려서니 질 나빠 보이는 녀석들이 무기를 들고 맞아 준다.

대인(對人) 무력화를 위해 위력을 낮춘 벼락 마법을 내가 광범위하게 펼치니, 사내들이 비명을 지르며 창고 바닥에 쓰러졌다.

"아이들은 어디 있어? 어서 말해!"

나는 【신체 강화】로 강화한 팔 힘으로 쓰러진 사내의 멱살을 쥐어 올린다.

"……모, 모루겠눈데."

벼락 마법으로 신체의 자유를 빼앗기고 마비되어 혀가 말을 듣지 않는 와중에도 사내는 쉽사리 입을 열지 않는다.

"우, 우디에게, 소, 손대 노코, 이러케 끝나디다고는 생각하디 마……."

진부한 대사를 입에 담으며 위협하는 사내에게 이번에는 마력을 방출해 위압을 가한다.

"다시 한번 말하지. 애들, 어디 있어!"

마력이 1만 마력을 넘는 인간이 뿜는 마력 방출의 위압에 사내들이 몸을 덜덜 떤다.

"마, 말, 말할 테니까, 목숨만은, 살려 줘. 우리는 그저, 고용된 것뿐이야."

내 위압에 목숨을 구걸하는 우락부락한 사내들에게 캐물어 사정을 알아내려 하는데, 테토와 알사스 씨 일행이 도착했다.

"치세, 먼저 가지 마! 이런……. 이미 제압했네."

"이봐, 이 자식들 거스 패거리야!"

"【새벽 검】도 온 건가……. 이제, 끝났군."

따라온 알사스 씨 일행을 보더니, 위압에 의욕이 꺾인 납치범들이 완전히 항복했다.

역시 A등급 파티의 위엄인가.

"……그래서, 아이들은 어디 있는데?"

"애들은 지하에 있어. 하지만 마도구로 된 문을 열 열쇠가 없어. 어르신이 전부 관리하고 있어! 우리는 굶어 죽지 않게 작은 창문으로 먹을 것과 물을 줬을 뿐이야."

알사스 씨 일행이 밧줄로 납치범들을 포박하고 아이들이 어디 있는지 묻자 그렇게 대답한다.

아마 이 정도 거리라면 바람의 마법 《위스퍼》로 아이들의 소리를 정확하게 들을 수 있을 것이다.

이내 아이들이 불안과 공포를 억누르고 있는 듯이 흐느껴 우는 소리와 서로를 다독이는 목소리가 귀에 들어왔다.

그 밝고 착한 아이들을 이런 상황으로 내몬 남자들에게 강렬한 분노를 느낀다.

"마녀님, 화 많이 났네요."

"응, 저자들을 지금 당장 숯덩이로 만들어 버리고 싶을 정도로, 열 받았어."

내 몸에서 다시 방출되는 마력의 위압에 구속된 사내들이 겁을 먹지만, 오히려 그 모습을 보니 금세 흥미를 잃었다.

"지하에 있는데 문이 열리지 않는다면 따로 문을 만들면 돼.

──《위스퍼》."

바람이 통해 지하에 있는 아이들의 목소리가 들리니, 내 목소리도 닿게 할 수 있다.

"아, 아. 마이크 테스트, 마이크 테스트. 단 소년, 내 목소리 들려?"

「치세 누나?! 어디야? 어디 있어?」

"너희가 있는 지하실 바로 위에. 금방 구해 줄 테니까 지하실 구석으로 자리를 옮겨 줄래?"

「아, 알았어!」

지하에 마력의 파동을 보내는 땅의 마법 《어스 소나》로 지하실 구조는 파악했다.

아이들도 지하실 구석에 몸을 피해 뭉쳐 있으니, 이거라면 괜찮을 것이다.

"그럼, 테토. 가자."

"네!"

"이봐, 너희들, 뭘 하려는──."

"──《홀》!"

"──《홀》!"

"──윽?!"

나와 테토가 동시에 창고 바닥에 손을 대고 지면의 구조를 바꾼다.

펑 하는 소리와 함께 아이들이 있는 지하실로 직접 내려갈 수 있을 만한 큰 구멍이 뚫린다.

"그러면 다녀올게. 그 인간들 감시 좀 부탁할게!"

"마녀님과 함께 다녀올게요!"

"잠깐만, 진짜 가는 거야?!"

나는 알사스 씨 일행에게 사내들을 맡기고 테토와 손을 잡고 큰 구멍으로 뛰어든다.

비행 마법으로 천천히 내려가 내린 곳은 어둑어둑하고 노동 설비가 갖추어진 독방으로 보였다.

"단 소년, 구하러 왔어."

"구하러 왔어요! 다들 걱정하니까 돌아가죠!"

"치세 누나, 테토 누나……."

어둑어둑한 지하실 안에서 갑자기 천장에 구멍이 뚫리고 빛이 들어오는 와중에 아이들은 내 지시에 따라 지하실 구석에서 몸을 피하고 있었다.

그리고 그 구멍에서 내려온 사람이 우리라는 걸 깨닫고 긴장했던 마음이 풀렸는지 뛰어온다.

이제까지 공포를 억누르고 흐느껴 울던 아이들이 절대 비호자인 나와 테토가 나타나자, 안심하고 울음을 터트렸다.

납치된 아이는 조합과 제지를 할 수 있는 아이 다섯 명과 그보다 어린 아이 세 명이었다.

나와 테토가 안심시키듯 한 사람씩 안아서 달랜다.

사내들에게 납치당하면서 저항하다가 맞거나 까진 상처가 생긴 아이는 한 명씩 순서대로 회복 마법으로 다친 곳을 치료한다.

그리고 조금 뒤 안정을 되찾았을 때, 내가 탈출을 제안한다.

"이제 고아원으로 돌아가자."

"치세 누나, 잠깐만. 우리 말고도 납치된 사람이 있어."

단 소년에게 그 말을 들은 나는 잠시 고민한다.

이미 아이가 납치당했고, 모험가 알사스 씨 일행도 위층을 제압하고 있다.

조금만 기다리면 병사들과 다른 모험가들도 도와주러 모일 테고 납치 사건을 수습하려 움직일 것이다.

그렇게 되면 다른 사람들도 자연히 풀려날 터.

하지만——.

"알겠어. 대신, 절대로 내 곁에서 떨어지면 안 돼."

그렇게 말하고 나는 지하실 구조를 확인한다.

마도구라는 문은 안쪽에서는 안 열리고 지하실 벽은 두껍긴 해도 부수지 못할 정도는 아니다.

"——《홀》!"

나는 지하실 문을 무시하고 잇따라 벽에 큰 구멍을 뚫는다.

각 독방에는 여러 사람을 납치했는지 아이부터 성인까지 폭넓게 붙잡혀 있어 그들을 풀어 주었다.

"그러면 이제 위로 올라가자."

사로잡혀 있던 총 스무 명의 사람을 데리고 지상으로 올라가니, 창고 안에는 여기저기서 사람들이 와 있었다.

위병과 모험가 길드의 길드 마스터에게 이번 납치 사건의 뒤처리를 맡기고 나와 테토는 아이들을 고아원으로 데리고 돌아갔다.

마력 치트인 마녀가 되었습니다~창조 마법으로 자유로운 이세계 생활~ 2

고아원 아이들 구출 후, 납치되어 지하실에 갇혀 있던 성인들은 기사단이 책임을 맡기로 했다.

납치 사건은 발생한 지 몇 시간도 안 돼 신속하게 해결됐지만, 아이들에게 심한 불안감을 남겼다.

그 때문에 신부님과 의논하여 우리도 고아원에 묵으며 함께 지내기로 했다.

"자, 아이들 모두의 몫을 만드는 건 힘들겠지만, 해 보자."

"마녀님, 테토도 도울래요!"

그리고 납치 사건으로부터 하룻밤이 지나고, 피곤할 아이들을 평소보다 더 오래 재우기 위해서 우리가 아침을 차린다.

"늦었다! 아침 준비해야 하는데!"

밥 냄새를 맡고 잠에서 깬 단 소년과 다른 아이들이 황급히 식당으로 달려온다.

"이미 다 차렸으니 서두를 것 없어. 그리고 신부님과 의논해서 당분간 포션 제조와 제지는 쉬기로 했으니까 좀 더 느긋하게 쉬어도 되는데…….."

"어……?! 쉰다고?"

그렇게 되묻는 단 소년과 아이들의 모습에 나는 난감한 듯 웃는다.

"그런 일이 있었으니까 쉬어야지. 자, 천천히 아침 먹고 좋아하는 걸 하면서 시간을 보내도록 해."

"밥, 아주 많이 지었어요!"

테토가 식사를 그릇에 담아 주자, 단 소년과 아이들이 불안한 모습으로 아침을 먹는다.

납치 사건이 있고 난 뒤라, 외출을 삼가기 위해 쉬기로 했다.

그 결과, 약초 채취와 종이의 원료인 톱밥의 회수, 포션 조합과 제지 등을 하지 않으니, 아이들이 각자의 방식대로 시간을 보낸다.

"마녀님, 다녀올게요!"

"치세 누나, 우리 마당에 있을게!"

"다치지 않게 조심해. 나는 고아원 안에 있을 거야."

테토는 단 소년을 포함한 활발한 아이들과 함께 눈이 쌓인 고아원 마당으로 놀러 간다.

밖으로 놀러 나간 테토와 아이들을 배웅하는데 한 아이가 내 망토를 꼭 붙잡고 매달린다.

"콜록, 콜록……. 치세 언니."

"우리는 안에 있자."

"콜록……. 응."

나는 납치 사건에 휘말려 심한 불안함을 느끼는 아이를 보살피기 위해 안에 있기로 했다.

그런 와중, 안에 같이 있던 조금 위의 여자아이가 무언가를 가지고 상담하러 왔다.

"치세 언니, 의논하고 싶은 게 있는데 괜찮아?"

"응? 뭔데?"

"실은 말이야. 나무판자에서 벗길 때 찢어진 종이를 어떻게 할까, 생각 중이거든."

여자아이가 가져온 건, 제지 시설에서 나온 규격 외 식물 종이였다.

판자에 붙여 말린 뒤에 벗길 때, 찢어져서 못 파는 것과 나무 섬유를 두껍게 발라 딱딱해진 종이 등, 다양한 실패작이 나온 모양이다.

"그러게. 다시 그린 슬라임으로 만든 약품으로 녹여서 종이에 덧바르는 방법이 있지만⋯⋯."

"그렇긴 하지⋯⋯."

그러면서 낙담하는 소녀에게 나는 실패한 식물 종이 몇 장을 손에 든다.

"하지만 이 정도 크기면, 여러모로 유용하게 쓸 수 있을 것 같은데."

나는 눈을 감고 명확한 형태를 이미지로 떠올린 뒤, 【제도】스킬로 종이에 도면을 그려 나간다.

"치세 언니, 뭐 하는 거야?"

"인형 도안 그려. 이 정도 크기의 종이면, 도안으로는 쓸 수 있지 않나 싶어서."

던전을 탐색하면서 손으로 직접 지도를 그린 경험으로 얻은

【제도】스킬을 인형 도안을 만드는 경험에 살릴 줄은 몰랐다.

"인형을 만들 거야⋯⋯."

내 말에, 실내에 있던 다른 아이들도 내 주변으로 모여서 흥미로워하며 작업을 지켜본다.

종이에 인형의 부위를 그려 넣어, 그걸 가위로 재단한다.

바느질할 부분도 있으니 생각한 크기보다 좀 더 크게 그려서 도안을 대고 천을 잘라내 꿰매서 인형을 만드는 거다.

"어디, 천과 솜, 그리고 실과 바늘이⋯⋯. 여기 있다."

개척촌에 있었을 때, 개척촌 모험가들의 옷을 직접 수선하면서 쓰던 재봉 도구를 마법 가방에서 찾아 꺼낸다.

천과 솜은 던전 도시에 오기 전에 들른 마을들에서 물물교환하거나 마물을 퇴치한 답례로 받은 거다.

천은 별로 인기가 없는 갈색 천을 물물 교환으로 받았지만, 누가 봐도 불량 재고를 떠넘겼던 게 기억나서 쓴웃음을 짓는다.

솜은 양 축산업이 활발한 마을에서 가축을 노린 마물이 나타나, 그 마물을 퇴치한 답례로 받은 거다.

그때, 솜 사용 방법과 주의점 등 여러 가지로 배운 것을 떠올린다.

"자, 이 도안을 천에 대고 선을 그려 가는 거야."

"나, 나도 도울래!"

"나도, 나도⋯⋯."

"나도 돕고 싶어."

"나도 할래."

내가 시범을 보이니, 몇몇 여자아이가 인형 만들기를 도와준다고 나선다.

"그러면 분담해서 만들자."

나는 돕겠다고 자처한 여자아이들에게 다른 부위를 만드는 걸 맡긴다.

여자아이들은 원래 고아원의 옷을 직접 수선하거나 재봉에 익숙해서 그런지, 빨리 배웠다.

그리고 여러 천을 바느질하고 천을 뒤집어 솜을 채우면 입체적으로 부풀어 오른다.

"팔과 다리다!"

"팔과 다리다!"

"팔과 다리가 됐어!"

간단한 작업만으로도 부드러운 탄력이 생긴 인형의 팔과 다리를 아이들이 차례로 만져 본다.

지금 내가 만드는 몸통 부분을 완성하니, 인형의 부위별로 짝을 이뤄 갖춰진다.

"좋았어, 몸통 완성. 이제 머리와 팔과 다리를 꿰매고 튼튼한 자수 실과 단추를 이용해 각 부위를 연결할 거야."

"단추라면 많으니까 가져올게!"

어쩌다 아이들의 옷에서 단추가 떨어진 적이 있나 보다.

그런 단추를 소중히 챙겨 뒀는지 다양한 종류의 단추가 있었다.

던전의 삼림 층에서 난 나무들로 만든 나무 단추와 황동 단추, 가죽 단추 등이 있다.

아이들이 쓸 인형이니까 되도록 부드러운 거로 고른다.

인형의 두 눈은 작은 나무 단추, 두 팔과 두 다리는 가죽 단추를 대고 바느질했다.

단추에 튼튼한 자수 실을 꿰어 각 부위를 꿰매면 인형이 완성된다.

"우와, 곰이 됐다!"

"와, 곰이 됐네!"

"우와, 곰이 됐다!"

완성한 인형이 곰 모양으로 바뀐 걸 보고 아이들이 너도 나도 감탄한다.

처음으로 만든 시작품이라 균형이 미묘하게 비뚤어졌지만, 부드러운 탄력과 왠지 모르게 애교가 있어 보이는 곰 인형이 되었다.

그런 곰 인형을 조물조물 주무르며 팔다리를 가볍게 움직인다.

"치세 언니, 저런 표정도 짓는구나."

"귀여운 걸 좋아하나 봐."

"부드러운 촉감을 좋아하는 걸 수도 있어."

"예쁘다고만 생각했는데 웃으니까 엄청나게 귀여워."

잠깐 인형을 주무르던 나는, 아이들의 목소리를 듣고 바로 표정을 가다듬는다.

하지만 이미 실내에 있던 아이들에게 히죽거리는 표정을 보여, 창피함에 얼굴이 빨개진다.

"나는, 그냥 부드러운지 딱딱한지 확인한 것뿐이야."

내가 그렇게 변명하지만, 다른 아이들이 뜨뜻미지근한 시선을
보낸다.

겉보기에는 고아원 아이들과 별 차이가 없지만, 안에 든 건 어
른이다. 너무 놀리지는 말아 줬으면.

잠시 심호흡을 반복하여 진정하고 불안함에 내게 딱 달라붙어
있던 아이에게 곰 인형을 건넨다.

"자, 받아."

"어? 나 주는 거야?"

납치 사건으로 심하게 불안해하던 아이가 도중부터 불안함을
잊고 인형이 완성되는 과정을 눈을 반짝이며 지켜보았다.

그리고 지금은 머뭇거리다 곰 인형을 받아 들고 아이다운 밝
은 미소를 돌려준다.

"콜록, 콜록……. 치세 언니, 고마워!"

"그래. 이 아이를 다 같이 소중히 보살펴 줘."

"좋겠다, 부러워."

"나도 빌려줘~."

"만져 볼래~."

"언니들, 인형 더 만들어 줘!"

곰 인형을 받아 든 아이가 내게서 떨어져서, 인형을 구경하려
고 둘러싼 다른 아이들에게 차례로 곰 인형을 만지게 해 준다.

"부러워, 인형."

"재료도 있으니까 다 같이 도우면 인형 친구를 만들 수 있어."

"──응! 만들래!"

"——좋아! 나도 만들래!"

"——그래! 만들자!"

실내에 있는 아이들이 도안을 더 그리고 남은 천과 솜을 써서 인형을 만들기 시작한다.

"마녀님~, 다녀왔어요~."

"어유, 추워! 치세 누나, 밖에 엄청 추워!"

잠시 뒤, 밖에 놀러 나갔던 테토와 단 소년, 그리고 아이들이 돌아와 완성한 인형과 지금 막 만들기 시작한 인형을 보고 눈이 휘둥그레진다.

"테토, 어서 와. 밖에서 놀아서 춥겠다. 목욕물 준비할게."

"부탁할게요!"

밖에 나갔던 아이들이 들어와 고아원이 단숨에 떠들썩해진다.

그리고 밤이 찾아오고, 납치 사건으로 불안해하던 아이들을 안심시키기 위해서 넓은 방으로 요와 담요를 가져와서 다 같이 꽉 껴서 자자고 연장자 아이가 제안했다.

서로 몸을 붙여서 자면 춥지 않은 데다 다른 친구들과 가까이에 있어서 불안할 일도 적다.

문제가 있다면, 잠버릇이 나쁜 아이가 다른 아이를 차거나, 한밤중에 화장실을 가다가 다른 아이를 밟거나 하겠지만, 불안할 틈 없이 밤을 보낼 듯하다.

낮에 내게 찰싹 붙어 있던 아이는 지금은 곰 인형을 끌어안고 고아원의 형제자매들에게 에워싸여 평온하게 잠들었다.

침실에는 그저 때때로 몇몇 아이의 기침 소리만 울릴 뿐이었다.

24화【애노드 열】

며칠 전 발생한 고아원 아이들 납치 사건이 신부님을 비롯한 어른들이 나서서 처리해 조금씩 해결되어 가는 가운데 단 소년이 아침에 식당으로 뛰어 들어온다.

"치세 누나, 테토 누나! 큰일이야! 꼬맹이들이 열이 나!"

"열? 알겠어. 내가 가 볼 테니 테토는 아침 식사 준비해 줘."

"맡겨 주세요!"

내가 단 소년에게 안내받아 간 곳은, 납치됐다가 정서가 불안정해진 아이들이 안정할 수 있게끔 다 같이 뒤섞여 잤던 그 큰 방이었다.

"콜록, 콜록……. 단 오빠, 치세 언니……."

"쿨럭……. 쿨럭……. 미안. 못 도와줘서."

"환자는 신경 안 써도 돼. 잠깐 좀 볼게."

이마에 손을 얹으니, 열이 꽤 높은 것 같다.

그리고 목도 붓고 기침하는 것을 볼 때 감기 증상으로 보인다.

"피로가 쌓였다가 긴장이 풀려서 그러나? 한번 마법을 써서 살펴볼까."

아이들이 기침할 때마다 마력의 묘한 동요를 느끼고 체내를 면밀하게 살펴보는《서치》마법을 쓴다.

《서치》라는 탐지 마법은 회복 마법과 같이 쓰면 체내 상황을 더 자세히 알아내 치료할 수가 있다.

《서치》로 살펴본 아이들의 몸은, 폐를 중심으로 이물 같은 극히 미세한 마력을 느낄 수 있었다.

"어? 이게 뭐지?"

"치세 누나, 꼬맹이들은⋯⋯."

불안해하며 묻는 단 소년에게 아무 대답도 하지 않고 쓸 수 있는 스킬을 다 써 보면서 아이들의 치료를 시도한다.

"──《힐》. ⋯⋯이건 아니야."

폐를 중심으로 회복 마법을 거니 이물인 미세 마력이 꿈틀거리며 회복 마법의 마력을 흡수해 커지는 게 느껴진다.

그와 동시에 마법으로 인해 아이들이 가지고 있는 원래 면역력이 강화되어 이물이 커진 만큼 사멸하려고 균형 상태를 유지하려고 하는 듯하다.

더욱이【마력 감지】스킬로 아이들이 있는 방을 둘러보니 아이들의 폐에 자리 잡은 이물 마력이 공기 중으로 튀었다가 흩어지는 것을 확인할 수 있었다.

마지막으로 교회 마법서에서 알게 된 감정 마법으로 아이들을 살피니──.

──상태: 애노드 열(발병 중)

"이건⋯⋯."

"단 오빠! 신부님 모셔 왔어!"

"아이들이 열이 난다던데, 치세 님, 어떤가요?"

다른 아이가 신부님을 불러온 모양이다.

"조금 전에 아이들을 감정했는데 애노드 열이라는 병에 걸린 것 같아요."

"애노드 열이라, 그렇군요. 우선 무사한 아이들을 다른 방으로 이동시키죠. 감염된 아이는 교회에 격리하고요."

신부님이 격리한다고 하는 걸 보니, 애노드 열은 전염병의 일종인 듯하다.

아이들의 기침으로 이물 마력이, ──정확히는 마력을 지닌 병원체가 공기 중에 떠돌았던 거라.

"──《클린》!"

신부님이 방과 아이들에게 청결 마법을 쓰자, 애노드 열의 원인이 된 병원체가 마력을 다 흡수하지 못하고 자멸해 사라졌다.

나도 애노드 열의 병원체를 들이마셨지만, 내 풍부한 마력을 다 못 빨아들이고 잇달아 자멸해 간다. 혹시 몰라서 몸 주변에 병원체를 막는 결계를 친다.

"치세 님, 좀 도와 주십시오."

"네, 알겠어요. ──《사이코키네시스》!"

염동력 마법으로 축 늘어진 아이들을 담요로 싸서 띄워 교회 쪽으로 옮긴다.

이동 중에도 병원체가 흩날리지 않게 주변에 결계를 치고, 이동한 교회의 방도 똑같이 결계로 병원체가 침투하지 못하도록 제한했다.

"신부님. 애노드 열은, 전염병인가요?"

"그렇습니다. 주로 고열과 기침 등의 증상을 보이는 전염병이지요. 마력이 적은 아이를 중심으로 걸립니다."

"어째서, 전염병에 걸린 거죠? 아이들이 어디서 걸린 건가요?"

"아마 납치당했을 때, 구출된 사람 중에 감염자가 섞여 있었을 겁니다. 구조할 때 의사가 진찰을 봤는데 애노드 열 발병자가 있었다는 보고가 있었거든요."

감금되어 있던 사람들은 열악한 환경에서 면역력이 저하돼 있었으리라.

그런 그들이 병원체를 보유한 상태로 구조되면서 아이들과 접촉해 감염됐고 며칠간의 잠복 기간을 거쳐 발병한 것으로 보인다.

정신적으로 불안정했던 아이들을 안정시키기 위해서 다른 아이들과 함께 한데서 뒤섞여 잔 것도 동일 장소에서의 공기 감염을 조장했을 가능성도 있다.

여러 요인이 나쁜 쪽으로 흘렀다.

만약 그때, 감금되어 있던 사람들을 구하는 건 나중에 온 위병과 모험가들에게 맡겼다면, 아이들이 애노드 열에 감염되는 일은 없었을지도 몰라…….

"치세 님, 자책하지 마십시오. 누구도 막을 수 없었습니다."

"신부님. 치료하려면…….."

"애노드 열은 회복 마법이 잘 듣지 않고 약은 전용 약이 필요해서 비쌉니다. 다행히도 감염력이 강하지 않습니다. 그리고 한

번 걸렸다 나으면, 다음에는 가볍게 지나갈 겁니다. 아이들의 힘을 믿어 보죠."

그렇게, 내 기운을 북돋기 위해서 위로의 말을 건네는 신부님.

"네, 알겠습니다. 그럼, 열이 나는 아이들이 먹기 좋게 죽을 만들어 올게요."

"네, 부탁드리겠습니다. 저는 한번 애노드 열에 걸렸던 아이들에게 말해 병간호를 도와 달라고 부탁하고 오겠습니다."

그렇게 우리는 분담하여 한쪽은 고아원을 운영하고 한쪽에서는 환자를 돌본다.

애노드 열에 걸려 본 아이들은 나와 신부님과 함께 병간호를 돕고 그 이외의 아이들은 테토와 고아원의 연장자 아이에게 맡겨 평소처럼 생활할 수 있게 주의를 기울이라고 했다.

그리고 애노드 열의 병간호를 도와주는 아이들의 중심에는 단 소년도 있었다.

"단 소년도 애노드 열에 걸린 적이 있어?"

물에 갠 밀가루를 냄비에서 걸쭉해질 때까지 끓여서 설탕과 소금으로 먹기 좋게 간을 맞춘 죽을 옮기는 것을 도와주는 단 소년에게 물었다.

"응, 재작년 겨울에! 그때는 거의 일주일 가까이 목이 부어서 밥 먹는 것도 힘들어서 맛없는 죽을 먹었는데, 어찌나 맛대가리가 없든지. 아주 말도 못 해……."

단 소년이 전염병에 걸렸을 때의 일을 유쾌하게 말한다.

하지만 단 소년의 말과 행동에서 어쩐지 밝은 척하는 위화감이 느껴진다.

열이 나는 아이들에게 죽을 먹인 뒤, 수분 보충을 위해 끓였다가 식힌 따뜻한 물을 마시게 하고, 수건으로 땀을 닦아 주고, 가죽 물주머니로 이마를 식힐 얼음 베개를 준비한다.

수분 보충을 위해 먹인 따뜻한 물에는 포션이 소량 섞여 있어 열이 나서 떨어진 체력을 보강해 준다.

처치를 다 마치면, 남은 건 신부님 말씀대로 지켜볼 뿐이다.

그런데 단 소년이 내게 매달리듯 바라본다.

"있지, 치세 누나. 내가 달리 할 수 있는 게 없을까?"

"고마워, 단 소년. 아쉽지만, 지금은 없어. 그보다 너도 피곤하지? 쉬어야 할 때 쉬는 것도 네가 할 수 있는 일 중 하나야."

납치 사건 때부터 계속 바빴으니 단 소년도 피곤할 터다.

그렇게 지적하자, 조금 전까지의 밝은 척은 온데간데없이 울음을 터트릴 듯한 표정으로 바뀐다.

"나도 애노드 열에 걸렸다고 했잖아. 그때, 같이 앓았던 친구 두 명이 죽었어."

"……그랬구나."

"그러니까, 할 수 있는 건 하고 싶어. 치세 누나가 도와주기 전까지는 그런 생각을 할 여유 같은 거 없었지만……. 무서워. 꼬맹이들이 죽을까 봐……."

약한 소리를 하는 단 소년에게, 나는 그저 조용히 맞장구를 쳤다.

하고 싶은 말을 전부 토해 낸 단 소년은 자기 옷 소맷자락으로 눈을 훔치고는 평소처럼 웃는다.

"치세 누나, 미안! 이런 때야말로 내가 평소처럼 행동해야 하는데! 지금은 포션을 만들어서 돈을 벌고 아픈 꼬맹이들에게 좋은 걸 먹여 줄 때야."

"그래, 다녀와. 애들은 내가 돌보고 있을게."

스스로 불안을 떨쳐 낸 단 소년이 고아원 뒤편에 세운 조합 시설로 가고 그와 교대하듯 신부님이 들어온다.

"정말이지, 아이들의 성장은 참으로 빠르군요."

"신부님, 듣고 계셨어요?"

"네, 얼마 전까지는 오늘만 사는 것도 벅찼어요. 지금은 내일을 보고 있습니다. 이것도 다 치세 님의 덕분이겠지요."

"그건, 단 소년 스스로 노력한 거예요."

나와 신부님은 뛰어간 단 소년의 성장이 눈부신 듯 눈이 가늘어지게 웃는다.

"여긴 제가 보겠습니다. 치세 님은 좀 쉬세요."

"아뇨, 저는 괜찮⋯⋯. 그러네요. 마음 써 주셔서 감사합니다. 그럼 사양 않고 쉬다 오겠습니다."

침대에서 자는 아이들이 무의식중에 콜록콜록 기침하면서 공기 중에 마력을 지닌 병원체를 흩날린다.

그래서 방 전체에 《클린》 마법을 걸고 병원체를 사멸한 후, 신부님과 교대하여 휴식을 취하러 간다.

"아, 마녀님도 쉬러 왔어요?"

"테토. 아이들 돌봐 줘서 고마워. 다들 어땠어?"

"다들 착한 아이들이었어요~."

그렇게 말하고 급박한 상황에 먹다 남긴 아침 식사를 테토가 따뜻하게 데워 줘서 먹는다.

밥을 다 먹고 한숨을 푹 쉰 나는, 마법 가방에서 조합 레시피와 약초 사전을 꺼낸다.

"마녀님, 뭘 찾는 거예요?"

"아이들이 애노드 열로 사망하는 위험성을 줄이고 싶어서."

"테토도 찾는 거 도울게요!"

"고마워, 테토."

식탁에서 테토와 분담하여 애노드 열에 관해 조사한다.

"회복 마법은 효과가 별로였지만, 이거라면……. 찾았다."

나는 읽던 책에서 애노드 열의 약에 관해 적힌 기술을 발견했다.

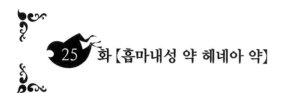

전염병인 애노드 열에 효과가 있는 약을 발견한 나는, 그 약을 내가 만들 수 있다고 확신한다.

그리고 그 굳은 확신으로 생각한 걸 확인하듯이 테토에게 이야기한다.

"테토. 나는 애노드 열의 치료 약인—— 헤네아 약을 만들려고 해."

"마녀님. 그게 어떤 약인데요?"

내 말에 테토가 곧바로 반응하며 대답한다.

이렇게 해야 편안하고, 또 내 생각을 정리하는 데 도움이 된다. 테토의 단순한 사고방식과 의문은 늘 내가 새로운 관점을 고려할 수 있게 해 주기도 하고 굳어진 사고를 바르게 이끌어 준다.

"헤네아 약은, 흡마내성 약의 일종이야."

헤네아 약——호흡 기관에 한정한 치료 효과와 마력 흡수의 내성을 부여하는 마법 약이다.

애노드 열의 병원체는 감염된 생물의 마력과 영양분을 흡수하며 증식한다.

강력한 마력과 생명력이 있는 존재에게는 오히려 면역력과 마력에 밀려나 사멸하지만, 체외에서 발동하는 회복 마법으로는 체내의 병원체를 사멸시킬 정도로 강한 마력을 부여하지 못하고 오히려 증식을 가중한다.

하지만 이 헤네아 약은 원래 마물과 던전 트랩 등에 있는, 마력 흡수를 막는【마력 내성】을 부여할 수 있고, 병원체가 번식하려면 필요한 마력 흡수를 차단할 수가 있다.

거기다 헤네아 약에 들어가는 소재에는 애노드 열 증상인 열과 목의 염증 등을 가라앉히는 부수 효과를 기대할 수 있다.

"헤에, 그런 약이 있었군요~."

"그래서 말이지. 이 약을 만드는 방법을 단 소년과 다른 아이들에게 가르쳐 주려고."

"네? 마녀님이 만드는 게 아니라요? 그리고 병을 낫게 하고 싶으면【창조 마법】으로 약을 후다닥 척척 만들면 돼요."

그런데 왜 그러느냐며 테토가 의문을 표한다.

테토 말대로 멀리 돌아가는 방법인 데다 열과 기침으로 고통스러워하는 아이들을 생각하면, 당장이라도 약을 만들어 먹이고 싶다.

하지만──.

"테토. 내가, 우리 여행의 목적인【허무의 황야】를 찾았어. 그러니까 언젠가 던전 도시를 떠날 거야."

"그건, 이제껏 해 왔던 거예요. 마녀님과 테토는 늘 여행하고 있어요."

"그러니까 가르치려는 거야. 지금이 아니라 내가 떠난 뒤에도 내년 겨울에 어린아이가 또 애노드 열로 죽는 것을 조금이라도 줄이기 위해서."

내가 여기 있는 동안에는 얼마든지 실패해도 된다.

마력이 있는 한【창조 마법】으로 소재를 마련해 줄 수 있다.

마침 일전에는 오늘과 내일을 살기 위한 기술을 가르쳐 주었다.

이번에는 단 소년과 다른 아이들에게 누군가를 구할 수 있는 지식과 방법을 알려 주고 싶다.

"마녀님이 틀렸다고 생각 안 해요! 그러니까 신부님께 부탁해 봐요!"

"그래, 신부님께도 부탁드리자."

흡마내성 약의 일종인 헤네아 약의 제조 허락을 받기 위해 우리는 신부님이 계시는 아래층으로 향한다.

"신부님, 잠시 시간 괜찮으세요?"

"무슨 일입니까? 치세 님, 테토 님."

여전히 열과 기침으로 힘들어하는 아이들의 안색을 문틈으로 확인하면서, 방에서 나온 신부님께 의논한다.

"아이들의……. 애노드 열 치료에 관해 의논드릴 게 있어요."

"병에 대한 대처 요법은 현재로도 충분합니다만……."

애노드 열에 효과가 있는【흡마내성 약】을 신부님은 알고 계시리라.

약이 고가인 것을 알고 난색을 보이시지만, 그런데도 나는 말한다.

"헤네아 약을 만들어 쓸 수 있게 허가해 주세요."

"약도, 소재도 매우 비쌉니다. 아무리 전보다 고아원 사정이 좋아졌다고 해도 애노드 열에 걸린 모든 아이에게 먹일 약의 소재를 살 만큼의 돈은 없습니다."

"약을 만드는 데 필요한 소재는, '전부 제가 가지고 있습니다. 그리고 단 소년과 아이들에게 약 만드는 방법을 가르쳐 주는 걸 허락해 주세요, 신부님."

"테토도 부탁합니다."

나와 테토가 머리를 숙이자 신부님은 눈을 한 번 감았다가 난처한 듯 웃는다.

"분명 치세 님과 테토 님께 숭고한 뜻이 있으신 거겠지요. 게다가 무상으로 소재를 제공하고 아이들에게 제조법을 가르쳐 도우려고 하시는걸요. 부탁드려야 하는 사람은, 오히려 저입니다."

신부님은 그렇게 말씀하시며 진지한 표정으로 정중히 허리를 깊이 숙여 인사한다.

"단과 아이들에게 병에 걸린 아이들을 도울 방법을 가르쳐 주십시오."

"신부님, 고개를 드세요! 저희가 하고 싶은 일을 하는 것뿐입니다!"

"마녀님이 수줍음을 많이 타서 난감해하고 있어요."

"테토, 이 녀석! 쓸데없는 말 하지 마!"

당황하는 내게 쓸데없는 말을 한마디 더 얹는 테토를 가볍게 꾸짖으니, 신부님이 고개를 들고 키득키득 웃으신다.

"알겠습니다. 아픈 아이들은 제가 돌볼 테니 부디 약을 만들어 주세요."

"감사합니다. 테토, 가자."

"네!"

나는 테토를 데리고 고아원 뒤편에 있는 조합 시설로 향한다.

"얘들아, 잠깐 모여 볼래?"

"마녀님이 여러분께 부탁이 있대요!"

"치세 누나, 테토 누나, 무슨 일이야?"

단 소년을 비롯하여 여기 조합 시설에서 일하는 아이들이 우리를 향해 돌아본다.

오늘 아침에는 전염병에 걸린 아이들을 챙기느라 포션 제조에 필요한 약초를 따러 갈 틈이 없었다. 그리고 종이를 뜨는 데 필요한 폐기 목재 등도 받으러 가지도 못해서 할 일이 없어 청소하고 있던 아이들의 모습이 눈에 들어온다.

그런 아이들에게, 내가 제안한다.

"모두, 내 일 좀 도와줄래? 오늘 하루 일해 주면, 일당은 한 사람당 은화 한 닢씩 줄게."

"치세 누나가 우리한테 부탁할 일이 있다고? 할게!"

적어도 어떤 일인지는 듣고 나서 대답해 주기를 바랐지만, 나는 못 말린다며 웃고는 마법 가방에서 주머니에 든 빈 【마정석】을 꺼낸다.

"우선 약을 만드는 걸 도와줘. 조합을 할 수 있는 아이는 나와 함께 약을 만들고 나머지 아이들은 【마정석】에 마력을 넣어 줘. 그 마력으로 조합할 수 있는 아이에게 약을 만들게 할 거야."

속이 빈【마정석】을 테토에게 주고 조합 담당 이외의 아이들에게 건네서 마력을 담게 한다.

신부님께 생활 마법을 쓸 수 있도록 배운 덕에, 차례로【마정석】에 마력을 담아 다음 아이에게 넘긴다.

"단 소년과 너희는 약 만드는 걸 도와줘."

나는 마법 가방에서 헤네아 약을 만드는 데 필요한 소재인【로니세라스 덩굴】을 꺼내며 유적을 보기 위해 들렀던 마을에서 알게 된 약사 사야 씨를 떠올린다.

사야 씨와 함께 따고 말린【로니세라스 덩굴】이 아이들을 치료하는 데 쓸 수 있다는 것에, 사람과 사람 사이의 신기한 인연을 느낀다.

"……치세 누나, 왜 그래?"

"아니야, 아무것도. 그럼, 이쪽에 있는 소재도 옮겨 줄래?"

나는 그 밖에도 마나 포션에 쓰는 약초, 던전 삼림 층에서 손에 넣은 만드라고라, 마물에게서 얻을 수 있는 알갱이가 작은 토속성 마석 등의 소재를 마법 가방에서 꺼낸다.

여담이지만, 보통 테토처럼 마석을 그대로 입에 머금어도 유해하지는 않지만, 아무 효과도 없다.

마석 이용법 중 하나로 마석을 깨부숴 가루 상태로 만든 것을 마법 약 등과 섞어 체내에 흡수가 잘되게 하는 게 있다.

"이걸 냄비에서 섞어서 마력을 부여한 헤네아 약이라는【흡마내성 약】을 만들 거야."

"치세 누나, 분량은 어느 정도?"

조합하는 아이들에게는 【창조 마법】으로 만든 계량컵과 천칭 저울, 나와 테토가 손으로 직접 쓴 조합 기술서 등을 주었다.

조합 기술서에 있는 레시피는 분량을 구체적으로 명시해서 그런지 아이들도 자연스럽게 분량을 의식하게 된 모양이다.

"분량은 몰라. 처음 만드는 약이거든. 그래서 너희에게 도와 달라고 한 거야."

레시피의 소재는 갖고 있던 책에 적혀 있지만, 분량이 얼마나 필요한지는 조합사가 눈대중으로 맞추거나, 감이거나, 경험에 따른다.

"그러니까 너희가 구체적인 분량을 계산해 줬으면 해. 약 제조에 필요한 소재는 전부 내가 제공할게. 완성한 약은 내가 감정해서 성공 여부를 판정할 테니까 부탁해."

"그런 거였구나! 좋았어, 다 같이 분담해서 알아내자!"

"좋았어!"

"그래!"

"알겠어!"

조합이 가능한 아이들은 처음 겪는 경험에 의욕을 낸다.

하지만 이내 레시피를 알아내는 방법을 몰라, 풀이 죽어서 나를 쳐다본다.

"분담해서 포션을 만들자."

종이를 꺼낸 나는, 거기에 가로와 세로로 선을 긋고 물과 소재는 어느 정도 양을 넣고 어떤 순서로 졸이는지, 마력은 얼마나 담아야 하는지를 몇 패턴으로 쓴다.

"이 분량으로 다 같이 시험해 봐. 그래서 효과가 큰 약의 레시피를 중심으로 분량을 세밀하게 조절해 보자!"

"좋았어, 다시 시작하자!"

그렇게 해서 단 소년과 아이들이 단 소년과 아이들의 헤네아 약 공동 제조가 시작되었다.

한 사람, 한 사람이 소재의 분량을 알아내기 위해서 진지하게 포션을 한 병씩 만든다.

"아, 치세 누나, 실패했어!"

"괜찮아. 소재는 아직 더 있으니까."

나는 뒤편에서 아궁이 연료로 쓰는 장작을 옮기는 척하면서 아이들 몰래 장작과 헤네아 약의 소재를 【창조 마법】으로 만들어 내고, 아이들의 마력으로는 부족한 【마정석】도 보충한다.

그렇게 조금씩 최적의 분량을 알아내어──.

"【중급 품질 헤네아 약】을 만들려면 【로니세라스 덩굴】 20g, 마력초 10g, 간 만드라고라 즙 5g, 물 200ml, 마석 가루 3g. 마력은 500마력 이상이 필요하구나."

"후후, 어때. 치세 누나!"

본인들의 마력을 소비한 건 아니지만, 【마정석】의 마력을 끌어 내 쓰는 게 피로했나 보다.

아이들 모두 힘없이 웃으면서 알아낸 레시피 결과를 각자 자신의 조합 기술서의 빈 곳에 적어 넣고 있다.

약은 완성했고 단 소년과 아이들은 레시피를 익혔다. ──충분히 만족스러운 성과다.

"수고했어. 여기, 받아. 일당이야. 그리고 이 완성된 약을 신부님께 가져다드릴래?"

"신부님? 아, 응, 알겠어."

나는 도와준 아이들 한 사람당 은화 한 닢씩 주고, 단 소년에게 완성한 헤네아 약을 신부님께 갖다 드리라고 시켰다. 이제 애노드 열로 고생하는 아이들을 구할 수 있다.

그리고 남아 준 아이들과 함께 조합 시설을 깨끗하게 정리한 나는, 잠깐 조합 시설을 빌려 어떤 약을 만든다.

"후우, 됐다."

헤네아 약에 들어가는 소재에 랜드 드래곤의 피를 몇 방울 섞어 조합한 상위 흡마내성 약 헤네로아 약을 만들었다.

내가 3,000마력을 주입해 만든 헤네로아 약은 최고 품질이었다.

랜드 드래곤의 피를 넣어서 회복 효과도 향상된 약을 다섯 병 만들어, 만약 아이들이 만든 헤네아 약이 잘 듣지 않으면 쓰려고 했다.

하지만 다행히도 단 소년과 아이들이 만든 헤네아 약이 아이들에게 잘 들어서 다음 날부터는 열도 내리고 밥도 먹을 수 있게 되었다.

사흘 후에는 애노드 열이 다 나아서 바깥을 뛰어다닐 수 있을 정도로 건강을 되찾았다.

26화【던전 스탬피드】

"여, 치세, 테토. 오랜만에 보네."

"오랜만입니다!"

"응, 알사스 씨도 오랜만이네. 어떻게 됐어?"

우리는 고아원 아이들 납치 사건 이후로 2주일 동안, 고아원에서 아이들과 함께 지냈다.

납치에, 전염병에 정신이 없었지만, 2주일이나 지나니 사태가 진정되었다.

그래서 오늘은 이렇게 테토와 함께 임대 주택으로 돌아올 수 있었다.

그리고 우리가 돌아오고 얼마 뒤, 같은 임대 주택을 빌린【새벽 검】의 알사스 씨 일행이 온 것이다.

"모험가가 얽힌 사건이니까. 길드로서도 유야무야할 수 없으니, 우리에게 본격적으로 뒤처리를 맡겨서 피곤해 죽겠어."

우리는 알사스 씨 일행을 임대 주택의 일실로 불러 이번 사건의 진상을 듣는다.

왜, 고아원 아이들을 납치하는 사건이 일어났는가.

그 이유는 아이들이 갇혀 있던 창고의 주인인 상회가 관련되어 있었다.

창고 주인인 상회는 뒤로 불량 모험가를 고용해, 여러 악행을 저질러 왔다고 한다.

납치, 영업 방해, 위법 노예, 마음에 들지 않는 사람을 던전 내에서 살해하는 등.

고아원 아이들을 납치한 후에는 어딘가 입김이 닿는 마을로 보내, 거기서 강제로 포션과 종이를 만들게 시켜 이익을 취하려고 했단다.

영주가 고용한 위병 중에는 일상적으로 뇌물을 받던 자가 있었다고 한다.

그 위병의 주선으로 그날 밤 몰래 마을에서 빼돌릴 속셈이었는데 우리가 신속하게 해결한 탓에 악행이 줄줄이 드러났다.

"결과는, 사건 관계자를 범죄 노예로 전락시켜 광산으로 보내기로 했어. 또 상회를 폐업시키고 자산도 몰수하고. 앞으로 아이들에게 마수를 뻗는 자들이 없도록 본보기로 삼은 의미도 있어."

알사스 씨가 설명하고 마법사 레나 씨가 이어서 말한다.

아이들 말고도 감금되어 있던 사람들은 영주님이 보호하고 있으며 불량 모험가들은 모험가 신분을 박탈하고 노예로 강등시켰단다.

"그나저나 아쉽게 됐어. B등급 승급 시험이 미뤄져서."

납치 사건을 얼추 해결한 알사스 씨가 그렇게 중얼거린다.

아이들의 납치 사건을 해결하기 위해서 승급 시험을 팽개쳤기 때문이다.

이유가 무엇이든 당분간은 B등급 승급 시험 허가는 나지 않을 것이다.

"승급 시험은 딱히 못 봐도 상관없어. 등급을 올릴 수 있다니까 올려야지 싶었던 것뿐이라…….."

등급이 높으면 편리하리라는 정도의 인식이었기 때문에 미뤄져도 문제는 없다.

"이번 사건은 길드의 모험가도 엮여 있었어. 그래서 길드 마스터가 악행을 저지르기 위해 승급 시험을 포기했다는 점을 배려하기로 했지. 이번 던전 스탬피드에 참가해서 낸 성과를 B등급 승급 시험 대신으로 퉁쳐 줄 생각인가 보더라."

"스탬피드라면, 그거 맞지? 던전에서 마물이 마구잡이로 출몰하는."

내가 고개를 살짝 기울이며 묻는다.

"그래, 맞아. 평소에 각 층의 마물을 일정 마릿수를 쓰러뜨려서 밖으로 나오려는 걸 막고 있지만, 매년 겨울 막바지에 마물이 대량으로 던전에 출현하지. 그 지상으로 올라오려는 마물을 던전 안에서 처리하는 게, 이 던전 도시에서만 할 수 있는 경험이지."

겨울의 끄트머리에 일어나는 던전 스탬피드는 가장 위험하면서도 모험가에게는 목돈을 벌 기회다.

약 사흘간 이어지는 마물의 대량 습격을 버티려면 모험가로서 여러 능력이 요구된다.

"스탬피드 때 한 번도 지상으로 돌아오지 않고 방위선의 최전선에서 버티는 건 우리가 원래 하려고 한 승급 시험보다 더 어려운 일인데다가, 우리 말고도 B등급이나 C등급 모험가의 눈이 있어."

참고로 그때, 승급 시험관으로는 자신들 말고도 폭주 대응에 참여하는 상위 모험가 몇 팀도 올 거라고 덧붙인다.

"수많은 사람들이 있는 곳에서 활약하면 B등급으로 올라갈 수 있어?"

"뭐, 그런 셈이지. 실제로 과거에 스탬피드에서 눈부신 활약을 펼친 녀석들을 진급시킨 적도 있다고 들었어."

'그렇구나'라며 납득하고 골똘히 생각에 잠긴 내게, 알사스 씨가 말을 건다.

"게다가 우리가 아이들 납치 사건을 해결할 수 있게 도왔잖아? 그러니까 그 빚을 갚는 셈 치고 스탬피드 대응을 도와줘. 우수한 모험가가 한 명이라도 더 필요하단 말이야!"

슬며시 입꼬리를 올리며 농담조로 부탁하는 알사스 씨.

"마녀님, 어떻게 할 거예요?"

"어느 정도 실력이 있는 모험가는 스탬피드에 강제 참가일 테고, 승급 시험 대신으로 엄격하게 심사한다고 해도 불합격에 대한 불이익은 없으니까, 해도 괜찮지 않을까?"

우리는 어디까지나 우리가 할 일을 할 뿐이다.

그 결과, B등급으로 올라갈 수 없다고 할지라도 던전 폭주만 수습할 수 있다면 그거로 충분하다.

내가 그렇게 말하고 스탬피드에 참가하겠다고 하자 알사스 씨 일행이 그런 나를 보며 못 말린다는 듯 웃었다.

"그러면 당일 기대하겠어."

"뭐, 할 수 있는 범위 내에서 힘써 볼게."

"테토도 마녀님과 함께 힘쓸게요!"

알사스 씨와의 대화를 마치고 던전 폭주가 발생하기 전까지는 이제껏 해 온 대로 모험가로서 활동을 계속한다.

던전 21층 이하를 탐색하고, 돈을 벌고, 그날그날 남는 마력을 【마정석】에 저장한다.

쉬는 날에는 고아원에 들러 아이들과 시간을 보내거나, 던전에 머무를 때 먹을 쿠키를 다 함께 만들거나, 신부님에게 교회 마법서에 적힌 마법에 관해 여러모로 지도받았다.

이 외에도 아이들이 만든 포션의 품질을 때때로 확인하기도 하고 고아원에 찝쩍거리는 인간들을 은밀하게 처리했다.

그 결과, 고아원 재건과 고아원에 나쁜 짓을 하는 사람들에게 인정사정없이 제재를 가한다고 어느샌가 【흑성녀】라고 불리고 있었다.

나는 마녀인데, 용납할 수 없다.

그렇게 겨울을 보낸 나와 테토는 더 강해졌다.

이름: 치세(전생자)

직업: 마녀

칭호: 【개척촌의 여신】【C등급 모험가】【흑성녀】

Lv.75

체력 1800/1800

마력 21200/21200

스킬【장술 Lv.3】【원초 마법 Lv.7】【신체 강화 Lv.5】【조합 Lv.4】

【마력 회복 Lv.5】【마력 제어 Lv.7】【마력 차단 Lv.6】기타 등등…….

고유 스킬【창조 마법】【노화 지연】

【테토(어스노이드)】

직업: 수호 검사

칭호:【마녀의 종자】【C등급 모험가】

골렘 핵의 마력 45100/45100

스킬【검술 Lv.6】【방어술 Lv.3】【땅의 마법 Lv.6】【괴력 Lv.4】【마력 회복

Lv.3】【종속 강화 Lv.3】【신체 강화 Lv.10】【재생 Lv.3】기타 등등…….

나는 매일 던전 마물과 전투하며 레벨 업을 하고【신기한 나무 열매】의 효과로 마력이 2만 선을 넘었다.

테토는 던전 마물이 죽으면서 남기는 마석을 흡수해 핵의 마력이 더 커지고 마침내【신체 강화】스킬 레벨이 10에 도달하였다.

이번 겨울에는 상당한 수의 던전 마물을 쓰러뜨렸다.

특히 게이트 키퍼인 B등급 랜드 드래곤을 많이 잡았는데 오히려 생각보다는 레벨이 오르지 않았다.

그 이유는 던전의 마물은 날 때부터 경험이 얕기에 다양한 일을 경험하는 지상 마물에 비해 경험치가 낮아서 그런 모양이다.

그 추측은 꿈속 신탁으로 자주 나타난 여신 리리엘과 대화를 나누며 확실해졌다.

....
......
...

"있지, 이 세계에는 어째서 던전이 존재하는 거야?"

마치 게임 같은 던전의 존재에 의문을 품은 내가 여신 리리엘에게 물으니——.

「던전은 지맥에 괸 마력을 방출하기 위한 세계의 구조 중 하나라서 그래요.」

"구조 중 하나라고?"

「전에도 말했다시피, 이 세계는 고대 마법 문명의 폭주로 마력이 고갈된 상태입니다. 그리고 마력은 농도가 옅은 곳으로 이동하려는 성질이 있죠. 하지만 그건 마력의 한 단면일 뿐입니다.」

"그게, 무슨 뜻이야?"

「마력에는 확산하는 성질과 그와 동시에 마력끼리 응고하는 성질도 있어요.」

그 결과, 마력 농도가 진한 지역과 옅은 지역이 있는데 2,000년 전보다 세계의 마력 농도가 평균적으로 낮다고 한다.

「그러한 지하에 생긴 마력의 편중——괸 마력을 방치하면 대재해가 일어나기도 해요.」

지상에서 마력이 괸 곳이 생기면 그 주변에 있던 것이 변질하여 강력한 마물이 되거나 마물 폭주를 유발하는 원인이 된다.

「그래서 그런 지맥의 마력 굄 현상을 해소하기 위해서 마력을 알맞게 소비하고 확산하는 게 던전의 역할이고요.」

"그렇구나, 요컨대 던전은 마력이 지속적으로 고이기 쉬운 곳에 생기는 마력의 분출구 같은 거네. 마치 화산 같아."

「그렇게 인식하셔도 무방합니다. 화산도 분화 활동과 함께 대량의 마력이 공기 중으로 방출하니까요.」

내 감상에 리리엘이 키득 웃으며 즐거운 듯 설명을 이어 나간다.

「던전은 정체한 지맥의 마력을 소비해 던전에 끌어들일 미끼로 보물을 생성하고, 생겨난 마물이 남기는 마석을 가지고 나가게 해서 고여 있던 마력을 확산하는 거지요.」

"근데 평소에 지금처럼 마력을 방출하면 안 되는 거야? 게다가 마력을 보물로 변환해도 괜찮아? 마력 고갈 상태라며."

굳이 돌아가는 방법을 쓰지 않아도 되지 않나 싶은데 리리엘이 고개를 가로젓는다.

「그저 지하의 마력을 방출해도, 그다음에 지표에서 마력이 굄 곳이 생기면 의미가 없어요. 그리고 마력 고갈 상태라고는 하지만, 이 별은 자체적으로도 마력을 만들어 내요. 만들어 낸 마력 중에서 던전의 창조 능력으로 보물로 바꾸거나 마석으로 내보내서 서서히 확산시키는 게 좋답니다.」

정리하면 세계의 마력 총량이 플러스가 되도록 조절되고 있다는 듯하다.

거기다 인간을 단련하기 위해서 던전이 존재하는 것이기에 문제없다는 말을 듣고 납득한다.

인간의 레벨이 올라 강해지면 마력이 커져 자연 방출되는 마력량도 늘어난다.

그 결과, 느리기는 하지만 이 대륙의 마력이 2,000년 전보다 많아지고 있다고 한다.

「그러다 지맥이 어떻게 해도 못 버티게 되면 폭주라는 형태로 마력을 강제로 마물로 바꿔 조정하는 거예요.」

"그렇구나. 그럼, 던전은 토벌하면 안 돼?"

「그렇지는 않아요. 오히려 던전 가장 깊은 곳의 핵 마석을 지상으로 갖고 올라오기만 해도 지맥의 부담이 큰 폭으로 주니까 장려한답니다.」

여담이지만, 마석과 【마정석】에는 명확한 차이가 존재한다.

마력이 결정화한 물체가 마석이고 수정 등의 광물이 마력에 의해 변질해서 마력을 저장하는 성질을 띠게 된 게 【마정석】이다.

「아, 시간이 다 됐네요. 또 얘기 나눠요.」

"그래, 또 봐."

그렇게 여신 리리엘과의 신탁이 끝난다.

············.
·······.
···.

꿈속 신탁으로 여신 리리엘과 그런 대화를 나누면서 천천히 새로운 지식을 쌓는다.

던전 스탬피드를 기다리면서 하루하루를 알차게 보내는 나와 테토는 오늘도 던전에 들어가 돈을 벌기 위해 길드를 방문했다.

그런데 그날은 던전의 입구를 지키던 병사가 길드로 급히 뛰어와──.

"──던전 저층에 원래 없었던 마물이 모여 있어! 폭주 조짐이 발견됐다!"

던전 도시만의 연례행사인 던전 스탬피드의 시작을 알려 왔다.

27화 【스탬피드 방어전】

"……있잖아. 스탬피드 때는 어떻게 움직이면 돼?"

"글쎄. 우선 길드에서 대기할까."

폭주가 시작됐다는 보고를 받은 모험가 길드는 곧바로 던전 입구를 봉쇄하고 모험가들에게 대기하도록 명령했다.

나와 테토도 길드에 온 알사스 씨 일행과 대기한다.

"드디어 스탬피드가 시작돼. 잘 극복해 내면, B등급 승급도 꿈이 아니야. 두 사람, 긴장했어?"

"아니, 전혀? 테토는?"

"테토도 마녀님과 함께라면 그 무엇도 무섭지 않아요!"

그런 우리의 대답에 못 말린다는 듯 웃는 알사스 씨에게 던전 내에서의 폭주 대응에 관해 묻는다.

다행히 이 도시의 던전은 저층이 평원형으로 이루어져 있어서 던전 내의 계단 주변을 제압해 지상으로 통하는 경로를 막으면 마을에서 요격하지 않아도 된다.

그 밖에도 과거 스탬피드 이야기를 알사스 씨에게 듣고 있는데 길드 마스터가 왔다.

"정찰수의 보고가 들어왔다. 10층에 하층의 마물이 잇달아 나타나고 있다! 마을로 나오게 하면 안 돼! 방위선은 6층에서 매복

마력 치트인 마녀가 되었습니다 ~창조 마법으로 자유로운 이세계 생활~ 2

했다가 싸운다!"

그러자, 상위 모험가가 각각 하위 모험가를 이끌고 던전으로 향한다.

"치세와 테토는 우리를 따라와! 그리고 다른 C등급 이상 모험가도 우리와 함께 최전선으로 가자!"

"응, 잘 부탁해."

즐거워 보이는 알사스 씨에게 내가 수긍하며 고개를 끄덕이지만, 다른 B등급 모험가들이 우리를 의식하는 시선을 보낸다.

겉모습이 어린애인 데다가 여자애 단둘이라 걱정하는 거겠지.

혹은 우리 둘이 매일 랜드 드래곤을 토벌한 걸 알아서 겉모습과 실력의 격차에 당황한 걸지도 모른다.

"치세와 테토는 C등급 모험가지만, 실력은 오히려 B등급을 넘어섰으니 문제없어! 그럼, 출발하자!"

알사스 씨가 모두에게 그렇게 선언하면서 먼저 우리를 데리고 던전으로 향한다.

던전의 전이 마법진으로 방위선을 펼 6층으로 이동하니 이미 6층에서 하층 마물이 잇달아 나타나고 있었다.

"지상으로 향하는 계단 주변을 봉쇄해! 봉쇄하면, 몰려드는 마물 상대로 방어하고!"

알사스 씨 일행【새벽 검】이 지휘를 맡아 각각 역할을 분담한다.

마법 진지 구축과 정찰수의 탐색, 눈에 띄는 마물 제거까지, 스탬피드에 아주 익숙해 보인다.

"우리는 뭘 하면 돼?"

"치세는 일단 대기하면서 마력을 온존해 둬. 테토는 땅의 마법사가 있으면 협력해서 진지 구축에 가담해!"

"알겠습니다!"

그 말을 들은 테토가 다른 땅의 마법사들에게 가세해 작업하는데 대기하라는 지시를 받은 나는 약간의 괴로움을 느낀다.

"아무것도 할 게 없다는 건, 좀 힘드네."

"초조해하지 마. 1년에 한 번 있는 스탬피드는 지구전이야. 사흘간 전투가 계속된다고."

던전의 폭주는 지맥에 괸 마력의 크기에 따라서 규모가 다르다.

반나절 만에 끝날 때가 있는가 하면, 과거에는 한 달 동안이나 마물을 토해 내는 탓에 나라 하나가 멸망했다는 기록도 있다.

지금도 시야에 걸린 범위 내의 마물은 거의 다 정리됐지만, 마물들이 아래층에서부터 점점 넘치고 있다.

"그러고 보니까 전에 너한테 무슨 마법을 쓸 수 있느냐고 물었을 때, 회복 마법을 쓸 수 있다고 했었지."

"응, 맞아."

"그럼, 이제 일할 시간이야!"

그런 대화를 나누는 사이, 던전의 전이 마법진에서 사람이 몰려나온다.

아무래도 던전에 들어와 있다가 폭주에 휘말려 평소보다 강한 마물과 맞닥뜨리는 바람에 다친 사람들이 있는 모양이다.

그리고 삼림 층에서 나무꾼을 생업으로 하는 모험가였던 사람들도 다쳐서 운반된다.

"자, 첫 일이야. 다녀와!"

"알겠어, 다녀올게."

대답한 나는 부상자를 눕힌 곳으로 향한다.

응급 처치를 해 보지만, 피가 새어 나오거나 팔이 떨어지려는 사람도 있다.

"괜찮아. 금방 낫게 해 줄게. ──《에어리어 힐》!"

모여 있는 이들에게 범위 회복 마법을 시전한다.

한 번으로는 완전히 낫지 않은 사람과 마물에게 중독당한 사람에게는 개별로 회복 마법을 걸어 치료한다.

"다 됐어."

"덕분에 살았어! 치료해 줘서 고마워!"

상처가 다 나은 사람부터 차례로 고개를 가볍게 끄덕여 인사하며 고맙다는 인사를 하고 던전에서 탈출한다.

그런 그들을 배웅하는데 내 모습을 지켜보던 알사스 씨가 다가왔다.

"다친 사람들은 전부 치료해 올려 보냈어. 다음은 뭘 할까?"

"치세 양, 너무 열심히 일했어."

"어?"

내가 이번엔 뭘 하느냐고 물었지만, 관자에 손가락을 갖다 댄 알사스 씨가 그렇게 말한다.

"저 사람들은 전투원이 아니야. 완전히 치료하기보다는 걸어서 돌아갈 수 있을 정도로만 처치해서 지상으로 올려 보내면 돼. 마력은 유한하니까."

"그렇구나. 너무 고통스러워하길래 나도 모르게……."

이번 겨울 동안 마력이 2만을 넘었지만, 알사스 씨 말대로 마력은 유한하고 스탬피드 방어전은 장기간 치러야 한다.

환자의 우선순위를 정하고 치료 기준을 세워야 한다……. 그렇게 생각하니 좀 괴롭다.

"아, 뭐, 이제부터 주의하면 돼. 그보다 마력은 괜찮아?"

"아직 괜찮아. 1할 정도 쓰면 쉴게."

회복 마법을 썼다고 해도 이전 생에서 습득한 인체 구조 지식으로 인해 소비 마력이 상당히 억제된 상태라 그다지 마력을 많이 소비한 느낌은 없다.

"그렇게 많은 사람을 치료하고도 여유가 있다니, 대단하네……. 알았어. 그러면, 다음은——."

스탬피드 방어전이 시작된 지 다섯 시간이 흘렀다.

그동안 서서히 나타나는 하층 마물을 모험가들이 대처하는 가운데, 나는 땅의 마법으로 만든 간이 요새의 벽 위에 서서 마법을 쏜다.

"——《윈드 커터》."

지팡이를 가로로 휘두르자, 무수한 바람 날이 간이 요새로 접근하는 마물들을 한꺼번에 쓸어 버린다.

"후우……. 좀 쉴게."

"그래, 뒤는 우리에게 맡겨! ——《버스트 플레어》!"

"가! ——《엘리먼트 애로》."

나와 같은 마법사인 레나 씨와 정령 마법사 엘프 라필리아가

몰려든 마물에 화염 폭탄과 정령 마법의 화살을 비처럼 힘껏 때려 박는다.

마력량은 내가 더 크지만, 이런 전투에서의 마법 운용은 두 사람이 더 군더더기가 없다.

"이런 방어전이라서 그런가? 익숙해지지 않는 건 피곤해."

나는 무릎을 끌어안고 명상하며 마력 회복에 힘쓴다.

나 말고도 휴식을 취하는 모험가들이 지상에서 만들어 전이 마법진으로 운반되는 식사를 먹고 있었다.

후위를 맡은 나는 격하게 움직일 일이 없기에 그렇게 배고프지는 않지만, 피로를 해소하기 위해서 마법 가방에서 고아원 아이들과 함께 만든 쿠키를 꺼내 먹는다.

지친 몸에 소박하고 단 쿠키의 맛이 스며든다.

또 다른 모험가들에게도 쿠키를 나눠 주니, 맛있게 먹어 준다.

살벌한 스탬피드 방어전에서 단맛을 맛볼 수 있다는 게 기쁜지, 모두가 기력을 회복하는 데 미력하나마 도움을 준 것 같다.

그리고 지상에서 던전으로 운반되는 물자 중에는 모험가 전원에게 지급되는 지급품부터 개별 물건까지 운반된다.

"치세! 잠깐 괜찮아?"

"레나 씨, 왜 그러세요?"

마법을 중단한 레나 씨가 나처럼 휴식을 취하기 위해 교대하러 온 모양이다.

그런데 레나 씨의 손에 작은 짐과 편지가 들려 있었다.

"치세와 테토 앞으로 고아원 아이들이 물자를 보냈어."

"뭘 보냈지……. 아, 마나 포션이다."

고아원에서 만든 종이에 쓴 편지에는 '치세 누나, 힘내'라는 글자와 함께 단 소년과 아이들이 제조한 마력 회복 마나 포션이 있었다.

"잘됐다. 고아원에서 물자도 다 보내고."

"후후, 그러게요. 레나 씨 혹시, 쿠키와 마나 포션 필요하세요?"

"어? 받아도 돼?!"

"저는 아이들이 만든 게 있으니까요."

그렇게 말하고 레나 씨에게 고아원 아이들이 만든 쿠키와 내가 만든 고품질 마나 포션을 건네고 나는 마력 회복을 위해 아이들이 만든 저품질 마나 포션을 마신다.

"치세가 직접 만든 포션이라니, 품질이 좋아서 마시기 편해. 나중에 라필리아한테도 나누어 줘도 될까?"

"네, 그럼요. 스탬피드 방어전을 함께 치르는 동료인걸요. 많이 드셔도 돼요."

"고마워, 치세. 그래서, 고아원표 포션은 어때?"

"맛없고 마력 회복량이 크지는 않아요. 저품질이라 아직 더 연습해야 해요……. 그래도 기쁘네요."

폭주가 발생 중인 현 상황에서는 저품질 마나 포션이라도 모험가 길드에 팔면 제법 값을 쳐 줄 텐데, 굳이 돈도 안 되는 내게 준 것이다.

'조금만 더 타산적으로 살면 좋을 텐데'라고 생각하는 한편, 마음이 따뜻해진다.

어느덧 스탬피드가 시작된 지 꽤 시간이 흘렀다.

"그러고 보니, 테토는……."

지상으로 올라가는 계단을 지키기 위해 진지 구축에 가담한 테토는 그 뒤, 자처해 간이 요새의 벽 바깥으로 나가서 마물과 접근전을 펼치고 있었다.

게다가 나와 다른 마법사들이 쓰러뜨린 마물의 아이템도 던전이 거두어들여 사라져 버리기 전에 챙기고 있었다.

"마녀님~! 엄청 많이 모았어요!"

"고마워, 테토. 이제 테토도 좀 쉬어. 갈 길이 머니까."

"조금만 더 잡고 쉴게요!"

그렇게 말하며 흥분 상태로 힘이 넘쳐 보이는 테토에게 스탬피드가 익숙한 다른 모험가들이 씁쓸하게 웃는다.

'체력 배분을 잘못하고 있다'라는 듯이.

하지만 시간이 흘러도 테토의 기세는 꺾이지 않았다.

첫날은 D등급 이하의 마물이 많았지만, 다음 날에는 C등급 수준의 마물도 섞이기 시작했다.

그렇게 되니 마법사가 시전하는 범위 마법의 일격으로는 쓰러뜨릴 수가 없어서 모험가들이 벽 바깥으로 나가서 싸우게 되었다.

B등급 이상 모험가들은 정확하게 마물의 급소를 노려 적은 수고로 쓰러뜨리러 간다.

그런 가운데 나와 테토도 뛰어들어 참전한다.

"──《선더 애로》!"

"그럼, 가요!"

바람 날로는 겉껍데기에 막히는 경우가 많아, 위력이 센 벼락 마법으로 바꿨다. 테토도 속도를 더 올려 마물을 베어 나간다.

"굉장하군. 저 애들, 아직 어린데도 B등급 녀석들에게 움직임이 뒤지지 않아."

"최근에 랜드 드래곤의 소재를 가져다 길드에 판 게 저 아이들이니까 마력량으로 따지면 둘 다 궁정 마술사 수준이지 않을까?"

"그뿐만이 아니라, 이 마을의 고아원에 기부해서 아이들이 일할 수 있게 해 줬다더라. 정말 뭐 하는 애들이지?"

이때부터 전투하다가 다치는 모험가 나오기 시작하면서 후방으로 물러나 치료받는 사람들이 나누는 대화가 들리기 시작했다.

그런 대화 소리를 무시하고 시야 안의 마물을 담담하게 쓰러뜨려 나간다.

"슬슬 휴식에 들어가. 이 던전의 폭주는 B등급 수준 마물에서 끝날 거야. 그전에 지치면 다른 모험가들의 부담이 커져."

"알겠어, 쉬었다 올게."

마지막 마무리를 할 때 몸 상태가 안 좋으면 안 되니, 마련된 휴식 공간에서 쉰다.

첫날과 이튿날의 피로가 밀려왔는지 모르는 사이에 테토에게 안겨 잠이 들었나 보다.

눈을 뜨니 던전 스탬피드가 사흘째에 돌입해 있었다.

던전 안쪽 깊은 곳에서 나타나는 마물에 B등급 수준의 마물이 섞이기 시작하며 첫날처럼 쪽수로 밀어붙이는 일은 없어졌다.

우리에게 익숙한 랜드 드래곤을 비롯해 오래된 자료에서 도달했다는 25층 이하의 마물이 모습을 드러낸다.

그런 B등급 수준의 마물을 상대로 여러 C등급 파티가 협동하여 한 마리를 상대하고 있고 B등급 파티는 한 마리씩 맡고 있다.

그리고 테토는 혼자서 B등급 마물과 싸우고 나는 C등급 파티를 도우러 간다.

"간다. ──《사이코키네시스》《하드 숏》!"

비행 마법으로 공중에 날아 마법 가방에서 휴드라를 동강 냈을 때 쓰고 분할해서 회수해 두었던 쇠붙이 날을 염동 마법과 경화 마법을 조합해 쏘았다.

쇠붙이 날에 관통당한 마물이 지면에 고정되어 자기 마음대로 움직이지 못한다.

그렇게 움직임을 봉인당한 B등급 마물의 숨통을 끊는 것을 C등급 모험가들에게 양보해, 그들이 경험치를 획득해서 레벨 업을 하게 해 전력을 끌어올린다.

그리고 다음 마물도 똑같이 쇠붙이 날을 발사해서 마물의 침공을 지연시킴과 동시에 C등급 모험가들이 안전하게 사냥할 수 있도록 돕는다.

"이 마물은 처음 보네."

랜드 드래곤보다 약간 더 강력한 아룡 계열 마물 무리는 25층 이하에서 나오는 B등급 중에서도 상급 마물일 것이다.

그런 마물을 쇠붙이 날을 관통시켜 움직이지 못하게 지면에 붙잡아 두지만, 다른 마물보다 강해서 힘으로 빠져나와 나아가려고 한다.

"──《그래비티》."

그러나 가중 마법으로 빠지려는 쇠붙이 날을 지면에 더 깊이 박아서 다시 지면에 딱 붙였다.

"또 움직이면 성가시니까 내가 처리할게. ──《선더볼트》!"

그 마물의 머리 바로 위로 벼락이 떨어져 주위에 강렬한 빛이 비친다.

보통 때였다면 몸 표면에 마력을 둘러 낙뢰의 공격력을 경감할 수 있을 테지만, 관통한 쇠붙이 날에 전류가 흘러 몸속에서부터 파괴되어 간다.

이윽고 낙뢰가 잦아든 뒤에는 지면에 꽂힌 낙뢰로 시뻘겋게 달궈진 쇠붙이 날과 마물이 남긴 마석과 소재가 떨어졌다.

"치세. 거의 끝나 가니까, 조금만 더 힘내."

역시 A등급 모험가인 알사스 씨도 차례차례 마물을 쓰러뜨리고 있다.

그리고 마지막으로 B등급 마물인 아룡 무리를 쓰러뜨리고 나니 주위에서 마물이 사라졌다.

"끝난 건가……."

이제 요 며칠 던전에서 새로운 마물이 올라오지 않고 각 층의 수준에 맞는 마물이 생성되는 게 확인되면, 폭주는 종식한 것으로 판단한다.

폭주가 끝나고 마물이 없는 평원 층을 비행 마법으로 날아올라 멍하니 내다보는데 7층 계단 방향에서 새로운 마물이 우리가 있는 곳으로 접근하는 것을 알아차린다.

"알사스 씨!"

"그래, 느꼈어! 설마, 나타난 건가. 심지어 다른 마물보다 훨씬 강력해!"

이 던전에서 폭주로 나타나는 마물은 B등급까지로 알려져 있다.

그런데 지금 나타난 저 마물은 A등급 마물일 것이다.

내가 전에 쓰러뜨린 머리 다섯 개의 휴드라에 비하면 몸집은 작지만, 작은 만큼 강력한 능력이 있을지도 모른다.

"저건 좀 위험한데. C등급은 당장 대피해! B등급 녀석들은 【신체 강화】를 전력으로 쳐서 방어를 견고히 해! 까딱하면 한순간에 목과 몸통이 작별한다!"

선두에 선 알사스 씨가 지시를 내리고 알사스 씨 파티 【새벽검】과 B등급 모험가들이 중심이 되어 검게 빛나는 갑각을 가지고 낫을 든 곤충형 마물——데스사이즈 맨티스와 대치하기 시작한다.

"치세와 테토도 지상으로 도망쳐! 우리는 폭주가 끝날 때까지 버틸 테니! 운이 좋으면 던전 안쪽으로 돌아갈지도 몰라!"

"아니, 나와 테토도 남겠어. 전투 가능한 사람은 조금이라도 많은 편이 좋잖아?"

이미 며칠간의 스탬피드 방어전으로 전투에 익숙해진 상위 모험가는 아직 조금 여유롭지만, C등급 모험가들은 정신적으로 한계에 다다랐다.

그래서 C등급 모험가는 대피하라는 지시를 내린 듯하지만, 나와 테토는 아직 더 싸울 수 있다.

그리고 운이 좋으면 던전 안으로 들어간다는 얘기는 운이 나쁘면 지상으로 나올 수도 있다는 뜻이다.

지상에는 신부님과 고아원 아이들이 있다.

무슨 일이 있어도, 던전 안에서 전부 끝낼 것이다.

"알겠어. 그럼, 가자!"

우리 쪽 방침이 정해진 직후, 역삼각형 머리에, 감정이 느껴지지 않는 눈동자, 인간의 배 이상으로 큰 데스사이즈 맨티스가 날개를 펼쳐 지면을 미끄러지듯 다가왔다.

"테토, 막자!"

"네!"

"——《어스 프리즌》!"

"——《어스 프리즌》!"

평원으로 내려온 나는, 테토와 함께 지면을 조작하여 데스사이즈 맨티스의 돌격을 막기 위해 바위 우리를 이중, 삼중으로 만들어 낸다.

마법으로 만든 바위 우리는 마력으로 강화되어 있어서 일반 우리보다도 더 견고하다.

그러나 데스사이즈 맨티스가 양손으로 휘두르는 낫에 허무하게 부서진다.

"정말로 잠깐 발목 잡는 정도밖에 안 되는구나. 하지만——."

마법사 레나 씨와 화살을 장전하는 엘프 라필리아 두 사람의 원거리 공격이 데스사이즈 맨티스에게 쇄도한다.

마법의 여파로 시야가 차단됐지만, 마력 감지를 유지하니, 데스사이즈 맨티스의 몸을 에워싼 마력이 줄고 있는 게 느껴졌다.

"온다!"

"이번엔 내 차례다아아아!"

데스사이즈 맨티스는 마법의 여파를 가르고 나오면서 멈추지 않았다.

상위 모험가가 집중포화를 퍼부은 결과 한쪽 날개가 떨어져 나갔지만, 그런데도 전투 의지는 꺾이지 않았다.

그리고 알사스 씨의 검과 데스사이즈 맨티스의 낫이 맞부딪힌다.

"굉장하다……. 저게 A등급 모험가."

눈에 마력을 집중해 알사스 씨와 데스사이즈 맨티스의 마력의 움직임을 좇는다.

알사스 씨의 마력 총량은 테토만큼 많지 않다.

그렇지만 몸 곳곳으로 마력을 움직여 마력 소비를 억제하기도

하고, 두르고 있는 【신체 강화】의 마력 밀도가 나나 테토보다 높게 느껴진다.

그래서 바람의 마력을 두른 무시무시하게 날카로운 데스사이즈 맨티스의 낫과도 검을 맞대며 싸울 수 있는 것이다.

하지만 종이 한 장 차이의 공방전에 지친 듯하다.

닥치는 대로 공격하는 데스사이즈 맨티스에게 알사스 씨가 서서히 밀린다. 지금은 가까스로 방어하고는 있지만, 공격으로 전환하지 못하고 있다.

알사스 씨가 시선을 끄는 틈을 타 다른 모험가들도 측면에서 데스사이즈 맨티스를 공격해 보지만, 단단한 갑각에 막혀 유효타를 내지 못한다.

그리고 데스사이즈 맨티스와 알사스 씨의 거리가 너무 가까워서 고위력 공격을 할 수 없는 것도 유효타가 나지 않는 이유 중 하나다.

"가라. ──《레이저》!"

"하아아앗!"

그런 와중, 유일하게 나의 수렴 광선과 테토의 베기 공격이 데스사이즈 맨티스의 갑각을 깨뜨리고 대미지를 입힌다.

"이대로 가면……. ──어?!"

몇 번을 데스사이즈 맨티스와 공방을 주고받은 알사스 씨가, 데스사이즈 맨티스가 양손에 든 낫에 마력이 모이는 걸 느끼고 순간적으로 몸을 뺐다.

그리고 간발의 차이로 휘두르는 낫 공격을 피한 알사스 씨지만, 무기인 마검이 두 동강 나고 말았다.

"이럴 수가……!"

"테토, 알사스 씨의 포지션으로 들어가!"

"알겠어요!"

테토가 데스사이즈 맨티스의 공격을 막기 위해 끼어들었다. 알사스 씨는 자신의 무기인 마검이 반으로 뚝 부러진 걸 멍하니 쳐다보고 있다.

"알사스, 괜찮아?!"

"……내 마검이, 부러졌어."

알사스 씨의 동료들이 걱정하지만, 그는 누적된 피로와 무기 파손으로 동요하고 있었다.

스탬피드 방어전의 정신적 지주인 A등급 파티【새벽 검】의 알사스와 그의 무기인 마검이 부러진 것이다.

그 동요가 다른 B등급 모험가들에게도 전염되지만, 곧바로 정신을 차린 알사스 씨가 지시를 내린다.

"이제 나에게는 공격 수단이 없어! 남은 건 마법사의 공격뿐이야! 일단 물러났다가 다시 원거리에서 마법으로 숨통을 끊는다! 모험가들이 한 층씩 철수하면 그때 마법사들이 일제 공격을 준비한다!"

알사스 씨의 지시로 남은 모험가들이 조금씩 철수하는 가운데 현재 유일하게 데스사이즈 맨티스의 발목을 잡을 수 있는 테토가 남아 있어서 나도 남았다.

"자, 치세도 테토와 같이 철수해. 나는 잠시나마 시간을 벌게."

"무슨 소리야, 애용하는 마검이 부러졌는데 예비로 가져온 검으로 시간을 어떻게 번다고 그래!"

알사스 씨의 결의에 레나 씨가 항의한다.

"그러면 테토에게 다 맡기고, 우리도 철수하자고? 아직 앞길이 창창한 여자애들에게 맡기고, A등급 모험가인 내가 도망가라는 거야?! 여긴 내가 어떻게든 죽기 살기로 시간을 벌겠어!"

아무래도 비장한 각오를 한 알사스 씨.

이러고 있는 동안에도 테토와 데스사이즈 맨티스는 공격을 주고받는다. 그러나 재차 마력을 높여 휘두른 낫에 테토의 마검도 부러지고 만다.

"어, 어어? 얼레?"

그리고 알사스 씨를 끝장내지 못했을 때를 학습했는지, 낫을 한 번 더 휘둘러 방대한 마력으로 【신체 강화】를 두르고 있던 테토의 몸통을 절단한다.

알사스 씨만큼 밀도가 높지 않은 테토의 【신체 강화】로는 데스사이즈 맨티스의 마력이 몰린 공격을 막지 못한 것 같다.

"큭, 내가 결단을 늦게 내리는 바람에 테토가…….'

"있잖아, 알사스 씨. 무기가 있으면, 저 녀석을 쓰러뜨릴 수 있어?"

내가 담담하게 묻는다.

비장한 각오로 임하는 알사스 씨를 두고서 내가 워터 휴드라를 쓰러뜨렸을 때처럼 압도적인 마력에 의한 【창조 마법】의 폭위로 없애는 건 간단할 것이다.

하지만 남자에게는 자존심이 있다.

그렇다면 그걸 앞세워 이루게 해 주고 싶다.

"치세, 무슨 소리를 하는 거야?"

"대답해. 무기가 있으면, 이길 수 있냐고."

알사스 씨가 의아해하며 나를 돌아본다.

파트너인 테토가 죽어서 내가 정신이 나간 게 아니라는 걸 깨달은 알사스 씨가 힘차게 고개를 끄덕인다.

"그래, 이길 수 있어. 아니, 이겨서 테토의 원수를 갚겠어!"

"그러면, 특별히 좋은 검을 만들어 줄게. ──《크리에이션》!"

결국, 꾸준히 모아 온 【마정석】을 또다시 큰 것을 창조하느라 한 번에 쓰고 만다.

지난번 창조한 거대 단두대는 10만 마력을 썼지만, 이번에는 그때의 세 배인 30만 마력으로 【창조 마법】을 시전한다.

마법 가방에서 흩뿌리듯 꺼낸 【마정석】에서 방대한 마력의 빛이 흘러넘쳤다가 한데 모여 새벽녘 같은 금빛으로 변한다.

방대한 마력을 감지한 데스사이즈 맨티스가 겁을 먹고 후퇴하는 가운데, 한 자루의 성스러운 검이 완성되었다.

"──이름하여 【여명의 검】이라고나 할까."

이 검은──, 【불괴】, 【신체 능력 강화】, 【광인(光刃) 생성】 능력을 지녔다.

그야말로 떠오르는 태양 같은, 【새벽 검】이라는 이름과 어울리는 마법 무기다.

"받아. 이거 줬으니까 고아원 아이들 구할 때 도와준 빚은 갚은 거야."

"뭐야, 이 검…… 아아, 모르겠다! 하지만——."

알사스 씨가 내가 준 검을 손에 든 순간, 검이 이전의 마검과 비교가 안 될 정도로 강력한 검이라는 걸 깨닫는다.

"그래, 해치울게, 해치워 주겠어! 하아아아아압!"

그리하여 【여명의 검】을 들고 태세를 갖추고 성직자 동료에게 보조 마법 《블레스》를 걸어 달라고 해 데스사이즈 맨티스에게 달려든다.

조금 전까지는 방어하기 바빴지만 【여명의 검】의 은혜를 입고 강력해진 【신체 강화】로 선수를 치고, 마력을 흘려 넣자 생성된 빛의 칼날이 갑각을 베어 가른다.

"이거로, 끝이다!"

싱거울 정도로 데스사이즈 맨티스의 낫을 든 양팔을 잘라 버리고 몸통을 동강 낸다.

그런데도 숨통이 끊어지지 않은 데스사이즈 맨티스의 머리에 검을 내리꽂아 빛의 칼날로 머리를 갈라 버린다.

이리하여 던전 도시의 폭주가 종식되고 A등급 파티 【새벽 검】은, 성검 【여명의 검】을 손에 넣었다.

29화 【폭주 종식】

"치세. 여러모로 하고 싶은 말이 많지만, 우선 고마워. 그리고 테토를 죽게 해서 미안해."

"아아, 그거 말이지. 테토, 이제 그만 일어나."

"네!"

"으악?! 사, 살아 있어?!"

상반신과 하반신이 따로 노는 테토가 쓰러진 지면에서 활기차게 대답하고 몸을 재생시켜 다시 잇는다.

"몸이 잘렸는데, 피도 안 나고, 살아 있어! 설마, 언데드야?!"

"아니야. 뭐, 자세히 얘기해 줄 테니 좀 쉬자."

우리는 6층에 구축한 방어 거점으로 돌아가, 새로운 마물이 올라오지 않는지 감시하면서 사정을 설명한다.

"하아……. 치세가 【창조 마법】이란 고유 스킬 소유자고 테토는 골렘이었단 말이지……. 믿기지가 않아."

"안 믿어도 상관은 없는데, 비밀로 해 줘."

"오히려 말 못 해!"

알사스 씨에게 준 마검이 어떻게 생겨났는지.

그리고 테토는 골렘이 자아를 잃은 정령을 흡수해 태어난 새로운 종족이며 몸통이 절단된 정도로는 죽지 않는다는 걸 몸의 일부를 흙으로 되돌려 확인시켜 주었다.

모두 믿기지 않는 듯한 표정을 지으면서도 정의상 마족이라 불리는 테토의 존재를 경계한다.

하지만 나를 무릎으로 껴안고 '마녀님 성분 보충해야지~'라고 말하는 모습에 몹시 놀란 듯하다.

"그나저나 【창조 마법】이라. 조금 전에 한 것처럼 마법 무기나 귀금속을 만들어 낼 수 있는 걸 생각하면, 여러 놈들이 노릴 것 같군."

내 【창조 마법】은 악의를 품고 쓰면, 여러 가지를 무너트릴 수 있다.

돈을 아주 많이 만들어 내면 화폐 가치가 붕괴한다.

먹을 것을 아주 많이 만들어 내어 시장에 대량으로 유통하면, 1차 산업이 큰 타격을 받는다.

【스킬 오브】나 마법 무기를 창조해 병사에게 쥐어 주면, 단기간에 강력한 군대를 꾸릴 수 있다.

그래서 【창조 마법】은 사용하는 인간의 양심이 중요하다고 생각한다.

까딱해서 【창조 마법】의 존재가 알려지면, 성치 않은 결말을 맞을 것이다.

게다가 이곳은 마력이 크면 수명이 느는 세계다.

죽을 때까지라는 게, 수십 년이 아니라 수백 년, 어쩌면 그 이상이 될 수도 있다.

"근데, 괜찮겠어? 내게 이런 굉장한 검을 준 거 말이야."

"다른 모험가를 지키고자 하는 마음이 강한 알사스 씨라면 줘도 되지 않을까 싶었어. 그리고 고아원 아이들 납치 사건 때의 답례이기도 하고."

"그렇게 말해 주니, 영광인걸."

그러고 나서 우리는 쓰러뜨린 데스사이즈 맨티스가 죽으며 남긴 아이템에 관해서 얘기를 나누었다.

결과적으로는 알사스 씨가 쓰러뜨린 거지만, 내가 창조한 마검과 테토가 시간을 벌어 준 덕분에 토벌할 수 있었던 것도 사실이다.

우리는 데스사이즈 맨티스가 남긴 소재에 대해 의논해 최종적으로는——.

"좋아, 소재는 치세와 테토가 가져가! 모두에게는 우리와 너희 두 사람이 힘을 합쳐 싸워서 데스사이즈 맨티스를 토벌했다고 하자! 그리고 그 공적으로 B등급으로 승급도 하고!"

"그러면 너무 받기만 하는 거 아닌가?"

"뭔 소리야! 내 부러진 마검이 대금화 스무 닢의 가치인데 그 이상의 성능을 지닌 불괴 마검, 아니, 이 검은 성검이야! 국보급 성검이라고! 성검에 A등급 마물의 소재 정도로는 수지가 안 맞는다고!"

그리하여 우리는 5층에서 데스사이즈 맨티스를 매복했다가 치기 위해 6층을 철수했던 모험가들이 상황이 어떻게 돌아가는지 보러 내려왔을 때 이러저러해서 토벌했다고 얘기했다.

그러고 나서 사흘간 6층을 거점으로 각 층을 확인했다.

각 층의 정상화 확인은 나는 아직 이 던전의 탐색 이력이 짧다는 이유로 면제되어 방어 거점에서 다양한 잡일을 도왔다.

그리고 사흘간의 전투와 사흘간의 조사로 던전이 정상으로 돌아간 게 확인되어, 이렛날에 우리는 마침내 던전에서 귀환할 수 있었다.

"힘드네. 던전 스탬피드라는 거."

"뭐, 그나마 1년에 한 번 있는 연례행사라 다행이지. 나는 이번으로 일곱 번째라 익숙하지만, 이 세상에는 관리되지 않는 던전으로 피해를 보는 곳도 있으니까."

그렇게 말하며 진지하게 중얼거리는 알사스 씨가 허리에 매단 성검을 어루만진다.

마검이 부러진 건 이미 다들 알고 있었지만, 새로운 성검의 존재는 수많은 모험가의 이목을 끌었다.

성검은 내가 던전에서 찾은 소유자를 선택하는 성검이며, 데스사이즈 맨티스에게 마검이 부러진 알사스 씨에게 주었더니 소유자로 선택되었다는 거로 하기로 말을 맞췄다.

물론 소유자의 자격은 알사스 씨처럼 사람들을 위하는 청렴한 마음씨를 가진 사람이라는 제한이 걸려 있다.

길드로 돌아와 스탬피드 중에 획득한 아이템 등의 취급에 관해서는 모험가에게 맡겨졌으며, 후일 스탬피드에 참가한 모험가들에게 보수를 준다고 약속했다.

그리고 많은 모험가가 나와 테토의 폭주 대응을 지켜본 결과, B등급 모험가로 손색이 없는 활약을 보인 것이 확인되었다.

마지막의 마지막까지 데스사이즈 맨티스와 대치한 것으로 테토와 함께 B등급으로 승급하였다.

"무사히 스탬피드를 극복한 것을 축하하며."

"──건배!"

"──건배!"

"──건배!"

모험가들이 술집에서 누구 하나 죽지 않고 스탬피드를 마친 걸 자축하며 성대하게 술잔을 든다.

그 연회에 나와 테토도 끌려가 구석진 곳에 앉아 밥을 먹고 있었다.

"아하하하하! 마녀님~, 이 음료수, 폭신폭신해서 맛있쪄요~."

"테토, 술 마셨어? 이리 와서 물 마셔."

"흐헤헤, 마녀님이 셋이 돼쪄요~. 행보케요~."

골렘인데 취하는 거냐는 둥, 던전의 독가스는 마셔도 아무렇지 않으면서 술은 취하는 거냐는 둥 여러 가지로 딴지 걸고 싶은 마음을 억누르면서 취한 테토를 보살피며 쉰다.

"여, 스탬피드 극복과 B등급 승급, 축하해. 그 나이에 B등급이 되다니, 대단하다."

"고마워. 술은 못 마시지만, 건배."

주스를 따라 준 컵을 짠 하고 맞대는데 술이 들어가 들뜬 알사스 씨가 말을 건다.

"두 사람은 앞으로 어쩔 거야? 계속 던전 공략을 목표로 도전할 거야?"

알사스 씨의 물음에 나는 생각해 온 걸 말한다.

"아니. 태어난 고향을 찾았으니 테토를 데리고 갈까 해."

"태어난 고향?"

술에 취해 잠든 테토를 눕혀 머리를 내 허벅지에 올리고 머리칼을 부드럽게 쓸어 주면서 말한다.

"아무것도 모르고 그냥 지나친 목적지이기도 하거든. 일단, 그곳으로 가 보려고."

나와 테토가 살기 좋은 장소이리라고 생각한【허무의 황야】는 내가 맨 처음에 전생된 곳이었다.

"태어난 고향으로 돌아가면 뭘 할 건데?"

"글쎄. 주인이 있는 땅이 아니니까 개척하거나 정비해서 내 땅으로 만들고 싶어."

"어린데, 벌써 정착하려고?"

"언제든 돌아갈 곳이 있으면 마음이 편하니까."

'그런가?'라고 하면서 고개를 갸우뚱하는 알사스 씨.

"뭐, 너희 두 사람의 마법은 굉장하니까 금방 살기 좋은 곳으로 가꿀 수 있을지도!"

내【창조 마법】을 아는 알사스 씨의 말에, 나는 그저 쓴웃음을 짓는다.

밤이 깊어지고 다들 술에 취해 인사불성이 되기 전에 테토를 데리고 집으로 돌아가기로 한다.

"그러면, 나는 먼저 갈게."

"음냐, 음냐……. 점토는 간식에, 들어가나요?"

'뭔 잠꼬대가 이래'라면서 실소를 터트리며 어둠의 마법《사이코키네시스》로 테토의 무게를 가볍게 하여 공중에 띄워 옮기고, 숙소로 돌아와서 테토를 침대에 내린다.

"거의 일주일 내내 던전에 있었더니 먼지가 잔뜩 쌓였네."

나는 임대 주택 목욕탕에서 혼자 목욕한 뒤, 테토를 먼저 재운 침대로 살며시 들어가 다사다난했던 일주일에 마침표를 찍었다.

여담이지만, 다음 날 아침, 길드를 방문하니——.

"무, 무울……. 아이고, 나 죽네……."

"아, 힘들겠다."

던전 폭주 종식을 축하하며 술집에서 밤새워 먹고 마시고 했는지 숙취로 시체처럼 첩첩이 쌓인 모험가들을 보았다.

"두 번 다시 술 마시나 봐라……."

알사스 씨가 그렇게 말했지만, 또 마시는 모습이 쉽게 상상되었다.

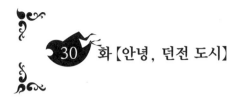

30화【안녕, 던전 도시】

던전 폭주가 종식되고 며칠 후, 새로 갱신된 길드 카드를 받으러 길드를 방문했다.

"치세 씨, 테토 씨. B등급으로 승급하신 거 축하드립니다. 이게 새로운 길드 카드예요."

"고마워."

"고맙습니다!"

나와 테토는 B등급이 된 길드 카드와 스탬피드 대응 보수, 그리고 소재를 판 돈을 받는다.

이레 동안의 보수와 소재를 매각해 받은 돈은 한 사람당 대금화 열 닢으로, 이제까지 번 것 중에 가장 많이 벌었다.

마석도 팔았다면 더 받았겠지만, 마석은 따로 빼 두었다.

"보수는, 길드 카드로 넣어 줘. 나랑 테토는 이 마을에서 목적을 달성해서 곧 떠날 거거든."

"그러, 시군요. 이제 곧 겨울도 끝나 가니까요. 던전에서 가장 많이 벌어다 주시는 주 수입원이 떠나신다니 쓸쓸할 거예요. 하지만 두 분이라면 어디서든 활약하시리라 믿습니다. 힘내세요."

인사를 받은 나와 테토는 다음으로 교회로 향한다.

"신부님. B등급으로 승급해서 가까운 시일 내로 아파네미스를 떠나려 합니다."

"그렇군요, 허전해지겠군요."

전부터 우리는 그저 떠돌이 모험가라서 언젠가는 떠난다고 얘기했었지만, 작별 인사를 하자 신부님은 이해하면서도 쓸쓸함을 감추지 못했다.

고아원 아이들에게도 설명했더니 가지 말라고 싫다며 붙잡았다.

힘으로 쉽게 뿌리칠 수 있지만, 뿌리칠 수 없었던 우리는 오늘은 얌전히 고아원에서 묵으며 아이들과 친목을 다졌다.

다만 걸리는 건, 그날 가장 친했던 단 소년의 상태가 이상했다.

그리고 다음 날에 겨울 동안 빌린 임대 주택을 해약하고 나서 그 길로 서점에 가서 다양한 책을 구매한 후, 던전 도시를 나서려 했다.

그런데 던전 도시의 출입구에 고아원의 단 소년이 기다리고 있었다.

"······치세 누나, 정말 가?"

"단 소년, 배웅해 주러 온 거야?"

나보다 어린 소년이 땅만 보며 고개를 끄덕인다.

"치세 누나, 고마워! 다른 애들도 고마워해! 우리에게 일하는 방법과 돈을 벌 수 있는 수단을 가르쳐 주고 납치됐을 때도 가장 먼저 구하러 와 줬잖아!"

"고맙다는 인사는 이미 충분히 받았어."

그렇게 말하니 땅만 쳐다보던 단 소년이 귀까지 새빨개져서는 고개를 든다.

"정말 고마워. 고맙고, 고마운 만큼 치세 누나를 본받고 싶고, 좋아해! 여러 가지를 가르쳐 주고, 함께 있으면 즐거웠어! 그러니까, 우리 마을에, 고아원에 남아 줘!"

"고마워. 근사한 고백이네."

"그럼——."

얼굴을 새빨갛게 물들이고 눈시울에 눈물이 젖은 어린 소년은 지켜 주고 싶은 욕망이 일지만——.

"미안하지만, 단 소년의 마음을 받아 줄 생각 없어. 왜냐하면 내게는 목적이 있으니까."

"그럴 수가……."

"나도 너희와 친구가 되어서 즐거웠어. 그리고 단 소년은, 내 동생 같아서 좋아. 하지만 나는, 나쁜 마녀거든. 다음번에는, 이런 나쁜 여자한테 반하면 안 된다?"

그렇게 말하며 단 소년의 이마를 손가락으로 가볍게 콕 찌르자, 울음을 터트리기 직전의 얼굴을 보이지 않으려고 옷소매로 거칠게 눈가를 닦는다.

"치세 누나 바보! 멋진 남자가 되어서! 훌륭한 조합사가 되어서! 돈도 엄청나게 벌 거야! 그래서 꼭 후회하게 만들어 줄 테야!"

"그래, 내가 후회할 정도로 멋진 어른이 돼야 해."

그렇게 말하고 나는 배웅하러 나와 준 단 소년이 고아원으로 뛰어가는 걸 바라본다.

"마녀님은, 죄 많은 여자예요. 귀여운 소년의 첫사랑을 처참히 짓밟아 버렸어요."

"테토? 그런 말은 언제 배웠어?"

"고아원 아이들과 길드의 언니들한테요."

나는 테토에게 쭈그려 앉으라고 하고 테토의 말랑말랑한 볼을 가볍게 조물조물 주무른다.

"마녀님, 만족했어요?"

"고마워, 진정됐어. 자, 그러면【허무의 황야】를 향해 다시 출발해 볼까!"

"네. 이 세상 끝까지라도 따라갈 거예요!"

나는 테토와 함께 던전 도시를 떠나 이제까지 지나온 여행길을 거슬러 올라가듯【허무의 황야】를 향해 발을 내디딘다.

마력 치트인 마녀가 되었습니다
a Witch with Magical Cheat
창조 마법으로 자유로운 이세계 생활

Extra

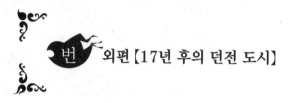

번 외편 【17년 후의 던전 도시】

던전 도시 아파네미스를 떠난 지 17년.

마을을 다시 찾은 나와 테토는 마녀의 삼각 모자의 챙을 들어 성벽을 올려다본다.

"옛날 생각 나네. 분위기는 별로 안 바뀐 것 같아."

성문에 줄을 섰는데 성벽 주변의 평원에서 약초를 따는 아이들 무리를 발견했다.

한 청년이 인솔하고 아이들이 약초를 찾는 듯했다.

"고아원 아이들일까? 그 뒤로도 제대로 유지하고 있나 보네."

"그런 거라면, 기쁘네요!"

아이들이 약초를 따는 광경을 지켜보는 사이, 우리 순서가 되어 던전 도시로 들어갈 수 있었다.

"바뀌지 않은 듯하면서도 바뀌었네."

모험가 길드까지 가는 길을 걷는데 17년 전과 다르지 않은 모험가를 위한 포장마차가 늘어서 있다.

포장마차에서 파는 먹거리 종류는 달라지지 않았지만, 점주들의 얼굴은 나이를 먹거나 세대가 교체되었다.

포장마차 중에는 먹거리를 이곳에서 만든 식물 종이를 포장지로 싸서 주거나 종이봉투에 담아 손님께 건네는 곳도 있다.

"아이들 간식으로, 던전을 탐색하다 쉴 때, 여행 동반자로 교회 마크가 들어간 쿠키는 어떠십니까!"

"쿠키 열 개, 줄래요?"

"네! 감사합니다!"

나와 테토는 교회가 고아원 아이들의 자립 지원을 위해 가게를 낸 포장마차에서 쿠키를 사고 종이봉투에 담아 달라고 해 쿠키를 먹으면서 마을을 구경한다.

"이쪽 구획은 정말 많이 바뀌었구나."

던전 도시를 올려다보니, 공방 같은 게 죽 늘어선 장인 거리에서 연기가 뭉게뭉게 피어오르고 있다.

피어오르는 연기에서 그을거나 매연 냄새가 안 나는 걸 보니 저건 수증기리라.

던전 도시에서는 던전의 삼림 층에서 나는 목재를 쓴 제지 산업이 발달해 왔다.

그러나 목재를 걸쭉하게 녹이는 마법 약을 만들 때도 물이 필요하고, 남은 식물 섬유를 뜨는 데도 물을 사용한다.

단숨에 증가한 물 수요를 충족시키기 위한 깨끗한 수원이 던전 도시 근처에는 없어서, 물을 끌어오는 물길 공사도 할 수 없었다.

그때 이 던전 도시의 영주님이 물 생성 마도구를 만들어 장인 거리에 물을 공급했다.

귀중한 수출품인 종이의 원료인 목재는 장작 연료 이상으로 수요가 커졌다.

그래서 모든 제지 공방에 가열 마도구를 도입하여 장작을 절약하였고 최근 십수 년에 걸쳐 마도구가 보급되어 도시 생활이 한층 편리해졌다고 한다.

"근데 설마 내가 준 워터 휴드라의 마석이 쓰였을 줄이야."

"인생이란 참, 무슨 일이 일어날지 모른다니까요."

고아원 구제 협조를 받기 위해 모험가 길드에 양도한 워터 휴드라의 마석은 그 후에 던전 도시의 영주님께 넘어가 물 생성 마도구가 되었다.

물 생성 마도구는 반영구적으로 쓸 수 있도록 만들어졌다고 했다.

마석을 넣으면 물이 생겨나 던전 상층의 피라미 마물 마석도 가치가 생겼다.

"물 생성 마도구는 마석의 마력 사용 효율이 제법 괜찮으니까 변환되지 못했던 마력이 공기 중으로 확산하는 건 세계적으로도, 신의 의도대로 잘된 셈이네."

나는 그렇게 중얼거리고 눈에 마력을 보내 던전 도시를 둘러보니, 이 도시를 중심으로 마력이 부드럽게 확산하고 있었다.

변환되지 못한 마력은 물과 공기 중에 녹아 물이나 바람의 흐름을 따라 퍼지고 있다.

마력이 함유된 물은 포션 제조와 제지에 쓰여 질 좋은 제품이 만들어지고, 물이 땅속으로 퍼져 주변 작물의 결실 상태가 조금씩 나아진다.

"마력이 너무 많으면 마력이 괴는 곳이 생기는데 지금은 그런 기미는 없어 보여."

주변 지역의 마력이 옅어서 그쪽으로 마력이 퍼지고 있기에 마물에게 피해를 볼 걱정은 없을 듯하다.

다음으로 모험가 길드에 들르니 훈련소 쪽에서 목소리가 들려온다.

"이 녀석들아! 이래서는 던전 폭주는 못 막아!"

"——네, 네!"

"——네, 네!"

"——네, 네!"

던전을 중심으로 돈벌이를 하는 젊은 모험가들이 한 남성에게 한꺼번에 달려들어 공격한다.

그 남성은 서른 초반이라고 해도 될 정도로 젊어 보이지만, 실제 나이는 마흔을 넘었다.

전성기를 찍고 내려와 쇠하긴 했으나 오랜 모험가 생활의 경험으로 【신체 강화】에 따른 마력 조절이 뛰어나고 뛰어나서 젊은 모험가들도 때려눕힌다.

"좋아, 휴식! ——다음!"

그렇게 외치며 다음 모험가 그룹을 연습시키는 모습은 예전에 길드의 훈련소에 다니던 테토를 떠올리게 한다.

그 남성 모험가는 나이를 먹었다는 이유로 지금은 모험가를 은퇴했지만, 길드 직원으로서 후진을 양성하는 데 힘쓰고 있다.

옛 왕도 아파네미스 던전의 최심층부에 도달하여 던전 코어를 확인한 던전 도시의 영웅 모험가.

경제적, 산업적 이유로 아파네미스의 던전은 남기게 됐지만, 근방에 발생한 20층짜리 던전을 공략, A등급 토벌 의뢰 달성 등, 수많은 위업을 이룩한 모험가 파티【새벽 검】의 리더.

"알사스 씨, 저희도 그 성검 휘둘러 보고 싶어요!"

"야, 이 바보야! 아서라, 실례잖아! 그리고 너한테는 무리야!"

"이 검 말이야? 좋아, 해 봐. 휘두를 수 있으면."

훈련받던 모험가 중 한 사람이 그렇게 부탁하는 걸 보고 동료 모험가가 말리지만, 당사자인 알사스 씨는 흥미롭다는 듯이 성검【여명의 검】을 칼집째 허리춤에서 떼어 넘긴다.

"헤헤! 이제 나도 성검사…… 어, 어?"

"멍청하긴. 거봐, 내 말이 맞지."

넘겨받은【여명의 검】을 칼집에서 뽑으려고 해도 뽑히지 않아서 얼굴이 새빨개질 정도로 힘주어 뽑으려 한다.

그 모험가 말고도 다른 여러 명의 모험가도 도전해 보지만, 누구도【여명의 검】을 뽑지 못했다.

"아하하하, 아쉽네. 그 녀석에게 주인으로 인정받지 못했군."

그렇게 말하며 크게 웃는 알사스 씨를 기가 막힌다는 듯이 보며 우리가 다가간다.

"성검을 너무 가지고 놀면, 검이 토라질 거야."

"테토와 한번 검의 대화를 나눠요!"

"어, 이게 누구야?! 치세하고 테토잖아!"

깜짝 놀라며 모험가에게【여명의 검】을 돌려받은 알사스 씨가 우리에게 다가와 인사한다.

"몇 년 전쯤에 왕도에서 너희와 우연히 만났다고 라필리아한 테 들었는데, 지금은 어디서 뭐 해?"

"옆 동네 가르드 수인국에서 주로 활동하고 있어. 던전 도시 에는 개인적으로 볼일이 있어서 왔다가 겸사겸사 와 봤어."

간단히 우리의 근황을 이야기하는데 훈련소로 또 다른 지인이 들어선다.

"──알사스, 도시락 배달 왔어."

"아빠──!"

"아빠──!"

훈련소의 반대쪽에서 나타난 건 【새벽 검】의 마법사, 레나 씨 였다.

예전에 입었던 검은 머메이드 드레스에 망토를 걸친 마녀의 모습이 아니라, 스웨터에 스커트를 입은 차분한 분위기의 부인 다운 차림이었다.

그런 레나 씨의 옆에 있던 알사스 씨와 레나 씨를 빼닮은 남자 아이와 여자아이 남매가 아빠인 알사스 씨의 품으로 뛰어들었다.

"──레나! 오늘은 아주 반가운 친구가 찾아왔어."

"반가운 친구? ……뭐야, 치세! 거기다 테토까지?!"

우리 존재를 알아차린 레나 씨가 놀라서 소리를 지른다.

알사스 씨와 레나 씨의 아이들이 신기하다는 듯 우리를 보고 있다.

"정말 오랜만이다. 아, 하나도 안 변했네."

레나 씨는 그렇게 말하고 나와 테토를 각자 한 번씩 껴안으며 인사했다.

뭐라고 할까, 결혼해서 아이를 키워서 그런지 레나 씨에게서 모성이라는 것을 강하게 느꼈다.

내 몸은 성장이 멈춰 결코 손에 넣을 수 없게 된 걸 생각하면 부럽기도 하다.

"저기, 두 사람은 언제까지 여기 있어?"

"개인적인 볼일도 볼 겸 옛날 생각이 나서 잠깐 들른 거예요."

"이제 신부님도 만나러 갈 거예요!"

알사스 씨와 레나 씨가 아직 못다 한 이야기가 많아 아쉬워하지만, 모험가의 만남과 헤어짐은 언제나 이런 식이다.

"오늘 만나서 기뻤어. 또 올 일 있으면 보러 와."

"다음에는 우리 아이들에게 두 사람의 모험담을 들려줘."

"기회가 되면 그럴게요. 테토, 가자."

"네! 또 만나요!"

나와 테토는 이루어지지 않을 재회의 약속을 하고 손을 흔들며 다음 장소로 향한다.

길드에서 나와 향한 곳은 교회와 고아원이다.

교회는 수리만 반복해 그대로지만, 고아원은 아예 건물을 새로 지었고 그 옆에 세웠던 조합 시설은 지금은 고아원 아이들의 기능 훈련 시설로 증축되어 있었다.

교회를 들여다보니 고아원 아이들이 마을 아이들과 함께 글자를 읽고 쓰는 걸 배우고 있었다.

아이들을 가르치는 사람은 알사스 씨의 동료였던 성직자 남성이다.

그는 모험가를 그만두고 교회에 돌아와서 파울루 신부님의 뒤를 이은 모양이다.

파울루 신부님은 이제 연세가 지긋하시기에 고아원의 정원에서 차를 마시면서 편안하게 사시지만, 가끔 지역 사람들의 상담에 응해 준다고 들었다.

젊었을 적에 고생한 만큼, 이제는 평온한 생활을 보내고 계신 듯하다.

지금은 혼자서 정원에 앉아 계신 파울루 신부님께 우리가 다가간다.

"이게 누구십니까. 치세 님, 테토 님, 오랜만입니다. 이쪽으로 앉으십시오."

"오랜만에 뵈어요, 신부님."

"오랜만입니다!"

신부님은 마력이 커서 노화 진행이 느리므로 약간 야위신 것 말고는 변한 게 없었다.

그런 신부님이 온화하게 미소를 지으며 의자에 앉으라고 권유하시기에 나와 테토가 잠깐 앉는다.

"차 한잔하시겠어요?"

"네, 주세요. 그리고 오는 길에 교회 마크가 들어간 쿠키를 팔길래 사 왔어요."

"아이들이 만든 쿠키, 같이 먹어요!"

그러고 나서 나와 테토는 신부님께 다양한 이야기를 들었다.

평소에는 이곳에서 상담하러 오는 마을 주민들의 이야기를 귀기울여 들으실 일이 많은 신부님이지만, 오늘은 우리가 신부님 얘기를 들어 드린다.

그리고 마지막으로——.

"치세 님, 테토 님. 저는 신앙을 위해, 아이들을 위해 평생 교회에 봉사해 왔습니다. 나이가 더 들고 나니 제 방식이 옳았는지 의문이 들 때가 있습니다."

인생의 종착점이 보여, 이제까지 걸어 온 길을 되돌아볼 일이 많아지신 신부님께 내가 대답한다.

"최선은 아니었을지도 몰라요. 하지만 신부님께서는 본인이 할 수 있는 걸 하셨고 다음 세대로 넘겨줄 수 있었어요. 혼자서는 하지 못했어도, 다음 세대에서 이어 나갈 수 있다면 언젠가 목표 지점에 도달할 수 있으리라고 믿어요."

"……네."

"여신 리리엘이 신부님을 계속 지켜봤어요. 부끄러워하지 않으셔도 되는 인생이었다고 생각합니다."

내 말에 신부님이 소리를 죽이고 작아진 몸을 웅크려 눈물을 흘린다.

그리고 그 등을 나와 테토가 다정하게 어루만져 드리니 잠시 뒤에 진정되었다.

"제 미혹이 가셨습니다. 이제 마음 놓고 여신님들 밑으로 여행을 떠날 수 있을 것 같습니다."

"후후, 아직 여행을 떠나시기는 일러요. 신부님은 모두의 마음의 버팀목이시니까요."

"더 오래오래 건강하게 살아야 해요!"

마음의 응어리가 풀려 개운해진 신부님께 그렇게 말하는데 교회 쪽이 약간 떠들썩해졌다.

아이들의 글자 수업이 끝나고 교회의 한 방에서 아이들이 나오는 모양이다.

"그리고 신부님. 이건, 교회와 고아원에 하는 기부입니다."

"이거로 다 같이 맛있는 것을 먹고 몸 건강히 지내요!"

내가 마법 가방에서 꺼낸 소금화 넉 닢을 신부님께 드린다.

우리가 처음 만났을 때, 저주받은 장비의 정화 비용과 고아원 기부금으로 냈던 것과 똑같이 소금화 넉 닢을 내밀었다.

그때의 일을 기억하고 있었던 신부님은 나의 재치 있는 기부에 못 말린다는 미소를 지으며 받는다.

나와 테토는 아이들과 스쳐 지나치듯 가볍게 인사하고 고아원에서 나와 걸었다.

십수 년이 흘러 우리를 아는 아이들은 모두 성인이 되어 이곳에 없다는 게 쓸쓸하면서도 기쁘다.

"그럼, 마지막은 단 소년에게 가 볼 차례네."

"마녀님, 이제 소년이라고 불릴 나이는 아닐 텐데요."

"후후, 그렇긴 하지. 지금쯤 아마 스물일고여덟 살쯤 되지 않았을까?"

그리고 마지막으로 당시에 가장 친했던 단 소년이 있는 곳으로 향한다. 장소는 신부님께 들었다.

고아원에서 그리 멀지 않은 곳에 약국을 열고 점주가 되어 자립했다고 한다.

어떻게 성장했을지 기대된다.

단 소년이 차렸다는 약국으로 가니 먼저 온 손님이 있었다. 가게를 보는 여성과 상업적인 대화를 나누는 듯했다.

"이번에도【로니세라스 덩굴】납품하러 왔어요."

"늘 가져다주셔서 감사해요. 덕분에 올겨울에도【애노드 열】약을 만들 수 있겠어요."

"별말씀을요. 저희로서도 마을의 귀중한 수입원이 되어서 감사한걸요."

"근데 각지에서 필요한 약의 소재일 텐데 저희한테만 납품하셔도 괜찮나요?"

"네. 이곳 마을의 조합사님 덕분에【로니세라스 덩굴】의 꺾꽂이가 잘돼서 주가를 올릴 수 있었으니까요. 최근에는 좀 더 많이 납품할 수 있게 됐어요."

두 사람의 대화에 귀를 기울이며 가게 선반에 견본으로 놓아둔 포션을 보니 제대로 일정 품질과 가격을 지킨 포션을 판매하는 듯했다.

"마녀님, 마녀님. 가게 보는 저 사람요, 마녀님하고 닮았어요."

"닮았다고……? 흠."

테토의 말을 듣고 가게를 보는 여성을 보니 닮은 것 같기도 하다.

겉으로 보이는 나이와 키는 당연히 가게를 지키는 여성이 더 많고 크다.

하지만 긴 짙은 감색 머리는 빛을 받는 양에 따라 나처럼 검게 보이기도 하고 상냥해 보이는 눈매와 눈썹 모양이 조금 닮은 느낌도 든다.

단 소년의 기억 속의 내가 성장했다면, 저런 모습이었겠다 싶은 여성이다.

그런 생각을 하는 사이에 약초 납품을 마친 상인이 가볍게 인사하고 가게를 나가고 가만히 바라보던 여성 점원이 방긋 미소 지어 준다.

"거기 계신 손님은, 무슨 일로 오셨어요?"

"……하이 포션과 마나 포션을 세 병씩 주세요. 이 가게에서 품질이 가장 좋은 거로 부탁해요."

"품질이 좋은 거로요? 값이 비싼데, 괜찮으신가요?"

"네, 주세요."

"알겠습니다."

예전에 아이들에게 건넨 조합 교본에 레시피가 적혀 있지만, 그 뒤로 얼마나 실력을 키웠는지 확인하기 딱 좋다.

금방 가져온 포션을 확인하니 전부 다 최고 품질이라고 해도 무방할 정도의 완성도였다.

일반 조합사가 이 정도의 포션을 만들려면 사흘에 걸쳐 마력을 부여했을 것이다.

그만큼 단 소년이 기술을 습득하고 인내하며 이 일을 해 오고 있다는 뜻이겠지.

"이 포션은, 가게 점주님이 만드신 건가요?"

"네, 저희 남편이 다 만듭니다. 뭔가 문제가 있나요?"

그렇게 묻는 여성 점원, 아니, 단 소년의 부인에게 고개를 가로젓는다.

"아뇨, 굉장히 잘 만들어졌어요. 한번 인사하고 싶네요."

내가 대답하자, 부인이 가게 안쪽의 공방으로 들어간다.

이런 상품을 만드는 장인을 만나 보고 싶다는 사람이 많기에 단 소년이 금세 공방 안쪽에서 나왔다.

십수 년 동안 키가 꽤 크고 이목구비가 정갈한 청년이 되었지만, 예전 모습도 남아 있다.

성인이 된 단 소년의 앞에서 삼각 모자를 벗으니 내가 누구인지 알아차린 단 소년의 눈이 휘둥그레졌다.

"어? 어······. 치세 누나······. 그리고, 테토 누나······?"

"오랜만이야, 단 소년. 썩 멋진 남자가 되었는걸."

"우리보다 커졌어요!"

십수 년 전과 거의 변하지 않은 우리의 모습에 놀란 단 소년.

그 옆에는 우리의 이야기를 들었는지, 단 소년의 부인이 '이 아이가 고아원의 은인······'이라며 작게 말하는 소리가 들린다.

놀란 단 소년은 금세 정신을 차리고 예전의 시건방진 표정을 짓는다.

"어때! 치세 누나가 후회할 만한 멋진 남자가 됐지?!"

그렇게 말하며 득의양양하게 가슴을 펴며 말한다.

"그러게, 멋진 어른이 됐네. 근데 아직 부족해."

"부족하다고?"

"그래. 곁에 단 소년이 선택한 나보다도 근사한 부인이 있잖아. 부인과 함께 평생에 걸쳐 행복할 정도가 아니면 부족해."

"마녀님은 엄격해요. 그러니 둘이 같이 노력해요!"

나와 테토가 그렇게 채찍질하니 단 소년과 부인이 서로의 얼굴을 마주 보고 순진한 표정을 지으며 살짝 뺨을 붉혔다.

계기는 나를 향한 첫사랑의 실패로 인한 미련으로 고른 상대일지도 모른다.

하지만 자신이 선택한 아내를 바라보고 서로를 사랑하며 행복해지기를 바란다.

정말로, 내가 평범한 인생을 걷는 것이 부러워질 정도로 행복해지기를 소망한다.

"그럼, 행복해."

"힘내요!"

알사스 씨와 레나 씨, 신부님께 그랬던 것처럼 우리는 긴긴 대화를 나누기보다 떠나는 것을 선택한다.

단 소년의 모습과 그가 만든 포션만 봐도 단 소년이 그간 얼마나 노력했는지 알 수 있다.

지금의 단 소년에게는 동경했던 추억 속의 사람보다도 옆에 선 아내가 더 소중할 것이다.

그래서 그 두 사람이 스스로 노력해 행복해지기를 바라며 나와 테토는 던전 도시를 나와, 마을 외곽에서 【전이 마법】을 시전하여 원래 목적지인 왕도로 향하였다.

Maryoku Chiito Na Majyo Ni Narimashita Vol.2

©2020 by Aloha Zachou/Tetubuta
All rights reserved.
First published in Japan in 2020 by MICRO MAGAZINE, INC.
Korean translation rights reserved by Somy Media, Inc.

마력 치트인 마녀가 되었습니다 2

2024년 1월 1일 1판 1쇄 발행

저 자	아로하자초
일 러 스 트	테츠부타
옮 긴 이	변성은
발 행 인	유재옥
이 사	조병권
출판본부장	박광운
담 당 편 집	정지원
편 집 1 팀	박광운 최서영
편 집 2 팀	정영길 조찬희 박치우 정지원
편 집 3 팀	오준영 이해빈 이소의
디자인랩팀	김보라 박민솔
디지털사업팀	박상섭 김지연 윤희진
라이츠사업팀	김정미 맹미영 이윤서
영업마케팅팀	최원석 박수진 박소연
물 류 팀	허석용 백철기
경영지원팀	최정연
발 행 처	(주)소미미디어
인쇄제작처	코리아피앤피
등 록	제2015-000008호
주 소	서울시 마포구 토정로 222, 403호(신수동, 한국출판콘텐츠센터)
판 매	(주)소미미디어
전 화	편집부 (070)4164-3962, 3963 기획실 (02)567-3388
	판매 및 마케팅 (070)8822-2301, Fax (02)322-7665

ISBN 979-11-384-8116-8
ISBN 979-11-384-8083-3 (세트)